1Q84

옮긴이 **양윤옥**

일본문학 전문번역가. 옮긴 책으로 『여자 없는 남자들』 『중국행 슬로보트』 『일식』 『장송』 『센티멘털』 『소설 읽는 방법』 『가면의 고백』 『무지개여, 모독의 무지개여』 『납장미』 『철도원』 『칼에 지다』 『슬프고 무섭고 아련한』 『장미 도둑』 『나미야 잡화점의 기적』 『붉은 손가락』 『유성의 인연』 등이 있다. 『일식』으로 2005년 일본 고단샤가 수여하는 노마문예번역상을 수상했다.

1Q84 BOOK 1 (VOL.2)
by Haruki Murakami

Originally published in Japan by SHINCHOSHA Publishing Co., Ltd., Tokyo.
Korean translation rights arranged with Haruki Murakami, Japan
through THE SAKAI AGENCY and SHINWON AGENCY CO.

문학동네 세계문학
1Q84 BOOK1 하

문고판 1쇄 2016년 6월 1일
문고판 14쇄 2024년 6월 20일

지은이 무라카미 하루키 | 옮긴이 양윤옥

펴낸곳 (주)문학동네 | 펴낸이 김소영
출판등록 1993년 10월 22일 제2003-000045호
주소 10881 경기도 파주시 회동길 210
전자우편 editor@munhak.com | 대표전화 031) 955-8888 | 팩스 031) 955-8855
문의전화 031) 955-1927(마케팅) 031) 955-1917(편집)
문학동네카페 http://cafe.naver.com/mhdn
인스타그램 @munhakdongne | 트위터 @munhakdongne
북클럽문학동네 http://bookclubmunhak.com

ISBN 978-89-546-4049-7 04830
978-89-546-4047-3 (세트)

www.munhak.com

MURAKAMI
HARUKI

1Q84

BOOK 1
4月-6月
(下)

무라카미 하루키 장편소설
양윤옥 옮김

문학동네

일러두기

1. 본문 중의 주석은 모두 옮긴이주입니다.
2. 본문에 나오는 방점과 고딕체는 모두 원서의 표시에 따른 것입니다.

차례

BOOK 1
4月-6月
下

제13장 아오마메

Q

천부적인 피해자

눈을 떴을 때, 간밤의 취기가 상당히 심각하게 남아 있다는 것을 알았다. 아오마메가 이렇게 숙취에 시달리는 일은 거의 없다. 아무리 술을 많이 마셔도 다음 날 아침에는 머리가 개운해져서 곧바로 다음 행동에 들어갈 수 있다. 그게 자랑이었다. 하지만 오늘은 왠지 관자놀이가 둔중하게 욱신거리고 의식에 엷은 안개가 끼어 있다. 쇠테두리가 머리 주위를 조금씩 조이는 것 같았다. 시곗바늘도 벌써 열시를 넘어서고 있다. 정오에 가까운 아침 햇살이 바늘로 찌르듯이 눈을 아프게 했다. 집 앞 도로를 달려가는 오토바이 엔진 소리가 고문기계의 으르렁거림처럼 방 안을 울렸다.

아무것도 걸치지 않은 알몸으로 자기 방 침대에서 자고 있었지만 집에까지 어떻게 돌아왔는지 전혀 기억나지 않았다. 바닥에는 간밤에 입었던 옷들이 아무렇게나 내팽개쳐져 있다. 아무래도 자신이 쥐어뜯다시피 벗어서 내던진 모양이었다. 숄더백은 책상 위에 있었다.

그녀는 바닥에 어질러진 옷가지를 타넘고 주방으로 가 수돗물을 컵에 받아서 연달아 몇 컵을 마셨다. 그러고는 욕실로 들어가 차가운 물로 얼굴을 씻고, 벗은 몸을 커다란 거울에 비춰보았다. 구석구석까지 찬찬히 점검했지만 몸에는 아무런 흔적도 남아 있지 않다. 그녀는 안도의 한숨을 내쉬었다. 다행이다. 그래도 격렬한 섹스 다음 날 아침이면 느끼는 감각이 하반신에 희미하게 남아 있었다. 몸의 깊은 속까지 휘저어진 듯한 달콤한 나른함. 그리고 희미한 위화감이 항문에도 있다는 것을 깨달았다. 이거야 원. 아오마메는 생각했다. 그리고 손끝으로 관자놀이를 눌렀다. 그 자식들이 그런 것까지 한 건가. 하지만 억울하게도 아무것도 기억나지 않는다.

흐리멍덩한 의식을 안은 채 벽에 손을 짚고 뜨거운 물줄기를 맞았다. 온몸을 비누로 박박 문질러 씻고, 어젯밤의 기억을—기억에 가까운 이름 없는 무언가를—몸에서 지워냈다. 성기와 항문은 특히 꼼꼼히 씻었다. 머리도 감았다. 치약의 민트향에 왝왝거리면서 이를 닦아 입 안의 텁텁한 냄새를 지웠다. 그러고는 침실 바닥에서 속옷이며 스타킹을 죄다 주워서, 보기 싫은 듯 얼굴을 홱 돌리고 빨래 바구니에 내던졌다.

테이블 위의 숄더백 안을 점검해보았다. 지갑은 정확히 그 자리에 있었다. 신용카드도 현금카드도 다 있다. 지갑 속의 돈은 거의 줄지 않았다. 그녀가 간밤에 지불한 현금은 아마 집에 돌아오는 택시비뿐인 모양이다. 가방 안에서 없어진 것은 준비해두었던 콘돔뿐이다. 세어보니 네 개가 줄어 있다. 네 개? 지갑 안에는 접힌 메모지가 들었고, 거기에 도쿄 도내의 전화번호가 적혀 있었다. 하지만 누구의 전화번호인지, 전혀 기억에 없다.

쓰러지듯이 다시 침대에 누워 간밤의 일을 기억나는 한 떠올려보았다. 아유미가 남자들의 테이블에 다가가 상냥하게 말을 걸었고, 넷이서 함께 술을 마시고 다들 기분 좋게 취했다. 그다음은 정해진 코스다. 근처 시티호텔에 방 두 개를 예약했다. 아오마메는 미리 정한 대로 머리숱이 적은 쪽과 섹스를 했다. 아유미는 젊고 덩치 큰 쪽을 택했다. 섹스는 그다지 나쁘지 않았다. 둘이 함께 샤워를 하고, 그러고는 길고 정성들인 오럴 섹스. 삽입 전에는 콘돔도 챙겼다.

한 시간쯤 뒤에 방으로 전화가 왔다. 지금 그쪽으로 가도 괜찮겠느냐고 아유미가 물었다. 잠깐 다같이 한잔하자. 좋아, 라고 아오마메는 말했다. 조금 뒤에 아유미와 그녀의 상대 남자가 들어왔다. 그리고 룸서비스로 위스키 한 병과 얼음을 주문해 넷이서 마셨다.

그다음의 일이 제대로 생각나지 않는다. 넷이서 다시 술판을 벌인 뒤부터 급속히 취기가 올랐던 것 같다. 위스키 때문이었을까(아오마메는 평소에는 별로 위스키를 마시지 않는다). 아니면 평소와는 달리 남자와 둘만이 아니라 옆에 일행이 있어서 마음이 느슨해졌던 걸까. 그다음에 상대를 맞바꾸어 섹스를 한 듯한 흐릿한 기억이 있다. 내가 침대에서 젊은 쪽에 안겼고, 아유미는 머리숱이 적은 쪽과 소파에서 했다. 분명 그랬다. 그러고는…… 그다음은 깊은 안개 속에 묻혀 있다. 아무것도 생각나지 않는다. 뭐, 그건 됐다. 생각나지 않은 채로 그냥 잊어버리자. 나는 잠시 흥이 지나쳐서 마음껏 섹스를 한 것이다. 그저 그뿐이다. 앞으로 그자들과 얼굴 마주칠 일도 없을 거고.

하지만 두번째 때, 콘돔을 제대로 끼웠던가? 그것이 마음에 걸렸다. 이런 시시한 일로 임신을 하거나 성병 따위에 걸릴 수는 없다. 하지만 아마 괜찮을 것이다. 나는 아무리 심하게 취해도, 의식이 흐릿해져도, 그런 건 분명하게 챙기는 사람이니까.

오늘은 무슨 예정이 있던가? 일은 없다. 오늘은 토요일이고, 일이 없는 날이다. 아니, 그게 아니지. 오후 세시에 아자부 '버드나무 저택'에서 노부인의 근육 스트레칭을 하기로 했다. 병원에 무슨 검사를 받으러 가야 하니까 금요일 스케줄을 토요일로 바꿔줄 수 없느냐고 며칠 전 다마루가 연락했었다. 그걸 까맣게 잊고 있었다. 하지만 오후 세시까지는 아직 네 시간 반이나 여유가 있다. 그때쯤에는 두통도 사라지고 의식도 좀더 또렷해질 것이다.

뜨거운 커피를 끓여 억지로 몇 잔이나 위 속에 흘려넣었다. 그리고 알몸에 목욕가운만 걸친 차림으로 침대에 벌렁 드러누워 천장을 바라보며 오전을 보냈다. 아무것도 하고 싶지 않았다. 그저 천장만 바라보고 있었다. 천장에 재미있는 건 하나도 없었지만 불평을 할 수는 없다. 천장은 사람을 재미있게 해주기 위해 그곳에 있는 게 아니다. 시계가 정오를 가리켰지만 식욕은 전혀 없었다. 오토바이며 자동차 엔진 소리가 아직도 머리에 울렸다. 이렇게까지 심한 숙취는 처음이다.

하지만 어떻든 섹스는 그녀의 몸에 좋은 영향을 준 듯했다. 남자에게 안기고 벗은 몸을 내보이고 쓰다듬고 핥고 깨물고 페니스가 삽입되고 오르가슴을 몇 번이나 체험한 것으로 몸속에 있던 응어리 같은 것이 깨끗이 풀렸다. 숙취는 물론 괴롭지만 그것을 보충하고도 남을 만큼의 해방감이 거기에는 있었다.

하지만 나는 언제까지 이런 짓을 계속할 것인가. 아오마메는 생각했다. 대체 언제까지 이런 짓을 계속할 수 있을까. 이제 곧 서른이다. 그러다보면 또 금세 마흔이 시야에 들어올 것이다.

하지만 그 문제에 대해서는 더이상 생각하지 않기로 했다. 언제 다른 때에 천천히 생각하자. 지금 당장 기한이 절박하게 코앞에 닥친 일도 아니다. 그런 걸 진지하게 고민하기에는 나는……

그때 전화벨이 울렸다. 그것은 아오마메의 귀에는 굉음으로 들렸다. 터널을 빠져나가는 특급열차에 타고 있는 것 같았다. 그녀는 비틀비틀 침대에서 내려와 수화기를 들었다. 커다란 벽시계는 열두시 반을 가리키고 있다.

"아오마메 씨?" 상대는 말했다. 약간 허스키한 여자 목소리. 아유미였다.

"응." 아오마메는 대답했다.

"괜찮아? 방금 버스에 깔린 듯한 목소린데."

"거의 그런 기분이야."

"아직까지 술기운이?"

"응, 상당히 지독해." 아오마메는 말했다. "우리집 전화번호 어떻게 알았어?"

"생각 안 나? 나한테 전화번호 적어줬잖아. 가까운 시일 내에 또 만나자면서. 내 전화번호도 아오마메 씨 지갑에 들어 있을 텐데."

"그랬나. 아무것도 기억 안 나."

"응, 혹시 그러지 않을까 걱정돼서 전화한 거야." 아유미는 말했다. "무사히 집에 들어갔나 하고. 일단 롯폰기 네거리에서 택시에 태우고 기사아저씨한테 행선지는 알려줬지만."

아오마메는 한숨을 쉬었다. "생각은 안 나지만, 무사히 도착한 것 같아. 눈을 떴더니 침대 속에 있었으니까."

"다행이다."

"너는 지금 뭐 해?"

"일하고 있지, 열심히." 아유미는 말했다. "열시부터 미니 순찰차 타고 주차위반 단속하고 있어. 지금은 잠깐 쉬는 중."

"대단하네." 아오마메는 감탄해서 말했다.

"역시 약간 수면부족이긴 해. 그나저나 어젯밤은 즐거웠어. 그렇게 신났던 건 처음이거든. 아오마메 씨 덕분이야."

아오마메는 손끝으로 관자놀이를 눌렀다. "솔직히 말해 후반부의 일이 잘 생각나지 않아. 그러니까 그쪽 팀이 우리 방으로 온 다음부터."

"흠, 그러면 아까운데." 아유미는 진지한 목소리로 말했다. "그다음부터 굉장했어. 넷이서 다양하게 놀았거든. 믿기 어려운 것들. 포르노 영화 같은 거. 나하고 아오마메 씨하고 벌거벗고 레즈비언 흉내도 냈고. 그리고 또……"

아오마메는 급히 말을 가로막았다. "그건 됐고, 콘돔은 확실히 썼어? 잘 기억이 안 나서 걱정이었는데."

"물론이지. 그런 점은 내가 일일이 엄격하게 점검했으니까 염려 마. 나는 교통위반을 단속하는 한편으로 우리 지역 고등학교 여학생들을 강당에 모아놓고 올바른 콘돔 사용법 같은 것을 아주 자세하게 지도하는 일도 하거든."

"콘돔 사용법?" 아오마메는 놀라서 물었다. "왜 경찰이 그런 걸 고등학생들에게 가르쳐?"

"원래는 데이트 강간의 위험성이나 치한 대처법, 성범죄 예방법 같은 걸 학교를 돌면서 홍보하는 게 목적인데, 그러는 김에 내가 개인적으로 콘돔 얘기를 슬쩍 끼워넣지. 그 나이에 섹스를 하는 건 어느 정도 어쩔 수 없는 일이니까 임신과 성병만은 각별히 조심합시다, 하는 거야. 하긴 선생들 앞에서는 그런 얘기까지는 못 해. 아무튼 그래서 콘돔 사용이라면 이미 직업적 본능 같은 것이 됐어. 아무리 술에 취해도 절대로 실수는 하지 않아. 절대 걱정 안 해도 돼. 아오마메 씨는 완전히 깨끗해. 콘돔 없는 곳에 삽입은 없다, 그게 내 신조야."

"고마워. 그 말 들으니 마음이 놓여."

"저기, 우리가 어젯밤 어떤 일들을 했는지, 자세히 듣고 싶지 않아?"

"그건 다음에." 아오마메는 말했다. 그리고 폐에 고여 있던 텁텁한 공기를 바깥으로 토해냈다. "다음에 만나서 자세히 얘기해줘. 하지만 지금은 안 돼. 그런 이야기를 듣는 것만으로도 머리가 두 쪽으로 쪼개질 거 같아."

"알았어. 그럼 다음에." 아유미는 밝은 목소리로 말했다. "하지만 아오마메 씨, 오늘 아침 잠이 깨서 내내 생각했는데, 우리 정말 좋은 팀인 거 같지 않아? 또 전화해도 될까? 그러니까 어제 같은 일을 하고 싶을 때 말이야."

"좋아." 아오마메는 말했다.

"다행이다."

"전화해줘서 고마워."

"몸조리 잘 해." 아유미는 그렇게 말하고 전화를 끊었다.

오후 두시에는 블랙커피와 선잠 덕분에 의식이 훨씬 또렷해졌다. 고맙게도 두통까지 사라졌다. 나른함이 희미하게 남아 있을 뿐이다. 아오마메는 스포츠백을 들고 집을 나섰다. 물론 특제 아이스픽은 들어 있지 않다. 갈아입을 옷과 타월뿐이다. 언제나처럼 다마루가 현관에서 그녀를 맞았다.

아오마메는 길쭉한 형태의 선룸으로 들어갔다. 커다란 유리창이 정원을 향해 활짝 열렸지만 레이스 커튼에 가려 바깥에서는 보이지 않는다. 창가에는 관엽식물 화분이 줄지어 있다. 천장의 작은 스피커에서는 온화한 바로크 음악이 흘러나왔다. 하프시코드 반주가 곁들여진 리코더 소나타다. 방 중앙에 마사지용 매트가 놓였고 그 위에 노부인이 이미 엎드려 있었다. 그녀는 하얀 로브 차림이었다.

다마루가 방을 나가자 아오마메는 운동복으로 갈아입었다. 아오마메가 옷을 하나하나 벗는 모습을 노부인은 매트 위에서 고개를 돌려 바라보았다. 아오마메는 벗은 몸을 동성에게 보이는 걸 딱히 신경쓰지 않는다. 스포츠 선수 생활을 하다보면 그런 건 일상다반사고 노부인 역시 마사지를 받을 때는 거의 다 벗은 모습이다. 그러는 게 근육상태를 확인하기 쉽기 때문이다. 아오마메는 면바지와 블라우스를 벗고 위아래 저지를 입었다. 그러고는 벗은 옷을 개켜 한쪽에 포개놓았다.

"당신 몸은 무척 탄력 있어 보여요." 노부인은 말했다. 그리고 매트에서 일어나 로브를 벗고 얇은 실크 속옷차림이 되었다.

"고맙습니다." 아오마메는 말했다.

"나도 예전에는 그런 몸을 갖고 있었지요."

"알고 있어요." 아오마메는 말했다. 정말로 그랬을 거라고 아오마메는 생각했다. 일흔 살을 넘은 지금도 그녀의 몸에는 젊은 시절의 자취가 또렷이 남아 있었다. 체형이 무너지지 않았고, 젖가슴에도 웬만큼 탄력이 있었다. 절제된 식생활과 꾸준한 운동이 그녀 안의 자연스러운 아름다움을 유지해주었다. 거기에는 또한 적절한 미용 성형수술도 더해졌을 거라고 아오마메는 짐작했다. 정기적인 주름 제거, 눈가와 입가의 리프트업.

"지금도 멋진 몸매세요." 아오마메는 말했다.

노부인은 가볍게 입가를 올렸다. "고마워요. 하지만 옛날과는 비교할 수 없지요."

아오마메는 거기에는 응대하지 않았다.

"나는 그 몸을 몹시 즐겼고 상대도 몹시 즐겼답니다. 내가 무슨 말을 하는지 알지요?"

"알아요."

"어때요, 당신은 즐기고 있나요?"

"가끔." 아오마메는 말했다.

"가끔으로는 부족할 거예요." 노부인은 엎드린 자세 그대로 말했다. "그런 건 젊은 시절에 열심히 즐겨둬야 해요. 마음 가는 데까지. 나이 들어 그런 일을 할 수 없게 된 다음에는 예전 기억으로 몸을 따스하게 덥혀야 하니까요."

아오마메는 간밤의 일을 떠올렸다. 그녀의 항문에는 아직 희미하게 삽입감이 남아 있다. 이런 기억이 과연 내 노후의 육신을 따스하게 덥혀줄 수 있을까.

아오마메는 노부인의 몸에 손을 얹고 꼼꼼하게 근육 스트레칭을 시작했다. 조금 전까지 약간 남아 있던 몸의 나른함도 이제는 사라지고 없었다. 위아래 저지로 갈아입고 노부인의 몸을 손끝으로 짚었을 때부터 그녀의 신경은 날카롭게 벼려졌다.

아오마메는 지도의 길을 더듬어가듯이 노부인의 근육을 하나하나 손끝으로 확인해나갔다. 각각의 근육의 탄력이며 단단함, 반발상태를 아오마메는 자세히 기억하고 있었다. 피아니스트가 길고 긴 곡을 암보(暗譜)하는 것과 같다. 특히 신체에 관한 한 아오마메는 그런 면밀한 기억력을 천부적으로 갖추고 있었다. 혹시 그녀가 잊어버리더라도 그녀의 손끝이 기억했다. 어딘가의 근육에 조금이라도 평소와 다른 감촉이 느껴지면 그녀는 그 자리에 다양한 각도에서 다양한 강도의 자극을 주었다. 그리고 어떤 반응이 돌아오는지 확인했다. 그곳에 생겨난 것이 통증인지 쾌감인지 혹은 무감각인지를. 뻣뻣하게 뭉쳐 있는 부분은 단순히 풀어주는 것뿐만 아니라 노부인이 스스로의 힘으로 그 근육을 움직일 수 있도록 이끌었다. 물론 스스로의 힘만으로는 해소하기 어려운 부분도 있다. 그런 곳은 정성껏 스트레칭을 해준다. 하지만 근육이 무엇보다 높이 평가하고 환영하는 것은 일상적인 자구 노력이다.

"여기 아프세요?" 아오마메는 물었다. 허벅지 위쪽 근육이 평소보다 훨씬 뻣뻣하게 굳어 있다. 심술궂을 만큼 경직되어 있다. 그녀는 골반 사이에 팔을 끼우고 대퇴부를 특별한 각도로 살짝 굽혔다.

"많이." 노부인은 얼굴을 일그러뜨리며 말했다.

"괜찮습니다. 아픔을 느끼는 건 좋은 일이에요. 아픔을 느끼지 못하게 되면 큰일이죠. 좀더 아플 텐데 참으실 수 있겠어요?"

"물론." 노부인은 말했다. 일일이 물어볼 것도 없었다. 노부인은 참을성 강한 성품이었다. 어지간한 일은 말없이 견딘다. 얼굴은 찡그려도 비명은 나오지 않는다. 그녀의 마사지를 받고 큼직하고 힘센 남자들의 입에서 저절로 비명이 터져나오는 것을 아오마메는 지금까지 수없이 보아왔다. 그래서 노부인의 강한 의지에는 항상 감탄하지 않을 수 없었다.

아오마메는 오른쪽 팔꿈치를 지렛대의 지점처럼 고정한 뒤에 노부인의 허벅지를 좀더 굽혔다. 우두둑 하는 둔한 소리가 나면서 관절이 이동했다. 노부인이 숨을 삼켰다. 하지만 소리는 내지 않는다.

"이렇게 해두면 이제 괜찮아요." 아오마메는 말했다. "편해지실 거예요."

노부인은 크게 숨을 토해냈다. 이마에 땀방울이 빛났다. "고마워요." 그녀는 작은 목소리로 말했다.

넉넉히 한 시간여를 들여 아오마메는 노부인의 몸을 철저히 풀어주고 근육을 자극하고 당겨주고 관절을 이완시켰다. 그것은 상당한 아픔이 따르는 것이었다. 하지만 아픔이 없는 곳에 해결은 없다. 아오마메는 그걸 알고 있었고 노부인도 그것을 잘 알았다. 그래서 두 사람은 거의 아무 말 없이 그 한 시간을 보냈다. 리코더 소나타가 어느새 끝나서 콤팩트디스크 플레이어는 침묵하고 있었다. 정원에 찾아오는 새소리 외에는 아무 소리도 들리지 않았다.

"몸이 아주 가벼워진 것 같군요." 잠시 뒤에 노부인이 말했다. 그녀는 축 늘어진 채 엎드린 자세였다. 마사지용 매트에 깔린 대형 목욕타월이 땀으로 진하게 물들어 있었다.

"다행입니다." 아오마메는 말했다.

"당신이 곁에 있어서 참으로 큰 도움이 돼요. 당신이 떠나가면 분명 힘들 거예요."

"괜찮아요. 아직은 떠날 생각이 없습니다."

노부인은 망설이듯이 잠시 침묵한 뒤에 물었다. "오지랖 넓은 질문이겠지만, 당신은 좋아하는 사람이 있나요?"

"좋아하는 사람은 있습니다." 아오마메는 말했다.

"다행이네요."

"하지만 유감스럽게도 그 사람은 저를 좋아하지 않아요."

"조금 이상한 질문인지 모르겠으나,"라고 노부인은 말했다. "어째서 그 사람은 당신을 좋아하지 않는 걸까요? 객관적으로 봐도 당신은 대단히 매력적인 젊은 여성이라고 생각하는데."

"그 사람은 내가 존재한다는 것조차 알지 못하니까요."

노부인은 아오마메가 한 말에 대해 잠시 생각을 더듬고 있었다.

"당신은 당신이 존재한다는 사실을 그에게 알리고픈 마음이 없는 건가요?"

"현재로서는 없어요." 아오마메는 말했다.

"무슨 사정이 있나요? 당신이 먼저 접근할 수 없는."

"사정도 조금 있어요. 하지만 대부분은 제 자신의 마음의 문제예요."

노부인은 감탄한 듯이 아오마메의 얼굴을 보았다. "나는 지금까지 특이한 사람들을 여럿 만나봤지만 당신도 그중 한 사람인 것 같군요."

아오마메는 입가를 풀며 웃었다. "저는 딱히 남다른 점은 없어요. 제 마음에 솔직할 뿐이죠."

"한번 스스로 정한 규칙은 분명하게 지킨다."

"그렇습니다."

"그리고 약간 고집스럽고 화를 잘 낸다."

"네, 그런 면도 있을 거예요."

"하지만 간밤에는 잠깐 파격적인 시간을 보냈군요."

아오마메는 얼굴을 붉혔다. "그걸 알아보셨어요?"

"피부를 보면 알아요. 냄새로도 알고. 남자의 흔적이 아직 몸에 남아 있어요. 나이를 먹으면 여러 가지 것을 알게 된답니다."

아오마메는 아주 조금 얼굴을 찡그렸다. "이따금 그런 게 필요해요. 별로 칭찬받을 만한 일이 아니라는 건 알지만요."

노부인은 손을 내밀어 아오마메의 손 위에 조용히 얹었다. "물론이지요. 그런 일도 가끔은 필요합니다. 마음에 걸려할 거 없어요, 나무라는 게 아니니까. 하지만 당신은 좀더 평범하게 행복해져도 좋을 듯한 마음이 드는군요. 좋아하는 사람과 맺어져 해피엔딩을 맞는 그런 것 말예요."

"저도 그러면 좋겠다고 생각하죠. 하지만 아마 어려울 거예요."

"어째서죠?"

아오마메는 거기에는 대답하지 않았다. 설명하기 간단하지 않다.

"만일 개인적인 일로 누군가와 상의하고 싶을 때는 내게 이야기하세요." 노부인은 그렇게 말하고, 얹었던 손을 거두어 페이스 타월로 얼굴의 땀을 닦았다. "어떤 일이든지요. 내가 해줄 수 있는 게 있을지도 모르니."

"고맙습니다." 아오마메는 말했다.

"이따금 파격적인 시간을 보내는 것만으로는 해소되지 않는 것도 있겠지요."

"맞는 말씀이세요."

"당신은 자신을 그르칠 만한 일은 아무것도 하지 않았어요." 노부인은 말했다. "무엇 하나도. 그건 알고 있지요?"

"알고 있습니다." 아오마메는 말했다. 그 말이 맞다고 아오마메는 생각했다. 자신을 그르칠 만한 일은 아무것도 하지 않았다. 하지만 무언가는 조용히 뒤에 남는다. 와인 병 밑바닥의 침전물처럼.

오쓰카 다마키가 세상을 떠나기 전후의 일을 아오마메는 지금도 똑똑히 기억한다. 그리고 이제는 그녀를 만날 수 없고 그녀와 이야기할 수 없다고 생각하면 몸이 찢기는 듯한 느낌을 받는다. 다마키는 아오마메가 태어나서 처음으로 만든 친구였다. 서로 어떤 일이든 감추지 않고 털어놓을 수 있었다. 다마키 이전에 그런 친구는 아오마메에게 단 한 사람도 없었고, 그녀 이후에도 단 한 사람도 생기지 않았다. 다마키를 대신할 수 있는 것은 없었다. 만일 그녀를 만나지 못했다면, 아오마메의 인생은 지금보다 더 비참하고 더 어둡침침한 것이 되었으리라.

두 사람은 나이가 같고 도립 고등학교 소프트볼 팀메이트였다. 아오마메는 중학교부터 고등학교 때까지 소프트볼이라는 경기에 자신의 모든 열정을 바쳤다. 처음에는 그리 내키지 않는 마음으로, 멤버가 부족하다는 이유로 끌려가 건성으로 참가했지만, 이윽고 그것은 그녀 삶의 보람이 되었다. 그녀는 자칫 강풍에 휘날려갈 사람이 기둥에 달라붙는 것처럼 경기에 매달려 살았다. 그녀에게는 그런 무언가가 필요했다. 그리고 그녀 스스로도 깨닫지 못했던 일이지만, 아오마메는 원래부터 운동선수로서 발군의 자질을 갖고 있었다. 중학교에서도 고등학교에서도 팀의 중심선수였고, 그녀 덕분에 팀은 토너먼트를 거침없이 이기고 올라갔다. 그것은 아오마메에게 자신감 비슷한 것(정확히 자신감이라고 할 수는 없지만 그것에 가까운 것)을 가져다주었다. 팀 내에서 자신이 결코 작지 않은 존재의의를 갖고, 가령 좁은 세계 안에서나마 명확한 포지션이 주어진다는 게 아오마메에게는 무엇보다 기뻤다. **누군가 나를 원하는 것이다.**

아오마메는 투수이자 4번 타자여서 말 그대로 투타의 중심이었다. 오쓰카 다마키는 2루수이자 팀의 가장 중요한 인물로 주장을 맡고 있었다. 다마키는 몸집이 작았지만 뛰어난 반사신경을 지녔고 두뇌를 어떻게 써야 하는지 알고 있었다. 상황을 재빠르게, 복합적으로 파악할 줄 알았다. 투구 때 어느 쪽으로 몸의 중심을 기울이면 효과적인지 터득하고 있었다. 상대 타자가 볼을 치면 그것이 날아가는 방향을 순간적으로 알아맞히고 커버하기 위해 적확한 위치를 향해 내달렸다. 그런 게 가능한 내야수는 웬만해서는 찾아볼 수 없다. 그녀의 판단력 덕분에 얼마나 많은 위기를 벗어났는지 모른다. 아오마메처럼 장타자는 아니지만, 배팅이 예리하고 확실하며 주루도 빨랐다. 또한 다마키는 리더로서도 우수했다. 팀을 통합하고 작전을 세우고 팀원 모두에게 유익한 조언을 건네며 격려했다. 지도는 엄격했지만 주위 선수들의 신망을 얻었다. 덕분에 팀은 날이 갈수록 강해져서 도쿄 도 대회에서는 결승전까지 올랐다. 고교 전국대회에도 나갔다. 아오마메와 다마키는 간토 선발팀의 멤버로도 뽑혔다.

두 사람은 서로의 뛰어난 부분을 인정하고 누가 먼저랄 것 없이 자연스럽게 친해져서 이윽고 둘도 없는 친구가 되었다. 원정경기 때는 둘이서 긴 시간을 함께 보냈다. 각자 자신의 성장과정을 포장하거나 감추지 않고 서로 털어놓았다. 아오마메는 초등학교 5학년 때 마음을 정하고 부모와 헤어져서 외삼촌 집에 신세를 지게 되었다. 외삼촌 일가는 사정을 이해했고 가족의 일원으로서 따스하게 맞아주었지만, 그래도 역시 그곳은 남의 집이었다. 그녀는 외톨이였고 애정에 굶주려 있었다. 살아갈 목적이나 의미를 어디서 찾아야 할지 알지 못한 채 어디에도 마음 붙일 데 없는 나날을 보냈다. 다마키의 집은 유복하고 사회적 지위도 있었지만 아버지와 어머니 사이가 몹시 나빴던 탓에 집안 분위기는 황폐했다. 아버지는 도무지 집에 돌아오지 않고 어머니는 이따금 착란상태에 빠졌다. 두통이 심해 며칠이고 침대에서 나오지 못하기도 했다. 다마키와 남동생은 거의 내팽개쳐진 상태였다. 두 아이는 식사의 대부분을 근처 식당이나 패스트푸드점이나 판매용 도시락으로 해결했다. 그녀들은 저마다 미친 듯이 소프트볼에 빠져야 할 사정이 있었던 것이다.

고민거리를 품고 있는 고독한 소녀들은 이야기할 거리가 산더미처럼 많았다. 여름방학에는 둘이서만 여행을 했다. 그리고 얘깃거리가 잠시 바닥났을 때, 그녀들은 호텔 침대 안에서 서로의 벗은 몸을 만졌다. 어디까지나 돌발적이고 단 한 번뿐인 일이었다. 두 번 다시 그런 일은 반복되지 않았고 그 일을 입에 올리는 일도 없었다. 하지만 그 일 때문에 두 사람은 보다 깊고 보다 내밀한 관계가 되었다.

고등학교를 졸업하고 체육대학에 들어간 다음에도 아오마메는 소프트볼을 계속했다. 여자 소프트볼 선수로서 전국적으로 높은 평가를 얻었기 때문에 사립 체육대학에 특별장학금을 받고 입학할 수 있었다. 그리고 대학팀에서도 역시 중심선수로 활약했다. 소프트볼을 하면서 한편으로 그녀는 스포츠 의학에 관심을 가져 그쪽으로 진지하게 공부하기 시작했다. 마셜 아츠에도 흥미를 가졌다. 대학에 다니는 동안 최대한 많은 지식과 전문기술을 익히고 싶었다. 태평하게 놀러 다닐 여유는 없었다.

다마키는 일류 사립대학 법학부에 진학했다. 고등학교를 졸업하면서 그녀는 소프트볼 경기와 인연을 끊었다. 성적이 우수한 다마키에게 소프트볼은 단순한 통과지점에 지나지 않았다. 그녀는 사법고시에 응시해 법률가가 될 생각이었다. 하지만 가는 길은 달라도 두 사람은 여전히 둘도 없는 친구였다. 아오마메는 임대료를 면제받는 대학 기숙사에 살았고, 다마키는 여전히 황폐한—하지만 경제적인 여유는 안겨주는—자기 집에서 학교에 다녔다. 두 사람은 일주일에 한 번은 함께 식사를 하고 쌓인 이야기를 했다. 아무리 이야기해도 화제가 바닥나지 않았다.

다마키는 대학 일학년 겨울에 처녀를 잃었다. 상대는 테니스 동아리의 한 학년 선배였다. 모임이 끝난 뒤 그는 자신의 원룸에 가자고 했고, 거기서 거의 강제로 당했다. 다마키가 그 남자에게 전혀 호감을 품지 않았던 건 아니었다. 그렇기 때문에 그가 가자는 대로 혼자 그의 집에 따라갔던 것이지만, 폭력적으로 성행위를 강요받은 것에 대해, 또한 그때 그 남자가 보여준 이기적이고 거친 태도에 큰 충격을 받았다. 그 일 때문에 동아리도 탈퇴하고 한참 동안 우울상태에 빠졌다. 그 사건은 다마키의 마음에 깊은 무력감을 남긴 듯했다. 식욕이 떨어져 한 달 만에 6킬로그램이나 빠졌다. 다마키가 그 남자에게 원한 것은 이해와 배려 같은 것이었다. 그것만 보여주었더라면, 그리고 조금만 더 시간을 들여 준비단계를 거쳤더라면 몸을 내주는 것 자체는 그리 큰 문제가 아니었을 것이다. 다마키는 도저히 그 일을 이해할 수 없었다. 도대체 왜 그렇게 폭력적으로 나와야 했던 걸까. 그럴 만한 이유가 전혀 없었는데.

아오마메는 그녀를 위로하고 그 남자에게 어떤 방식으로든 제재를 가해야 한다고 충고했다. 하지만 다마키는 그에 동의하지 않았다. 자기 역시 조심하지 못한 면이 있고, 이제 와서 어딘가에 말해봤자 뭐가 해결되는 것도 아니라고 그녀는 말했다. 가자는 대로 혼자서 남자 집에 따라갔던 내게도 책임이 있어. 그냥 잊어버리는 수밖에 없어, 라고 다마키는 말했다. 하지만 그 일로 인해 그녀가 얼마나 깊이 마음에 상처를 입었는지, 아오마메는 아플 만큼 잘 알 수 있었다. 그건 처녀성의 상실이니 뭐니 하는 표면적인 문제가 아니다. 인간 영혼의 신성함의 문제이다. 그곳에 흙발로 짓밟고 들어올 권리는 어느 누구에게도 없다. 그리고 무력감이라는 건 인간을 한없이 갉아먹는다.

아오마메는 그녀를 대신해 개인적인 제재를 가하기로 했다. 다마키에게서 그 남자가 사는 원룸의 주소를 알아내고, 제도 도면을 넣는 긴 플라스틱 원통에 소프트볼 방망이를 넣고 찾아갔다. 그날 다마키는 친척집에 제사인지 뭔지가 있어서 가나자와에 가 있었다. 그게 그녀의 알리바이가 될 것이다. 남자가 집에 없는 건 미리 확인해두었다. 드라이버와 해머를 사용해 자물쇠를 부수고 집 안에 들어갔다. 그러고는 방망이에 타월을 몇 겹으로 감아 최대한 소리가 나지 않도록 주의하며 방 안에 있는 것들을 모조리 때려부쉈다. 텔레비전부터 라이트스탠드, 시계, 레코드, 토스터, 꽃병, 아무튼 부술 수 있는 건 하나도 남김없이 부쉈다. 전화선은 가위로 절단했다. 책은 등을 꺾어 한 장 한 장 뜯어냈고, 치약과 셰이빙 크림은 내용물을 모두 짜내 카펫 위에 흩뿌렸다. 침대에는 소스를 끼얹었다. 서랍 안의 노트도 찢었다. 펜과 연필은 부러뜨렸다. 전구는 죄다 깨부쉈다. 커튼과 쿠션에는 부엌칼로 칼집을 넣었다. 서랍 속의 셔츠도 모조리 가위질을 했다. 속옷과 양말 서랍에는 토마토케첩을 듬뿍 뿌렸다. 냉장고 퓨즈를 뽑아 창밖으로 멀리 던졌다. 화장실 변기의 물탱크 스토퍼를 떼어내 고장 냈다. 샤워기 헤드도 망가뜨렸다. 정성 들여 구석구석까지 철저하게 파괴했다. 방 안은 한참 오래전에 신문에서 사진으로 본, 포격 후의 베이루트 시가지 풍경에 가까운 것이 되었다.

다마키는 머리 좋은 여자였고(학교 성적에 관해서는 아오마메는 감히 넘볼 수도 없었다), 소프트볼 시합에서는 빈틈없고 주의 깊은 플레이어였다. 아오마메가 위기에 빠지면 곧바로 마운드에 올라와 유익한 조언을 짤막하게 건네주고 싱긋 웃으며 글러브로 그녀의 엉덩이를 팡 치고는 수비 위치로 돌아갔다. 시야가 넓고 마음이 따뜻하고 유머 감각도 있었다. 학업에서도 노력형이었고 말솜씨도 뛰어났다. 그대로 공부를 계속했다면 틀림없이 우수한 법률가가 되었을 것이다.

그런데 남자만 마주하면 그녀의 판단력은 어이없을 만큼 낱낱이 풀어져버렸다. 다마키는 잘생긴 남자를 좋아했다. 이른바 얼굴을 밝히는 것이다. 그리고 그런 경향은 아오마메가 보기에는 거의 병적인 영역에 이르러 있었다. 아무리 인간성이 훌륭한 남자라도, 아무리 뛰어난 능력을 가진 남자라도, 그리고 그들이 관심을 갖고 다가와도, 외모가 자기 취향에 맞지 않으면 다마키는 전혀 마음을 열지 않았다. 그녀가 관심을 갖는 건 항상 겉은 그럴듯하지만 속은 텅 빈 남자들이었다. 게다가 남자 얘기만 나오면 다마키는 지독한 고집불통이 되어서 아오마메가 무슨 말을 해도 들으려 하지 않았다. 평소에는 아오마메의 의견에 순순히 귀를 기울이고 존중해주면서도, 보이프렌드에 대한 비판만은 일절 받아주지 않았다. 아오마메도 나중에는 포기하고 더이상 충고하지 않았다. 그런 일로 말다툼을 해서 다마키와의 우정을 망가뜨리고 싶지는 않았다. 따지고 보면 결국 그건 다마키의 인생이다. 좋을 대로 하라고 놔두는 수밖에 없다. 아무튼 대학에 다니는 동안 다마키는 수많은 남자들을 사귀고 항상 어떤 트러블에 휘말려 배신당하고 상처입고 결국에는 버림을 받았다. 그때마다 반 광란에 가까운 상태가 되었다. 두 번 중절수술을 받았다. 남녀관계로 말하자면 다마키는 참으로 천부적인 피해자였다.

아오마메는 보이프렌드를 만들지 않았다. 누가 청하면 이따금 데이트를 했고 개중에는 꽤 나쁘지 않은 사람도 있었지만, 깊은 관계로 발전하는 일은 없었다.

"애인도 없이 계속 처녀로 살 작정이야?" 다마키는 아오마메에게 물었다.

"바쁘니까." 아오마메는 말했다. "하루하루 살아가기도 버거워. 보이프렌드하고 놀러 다닐 여유는 없어."

다마키는 학부를 졸업하자 대학원에 남아 사법고시를 준비했다. 아오마메는 스포츠 드링크 및 건강식품 회사에 취직해 거기서 소프트볼을 계속했다. 다마키는 여전히 자기 집에서 학교에 다녔고, 아오마메는 요요기 하치만에 있는 사원 기숙사에서 살았다. 학생 때와 똑같이 두 사람은 주말마다 만나서 식사하고 싫증도 내지 않고 여러 이야기를 나누었다.

다마키는 스물네 살 때 두 살 연상의 남자와 결혼했다. 결혼과 동시에 대학원을 그만두고 법률 공부도 포기했다. 남편이 허락하지 않았기 때문이다. 아오마메는 그 남자를 딱 한 번 만난 적이 있었다. 자산가의 아들로, 예상대로 그럴듯하게 생기긴 했지만 정말 얄팍해 보이는 얼굴이었다. 취미는 요트. 입에 발린 소리를 잘하고 나름대로 머리는 좋아 보이지만 인품에 깊이가 없고 말에도 무게가 없었다. 언제나처럼 다마키 취향의 남자다. 그리고 거기에서는 어떤 불길함마저 느껴졌다. 처음부터 아오마메는 그 남자가 마음에 들지 않았다. 그 남자도 아오마메를 그리 마음에 들어하지 않았는지 모른다.

"이 결혼은 잘될 리가 없어." 아오마메는 다마키에게 말했다. 쓸데없는 참견은 하고 싶지 않았지만, 어쨌든 이건 결혼이다. 단순한 연애놀음이 아니다. 오래 함께해온 소중한 친구로서 말없이 넘어갈 수는 없었다. 두 사람은 그때 처음으로 심한 말다툼을 했다. 결혼을 반대하자 다마키는 히스테릭해져서 아오마메에게 심한 말을 몇 마디 던졌다. 거기에는 아오마메가 가장 듣고 싶지 않은 말도 포함되어 있었다. 아오마메는 결혼식에도 가지 않았다.

하지만 아오마메와 다마키는 곧 화해했다. 신혼여행에서 돌아온 직후에 다마키는 예고도 없이 아오마메에게 찾아와 자신의 결례를 사과했다. 그때 했던 말들은 모두 다 잊어달라고 했다. 내가 정신이 나갔었나봐. 신혼여행 동안 내내 너만 생각했어. 그런 걱정 하지 마, 벌써 다 잊어버려서 하나도 생각 안 나, 라고 아오마메는 말했다. 그리고 두 사람은 꼭 끌어안았다. 농담을 하며 웃었다.

하지만 결혼 후에 두 사람이 얼굴을 마주할 기회는 급속히 줄었다. 편지 왕래는 빈번하게 했고 전화로 이야기도 했다. 하지만 다마키는 둘이서 만날 시간을 내기가 여의치 않은 듯했다. 집안일이 이래저래 바빠서, 라고 다마키는 변명했다. 전업주부도 꽤 힘들어, 라고. 하지만 그 말투에서는 그녀가 밖에 나가 누군가를 만나는 것을 남편이 원하지 않는 듯한 느낌이 있었다. 게다가 다마키는 시부모와 같은 부지에 함께 살고 있어서 자유롭게 외출하기 힘든 눈치였다. 그렇다고 아오마메를 그녀의 신혼집에 초대한 일도 없었다.

결혼생활은 잘돼가고 있어, 라고 다마키는 매번 아오마메에게 말했다. 남편은 착하고 시부모도 친절한 사람들이다. 생활에 불편한 것은 없다. 때때로 주말에 에노시마까지 요트를 타러 나간다. 법률 공부를 그만둔 것도 그리 아깝지 않다. 사법고시의 압박감이 상당했었으니까. 이런 평범한 생활이 결국 내게는 가장 잘 맞는지도 모르겠다. 이제 아이도 낳을 거고, 그렇게 되면 그저 그런 따분한 아줌마가 되겠지? 네가 더이상 상대도 안 해줄지 몰라. 다마키의 목소리는 언제나 명랑했고, 그녀가 입에 올리는 말을 굳이 의심해야 할 이유도 없었다. 다행이야, 라고 아오마메는 말했다. 정말로 다행이라고 그녀는 생각했다. 불길한 예감은 적중하는 것보다 빗나가는 게 당연히 좋다. 아마도 다마키 안에서 무언가가 안식처를 찾아낸 것이리라, 라고 아오마메는 생각했다. 혹은 그렇게 생각하려고 노력했다.

다마키 말고는 친구라 할 만한 사람이 없었기 때문에, 그녀와의 접점이 희박해지자 아오마메의 하루하루는 어딘지 모르게 허전해져갔다. 소프트볼에도 예전처럼 집중할 수 없었다. 다마키가 자신의 삶에서 멀어져가면서, 경기에 대한 흥미 자체가 옅어지고 만 것 같았다. 스물다섯 살이 되었지만 아오마메는 여전히 처녀였다. 마음이 뒤숭숭할 때면 이따금 자위행위를 했다. 그런 생활을 딱히 외롭다고 생각하지 않았다. 누군가와 개인적으로 깊은 관계를 맺는 것이 아오마메에게는 고통이었다. 그럴 거라면 차라리 고독한 채로 지내는 게 낫다.

다마키가 자살한 것은 스물여섯 살 생일을 사흘 앞둔, 바람이 세게 휘몰아치는 늦가을 날이었다. 그녀는 자기 집에서 목을 매 죽었다. 다음 날 저녁 무렵 출장에서 돌아온 남편이 그 모습을 발견했다.

"가정 내에는 별다른 문제가 없었고 불만을 말한 적도 없습니다. 자살 원인은 전혀 짐작되는 바가 없습니다"라고 다마키의 남편은 경찰에 말했다. 남편의 부모도 마찬가지의 말을 했다.

하지만 그건 거짓말이었다. 남편의 끊일 새 없는 사디스틱한 폭력으로 다마키는 신체적으로도 정신적으로도 상처투성이가 되어 있었다. 남편의 행위는 편집증적인 영역에 가까운 것이었다. 남편의 부모도 그걸 어느 정도 짐작하고 있었다. 경찰도 검시 때 그녀의 몸 상태를 보고 사정을 눈치 챘지만 그것은 결국 표면화되지 않았다. 남편을 불러 조사를 하기는 했지만 그녀의 사인은 명백히 자살이었고, 그녀가 죽었을 때 남편은 홋카이도에 출장중이었다. 그가 형사범으로 조사를 받는 일은 없었다. 다마키의 남동생은 그런 사정을 나중에야 아오마메에게 조용히 털어놓았다.

결혼 초기부터 폭행을 당했고, 그것이 시간이 가면서 더욱더 집요하고 음침하고 잔인해졌다는 것이다. 하지만 다마키는 그 악몽 같은 곳에서 도망쳐나오지 못했다. 아오마메에게는 그런 말은 한마디도 꺼내지 않았다. 상의해봤자 돌아올 대답을 뻔히 알고 있었기 때문이다. 지금 당장 그 집을 나오라고 할 게 틀림없었다. 하지만 그럴 수가 없는 것이다.

자살 직전, 최후의 순간에, 다마키는 아오마메에게 긴긴 편지를 써 보냈다. 자신이 처음부터 잘못했고 아오마메가 처음부터 옳았다고 편지 첫머리에 적혀 있었다. 그녀는 이렇게 끝을 맺었다.

하루하루의 생활이 지옥이야. 하지만 나는 어떻게 해도 이 지옥을 빠져나갈 수 없어. 이곳을 나간 뒤에 어디로 가야 할지, 그것도 모르겠는걸. 나는 무력감이라는 끔찍한 감옥에 들어와 있어. 내 발로 이곳에 들어와 내 손으로 자물쇠를 채우고 열쇠를 멀리 내던져버렸어. 이 결혼은 물론 잘못이었어. 네 말이 맞아. 하지만 가장 깊은 문제는 남편도 아니고 결혼생활도 아니고 바로 내 안에 있어. 내가 느끼는 온갖 고통은 바로 내가 받아 마땅한 아픔이야. 다른 누구를 비난할 수도 없어. 너는 내게 단 하나의 친구이고 이 세상에서 내가 유일하게 믿을 수 있었던 사람이야. 하지만 이제 나에게 구원은 없어. 가능하다면 나를 언제까지나 기억해줘. 언제까지나 우리 둘이 소프트볼을 하며 살 수 있었다면 좋았을 텐데.

아오마메는 그 편지를 읽으면서 지독히 속이 울렁거렸다. 몸이 떨리는 게 멈추지 않았다. 다마키의 집에 몇 번이나 전화를 해도 아무도 수화기를 들지 않았다. 녹음 메시지로 이어질 뿐이었다. 아오마메는 전철을 타고 세타가야 오쿠사와에 있는 그녀의 집까지 달려갔다. 높은 담장이 가로막은 거대한 저택이었다. 대문 인터폰을 눌렀지만 역시 대답은 없었다. 안에서 개가 짖을 뿐이었다. 포기하고 물러서는 수밖에 없었다. 물론 아오마메는 알 도리가 없었지만, 그때 다마키는 이미 숨을 거둔 뒤였다. 그녀는 계단 손잡이에 밧줄을 걸고 외로이 거기에 매달려 있었다. 고요히 가라앉은 집 안에 아오마메가 건 전화벨 소리와 아오마메가 누른 차임벨 소리만 헛되이 울려퍼졌을 뿐이다.

다마키의 사망 소식을 들었을 때, 아오마메는 크게 놀라지 않았다. 분명 머릿속 어딘가에서 그것을 예기하고 있었던 것이리라. 슬픔도 복받쳐오지 않았다. 사무적인 대답을 하고 전화를 끊고는 의자에 앉았고, 그러고는 상당한 시간이 지난 뒤에 몸속의 온갖 체액이 밖으로 새어나오는 듯한 느낌에 사로잡혔다. 오래도록 의자에서 일어서지 못했다. 회사에 전화해 몸이 안 좋다며 며칠 휴가를 내어 집 안에 그저 가만히 틀어박혀 있었다. 밥도 먹지 않고 잠도 자지 않고 물조차 거의 마시지 않았다. 장례식에도 가지 않았다. 그녀 안에서 뭔가 딸칵 소리를 내며 전환되는 것이 느껴졌다. 이 순간부터 나는 예전의 나와는 다른 사람이 되리라, 는 것을 강하게 느꼈다.

그 남자에게 제재를 가하지 않으면 안 된다, 아오마메는 그때 마음을 먹었다. 무슨 일이 있어도 세상의 종말을 확실하게 가져다주어야 한다. 그러지 않는다면 그자는 다른 누군가를 상대로 다시 똑같은 짓을 거듭할 게 틀림없다.

아오마메는 시간을 듬뿍 들여 주도면밀하게 계획을 세웠다. 목덜미 뒤쪽의 한 포인트를 일정 각도에서 예리한 바늘 끝으로 찌르면 상대를 순식간에 죽음에 이르게 한다는 것을 그녀는 알고 있었다. 물론 누구나 할 수 있는 일은 아니다. 하지만 그녀는 할 수 있다. 필요한 것은 그 미묘하기 짝이 없는 포인트를 짧은 시간 내에 더듬어 찾아내는 감각을 연마하는 것, 그리고 그 행위에 적합한 도구를 구하는 것이었다. 그녀는 공구를 차근차근 준비하고 시간을 들여 작고 가느다란 아이스픽 같은 특수한 기구를 만들어냈다. 그 바늘 끝은 가차없는 관념처럼 날카롭고 차갑고 뾰족했다. 그리고 그녀는 여러 방법으로 공들여 연습에 연습을 거듭했다. 마침내 이만하면 됐다고 만족한 상태에서 그것을 실행에 옮겼다. 망설임 없이, 냉정하고도 적확하게, 왕국이 그 사내의 머리 위에 도래하게 해주었다. 그녀는 그뒤에 기도까지 올렸다. 기도문은 그녀의 입에서 거의 반사적으로 흘러나왔다.

하늘에 계신 주님이시여. 당신의 이름이 영원히 거룩한 여김을 받으시오며, 당신의 왕국이 우리에게 임하옵시며, 우리의 수많은 죄를 사하여주시옵소서. 우리의 보잘것없는 삶에 당신의 축복을 주시옵소서. 아멘.

아오마메가 주기적으로, 그리고 격렬히 남자의 몸을 원하게 된 것은 그 이후의 일이었다.

제14장 덴고

Q

대부분의 독자가 지금까지 본 적 없는 것

고마쓰와 덴고는 늘 만나던 장소에서 만났다. 신주쿠 역 근처에 있는 찻집이다. 커피 한 잔 가격이 만만치 않지만, 좌석과 좌석 사이의 거리가 널찍해서 남이 들을 것을 걱정하지 않고 이야기할 수 있다. 공기가 비교적 깨끗하고, 거슬리지 않는 음악을 작은 소리로 틀어놓는다. 항상 그렇듯이 고마쓰는 이십 분 늦게 나왔다. 고마쓰가 약속 시간에 맞춰서 나오는 일은 거의 없고, 덴고가 약속 시간에 늦는 일도 거의 없다. 이건 이미 정해진 사항 같은 것이다. 고마쓰는 서류를 넣는 가죽가방을 들고 눈에 익은 트위드 양복 상의에 남색 폴로셔츠를 입고 있었다.

"기다리게 해서 미안해." 고마쓰는 말했지만, 딱히 미안하게 생각하는 눈치는 아니었다. 평소보다 기분이 좋은지 입가에는 새벽녘 그믐달 같은 웃음이 떠 있었다.

덴고는 고개만 끄덕이고 아무 말도 하지 않았다.

"급하게 몰아쳐서 미안해. 이래저래 힘들었겠어." 고마쓰는 맞은 편 좌석에 자리를 잡자 그렇게 말했다.

"과장하고 싶지는 않지만 열흘 동안 제가 살았는지 죽었는지도 잘 모르겠던데요." 덴고는 말했다.

"하지만 정말 훌륭하게 해냈어. 후카에리 보호자의 승낙도 무사히 받아냈고 소설도 확실하게 고쳤어. 정말 대단해. 세상사에는 도통 무관심한 덴고로서는 실로 대성공이야. 다시 봤어."

덴고는 그 칭찬을 그냥 흘려들었다. "후카에리의 배경에 관한 보고서는 읽어보셨습니까? 긴 거요."

"음, 읽었지. 물론. 아주 찬찬히 읽어봤어. 뭐랄까, 일이 상당히 복잡하더군. 마치 대하소설의 한 부분 같은 이야기야. 하지만 그건 그렇다 치고, 그 유명한 에비스노 선생이 후카에리의 보호자이실 줄은 생각도 못 했네. 세상 참 무지하게 좁아. 그나저나 에비스노 선생이 내 얘기를 좀 하시던가?"

"고마쓰 씨에 대해서요?"

"응, 나에 대해."

"별말씀 없었는데요."

"거 묘하네." 고마쓰는 몹시 이상하다는 듯이 말했다. "나와 에비스노 선생은 예전에 함께 일한 적이 있어. 대학 연구실에까지 원고를 받으러 갔었지. 아주 한참 옛날, 내가 아직 애송이 편집자이던 시절이지만."

"옛날 일이라서 잊어버리신 거 아닐까요? 제게 고마쓰 씨는 어떤 사람이냐고 물어보셨을 정도인데요."

"아니." 고마쓰는 진지한 얼굴로 고개를 저었다. "그렇진 않아. 절대 그럴 리 없어. 그 선생은 어떤 것도 잊어버리지 않는 사람이야. 무서울 정도로 기억력이 좋은 사람이고, 그때 둘이서 상당히 많은 이야기를 했었으니…… 하지만 뭐, 그건 됐어. 그분은 웬만해서는 감당 못 할 영감님이야. 그나저나 자네 보고에 따르면 후카에리를 둘러싼 사정이 꽤 복잡한 거 같던데."

"꽤 복잡한 정도가 아니에요. 우리는 말 그대로 폭탄을 끌어안고 있는 셈이라고요. 후카에리는 여러 의미에서 정상이 아닙니다. 그저 예쁘장한 열일곱 살짜리 여학생이 아니에요. 디스렉시아라서 책을 제대로 읽을 수도 없어요. 문장도 변변히 쓰지 못하지요. 어떤 트라우마 같은 걸 갖고 있고, 거기에 관련하여 기억의 일부를 잃어버린 모양이에요. 코뮌 비슷한 곳에서 자랐고 학교에도 거의 다니지 않았어요. 아버지는 좌익 혁명조직의 리더이고 '여명'과 관련한 총격전에도 간접적이지만 연결이 되어 있는 것 같아요. 맡아서 길러준 건 왕년의 고명한 문화인류학자입니다. 만일 소설이 화제가 된다면 매스컴이 몰려들어서 구미가 당길 만한 온갖 사실을 까발리겠지요. 엄청난 일이 될 겁니다."

"응, 분명 지옥의 가마솥을 열어젖힌 것 같은 소동이 될 게야." 고마쓰는 말했다. 그러면서도 여전히 입가의 미소는 사라지지 않았다.

"그러면 이 계획은 중단하는 건가요?"

"계획을 중단해?"

"일이 지나치게 커져요. 너무 위험합니다. 원고를 원래대로 돌려놓자고요."

"그런데 일이 그리 간단하지가 않아. 자네가 리라이팅한 「공기 번데기」는 이미 제작처에 보내서 심사본을 만들고 있는 중이야. 제본이 끝나는 대로 편집장과 출판부장과 네 명의 심사위원에게 보내질 거고. 이제 와서 '죄송합니다. 그건 실수였습니다. 안 보신 걸로 하고 돌려주십시오'라고는 못 해."

덴고는 한숨을 내쉬었다.

"어쩔 수 없어. 시간을 거꾸로 돌릴 수는 없지." 고마쓰는 말했다. 그리고 말보로를 입에 물고 눈을 가늘게 뜬 채 찻집 성냥으로 불을 붙였다. "그다음 일은 내가 고민해볼게. 자네는 하나도 걱정할 거 없어. 만일 「공기 번데기」가 상을 타더라도 후카에리는 되도록 밖으로 드러나지 않도록 할 거야. 사람들 앞에 나서기를 싫어하는 수수께끼의 소녀 작가, 이런 정도로 잘 처리하면 돼. 내가 담당편집자로서 대변인 같은 역할을 하는 거지. 그런 일처리는 내가 훤히 꿰고 있으니까 걱정 마."

"고마쓰 씨의 능력을 의심하는 건 아닙니다만, 후카에리는 그 나이대의 평범한 여학생과는 달라요. 남이 하라는 대로 다소곳이 움직여주는 타입이 아니에요. 자기가 이렇게 하기로 마음먹으면 누가 뭐라고 하건 그대로 실행에 옮길 애예요. 애초에 마음에 들지 않는 일은 아예 귓등으로도 듣지 않게 생겨먹었어요. 그렇게 간단히는 안 될 거예요."

고마쓰는 아무 말 없이 손 안의 성냥갑을 몇 번이고 뒤집었다.

"하지만 덴고, 뭐가 어찌 됐건 일이 여기까지 온 이상 서로 각오를 다지는 수밖에 없어. 우선 자네가 고쳐 쓴 「공기 번데기」는 기막히게 잘 나왔어. 기대했던 것보다 훨씬 훌륭해. 거의 완벽에 가까워. 이거라면 틀림없이 신인상을 타고 화제가 될 거야. 이제 와서 이걸 묻어버리는 그런 짓은 난 못 해. 내 생각에, 그건 일종의 범죄야. 그리고 아까도 말했듯이 이 일은 이미 일사천리로 굴러가고 있어."

"일종의 범죄?" 덴고는 고마쓰의 얼굴을 보며 말했다.

"이런 말이 있지." 고마쓰는 말했다. "다양한 예술, 다양한 희구, 그리고 또한 다양한 행동과 탐색은 선을 지향한다고 생각할 수 있다. 그렇기 때문에 그 일이 지향하는 바를 통해 선이라는 것을 올바르게 규정할 수 있다."

"그게 뭐죠?"

"아리스토텔레스야. 『니코마코스 윤리학』이지. 아리스토텔레스는 읽어본 적 있나?"

"거의 없어요."

"읽어봐. 자네라면 틀림없이 좋아할 거야. 나는 읽을 책이 바닥났을 때는 그리스 철학을 읽어. 싫증나는 일이 없어. 항상 뭔가 배우는 게 있지."

"그 인용의 포인트는 뭔가요?"

"어떤 일의 귀결은 즉 선이다. 선은 즉 다양한 귀결이다. 의심하는 건 내일로 미루자." 고마쓰는 말했다. "그게 포인트야."

"아리스토텔레스는 홀로코스트에 대해서는 뭐라고 말했나요?"

고마쓰의 그믐달 같은 웃음이 다시금 깊어졌다. "아리스토텔레스는 거기서는 주로 예술이나 학문이나 공예에 대해 이야기하고 있어."

고마쓰와는 결코 짧지 않은 동안 만나왔다. 그동안 덴고는 이 사람의 드러난 얼굴도 보았고 숨겨진 얼굴도 보았다. 고마쓰는 업계의 한 마리 외로운 늑대 같은 존재로, 자기 좋을 대로 하고 싶은 걸 하면서 살아가는 것처럼 보인다. 많은 사람들은 그 겉모습에 속아넘어간다. 하지만 전후사정을 머릿속에 잘 넣어두고 자세히 관찰해보면, 그의 움직임이 상당히 주도면밀하게 계산된 것이라는 사실을 알 수 있다. 장기로 치자면 몇 수 앞까지 미리 읽고 있다. 기발한 발상을 즐기는 사람이라는 건 분명하지만, 합당한 지점에서 선을 긋고 거기서 더는 발을 내밀지 않도록 조심한다. 말하자면 신경질적인 성격이라고 해도 좋을 정도다. 그의 무뢰한 같은 언동의 대부분은 표면적인 연기에 지나지 않는다.

고마쓰는 자기 자신에게 주의 깊게 몇 가지 보험을 들어두었다. 이를테면 그는 모 신문의 석간에 매주 문학 관련 칼럼을 쓰고 있다. 거기서 수많은 작가를 칭찬하기도 하고 폄하하기도 했다. 폄하할 때의 문장은 상당히 가열한 것이었다. 그런 글을 쓰는 것이 그의 장기였다. 익명의 칼럼이지만 업계 사람들은 누가 그 글을 쓰는지 모두 알고 있다. 당연한 이야기지만, 신문에 자기 험담이 나오는 걸 좋아할 사람은 아무도 없다. 그래서 작가들은 고마쓰와는 되도록 대립하지 않도록 주의한다. 그가 문예지에 실릴 글을 청탁하면 될 수 있는 한 거절하지 않는다. 적어도 몇 번에 한 번쯤은 받아들인다. 그러지 않았다가는 칼럼에서 어떤 소리를 들을지 모르는 것이다.

덴고는 고마쓰의 그런 계산적인 면을 그리 좋아할 수 없었다. 문단을 경멸하면서도 한편으로는 그 시스템을 자신에게 유리하게 이용하고 있다. 고마쓰는 편집자로서 뛰어난 감을 갖고 있고, 덴고에게는 상당히 잘 대해주었다. 소설 창작에 관해 던져주는 그의 충고는 대체로 소중한 것이었다. 하지만 덴고는 고마쓰와 항상 일정한 거리를 두도록 유념하고 있었다. 지나치게 가까워져서 자칫 깊숙하게 엮인 참에 발밑의 사다리를 쓰윽 가져가버린다면 그건 정말 못 견딜 일이다. 그런 의미에서는 덴고 역시 조심성 많은 인간이었다.

"방금도 말했듯이 자네가 고친 「공기 번데기」는 완벽에 가까워. 정말 대단해." 그렇게 고마쓰는 이야기를 계속했다. "다만 딱 한 군데, 가능하면 다시 써줬으면 하는 부분이 있어. 지금이 아니라도 돼. 신인상 단계에서는 이 상태로도 충분해. 상을 타고 잡지에 게재될 때 다시 손을 보면 되니까."

"어떤 부분인데요?"

"리틀 피플이 공기 번데기를 만들어낼 때 달이 두 개가 되지. 소녀가 하늘을 올려다보자 하늘에 두 개의 달이 떠 있어. 그 부분 기억하지?"

"물론 기억하죠."

"내 의견을 말하자면, 그 두 개의 달에 대한 언급이 충분하지 않아. 어딘가 미흡해. 좀더 상세하게 구체적으로 묘사해주면 좋겠어. 주문할 건 그 부분뿐이야."

"확실히 묘사가 약간 불친절하게 느껴질 수도 있겠지요. 하지만 저는 설명이 지나쳐서 후카에리의 원문이 가진 흐름을 무너뜨리는 건 피하고 싶었어요."

고마쓰는 담배를 끼운 손을 쳐들었다. "덴고, 이렇게 생각해봐. 독자들은 달이 하나 떠 있는 하늘은 지금까지 수없이 봤어. 그렇지? 하지만 하늘에 달 두 개가 나란히 떠 있는 장면을 목격한 적은 없을 거라고. 대부분의 독자가 지금까지 본 적 없는 것을 소설 속에 끌어들일 때는 되도록 상세하고 적확한 묘사가 필요해. 생략해도 괜찮은 것, 혹은 반드시 생략해야 하는 것은 대부분의 독자가 이미 목격한 적이 있는 것에 대한 묘사야."

"알겠습니다." 덴고는 말했다. 고마쓰가 하는 말은 분명 일리가 있었다. "두 개의 달이 나오는 그 부분의 묘사는 좀더 면밀하게 보충할게요."

"좋아. 그러면 완벽해져." 고마쓰는 말했다. 그리고 담배를 비벼 껐다. "그다음은 더 말할 게 없어."

"제가 쓴 글을 칭찬해주시는 건 정말 흐뭇한 일이지만, 이번만은 아무래도 순수하게 기뻐할 수가 없군요." 덴고는 말했다.

"자네는 급속히 성장하고 있어." 고마쓰는 한마디씩 끊듯이 천천히 말했다. "글쟁이로서, 작가로서, 성장하고 있어. 그 점은 순수하게 기뻐해도 돼. 「공기 번데기」를 고쳐 쓰는 작업을 통해 자네는 소설에 대해 많은 것을 배웠어. 이다음에 자네가 자신의 작품을 쓸 때 그게 큰 도움이 될 거야."

"이다음이 있다면 좋겠습니다만."

고마쓰는 빙긋이 웃었다. "걱정할 거 없어. 자네는 해야 할 일을 했어. 이번에는 내 차례야. 자네는 이제 벤치에 물러앉아 게임이 어떻게 풀리는지 느긋하게 구경만 하면 돼."

웨이트리스가 다가와 유리잔에 차가운 물을 따랐다. 덴고는 그 절반을 마셨다. 마셔버린 뒤에야 물을 별로 마시고 싶지 않았다는 걸 깨달았다.

"인간의 영혼은 이성과 의지와 정욕으로 이루어져 있다. 아리스토텔레스의 말이었던가요?" 덴고는 물었다.

"그건 플라톤이야. 아리스토텔레스와 플라톤은 예를 들자면 멜 토메와 빙 크로스비 정도로 달라. 아무튼 옛날에는 매사가 심플한 양상을 보였거든." 고마쓰는 말했다. "이성과 의지와 정욕이 회의를 열어 테이블을 에워싸고 열심히 토론하는 장면을 상상하면 재미있지 않아?"

"누가 도저히 이길 수 없을지는 대충 짐작이 되는데요."

"내가 덴고 자네에 대해 특히 마음에 드는 건 말이지." 고마쓰는 둘째손가락을 허공에 쳐들며 말했다. "바로 그 유머센스야."

이건 유머가 아닌데요, 라고 덴고는 생각했다. 하지만 입 밖에는 내지 않았다.

덴고는 고마쓰와 헤어진 뒤, 기노쿠니야 서점에 가서 책을 몇 권 사들고 근처 바에서 맥주를 마시며 책을 읽었다. 모든 시간 중 그가 가장 편안하게 쉴 수 있는 시간이었다. 서점에서 신간도서를 사들고 적당한 가게에 들어가 마실 것을 손에 들고 책장을 펼치는 시간.

하지만 그날 저녁은 왠지 독서에 집중할 수 없었다. 항상 환각 속에서 보던 어머니의 모습이 그의 눈앞에 멍하니 떠올라 언제까지고 사라지지 않았다. 그녀는 하얀 슬립의 어깨끈을 내리고 모양 좋은 유방을 드러내고 남자에게 젖꼭지를 빨리고 있다. 그 남자는 아버지가 아니다. 좀더 몸집이 크고 젊고 단정한 얼굴이다. 아기 침대에서는 어린 덴고가 눈을 감고 색색 숨소리를 내며 자고 있다. 어머니는 남자에게 젖꼭지를 빨리면서 몰아의 표정을 띠고 있다. 그 표정은 연상의 걸프렌드가 오르가슴을 맞을 때의 표정과 한없이 닮았다.

덴고는 이전에 호기심에서 그녀에게 부탁한 적이 있었다. 하얀 슬립을 입고 한번 와달라고. "좋아." 그녀는 웃으며 말했다. "다음에 입고 올게. 그런 걸 좋아한다면. 그거 말고 다른 주문은 없어? 뭐든 들어줄 테니까 부끄러워하지 말고 말해봐."

"가능하다면 하얀 블라우스를 입고 와줄 수 있을까? 되도록 심플한 거."

그녀는 다음 주, 하얀 블라우스에 하얀 슬립 차림으로 찾아왔다. 그는 블라우스를 벗기고, 슬립의 어깨끈을 내리고, 그 아래 있는 젖꼭지를 빨았다. 그의 환영에 나오는 남자가 하는 것과 똑같은 자세와 똑같은 각도로. 그때 가벼운 현기증 같은 감각이 일었다. 머릿속에 부옇게 안개가 서린 것 같고, 전후사정을 알 수 없게 되었다. 흐릿한 감각이 하반신에 생겨나고 그것이 급속히 팽창해갔다. 문득 정신을 차렸을 때, 그는 몸을 떨며 세차게 사정하고 있었다.

"왜 그래? 벌써 해버렸어?" 그녀는 놀라서 물었다.

무슨 일이 일어났는지 덴고는 잘 이해할 수 없었다. 하지만 그는 그녀의 허리 근처 슬립 위에다 사정을 하고 있었다.

"미안." 덴고는 사과했다. "이럴 생각이 아니었는데."

"사과할 일은 아냐." 걸프렌드는 덴고를 격려하듯이 말했다. "이 정도야 수돗물로 빨면 돼. 그냥 평소의 그거잖아? 간장이라든가 레드와인 같은 게 나온다면 지우기 힘들지도 모르지만."

그녀는 슬립을 벗어 욕실로 가져가 정액이 묻은 부분을 비벼 빨았다. 그리고 샤워 커튼봉에 널었다.

"자극이 너무 셌나?" 그녀는 말하며 다정하게 미소 지었다. 그리고 손바닥으로 덴고의 배를 천천히 쓰다듬었다. "하얀 슬립을 좋아하는구나, 덴고는."

"그런 거 아니야." 덴고는 말했다. 하지만 자신이 그런 부탁을 한 진짜 이유를 설명하지는 못했다.

"그런 망상 같은 게 있다면 뭐든 이 누나에게 고백해. 야무지게 도와줄 테니까. 나도 망상을 아주 좋아해. 많건 적건 인간은 망상 없이 살아갈 수 없어. 그렇게 생각하지 않아? 그런데, 다음에도 하얀 슬립을 입고 오는 게 좋겠어?"

덴고는 고개를 저었다. "이제 됐어. 한 번이면 돼. 고마워."

그 환영에 등장하는, 어머니의 젖꼭지를 빠는 젊은 남자가 나의 생물학적 아버지가 아닐까. 덴고는 자주 그런 생각을 했다. 왜냐하면 자신의 아버지라고 하는 인물—NHK의 우수한 수금원—은 여러 가지 면에서 덴고와 전혀 닮지 않았기 때문이다. 덴고는 키가 크고 탄탄한 체격이고 이마가 넓고 코가 가늘고 귀 모양은 동그랗고 꾸깃꾸깃하다. 아버지는 땅딸막하니 작고 풍채도 시원찮다. 이마는 좁고 코는 납작하고 귀는 말처럼 삐죽하다. 덴고와 거의 대조적이라고 해도 무방할 만큼 얼굴 생김새가 달랐다. 덴고가 느긋하고 대범한 인상인데 비해 아버지는 신경질적이고 그야말로 인색해 보이는 얼굴이다. 많은 이들이 두 사람을 견줘보며 도저히 부자간으로 보이지 않는다고 말하곤 했다.

하지만 덴고가 아버지에 대해 이질감을 느꼈던 것은 생김새보다는 오히려 정신적인 자질이나 경향이었다. 아버지에게서는 지적인 호기심이라고는 전혀 찾아볼 수 없었다. 물론 아버지는 제대로 된 교육을 받아본 적이 없다. 가난한 집에서 태어났기 때문에 계통을 밟아 지적인 시스템을 자신 속에 확립할 만한 여유도 없었다. 그런 불우한 처지에 대해서는 덴고도 나름대로 가엾다고 생각했다. 하지만 아무리 그래도 보편적인 수준에서 지식을 추구하는 기본적인 갈망이―그것은 많든 적든 인간의 자연스러운 욕구라고 덴고는 생각한다―이 사람에게는 너무도 희박했다. 살아가는 데 실제로 필요한 지혜는 나름대로 움직였지만, 노력해서 스스로를 고양시키고 심화시켜 보다 넓고 큰 세계로 나아가려는 자세는 전혀 찾아볼 수 없었다.

그는 비좁은 세계에서 협량한 룰에 따라 꾸역꾸역 살아가면서도, 그 비좁고 탁한 공기를 딱히 고통으로도 느끼지 않는 기색이었다. 집 안에서 책을 손에 드는 건 본 적이 없다. 신문조차 보지 않았다(NHK 정시 뉴스만으로도 충분하다고 그는 말했다). 음악에도 영화에도 전혀 관심이 없었다. 여행조차 하지 않았다. 약간이나마 흥미가 있는 것은 자신이 담당한 수금 루트뿐인 듯했다. 그는 담당 구역의 지도를 만들어 다양한 색깔의 펜으로 표시해놓고 틈만 나면 그것을 점검했다. 마치 생물학자가 염색체를 구분하는 것처럼.

그에 비해 덴고는 어렸을 때부터 수학 신동으로 통했다. 수학성적이 남다르게 뛰어났다. 초등학교 3학년 때 고등학교 수학문제까지 풀었다. 다른 과목 역시 별로 노력다운 노력을 하지 않아도 성적이 좋았다. 그리고 틈만 나면 탐욕스럽게 책을 읽었다. 호기심이 강해서 동력삽으로 흙을 퍼올리듯 다양한 방면의 지식을 모조리 효율적으로 흡수해갔다. 그래서 아버지의 모습을 볼 때마다, 그런 협량하고 교양 없는 사람의 유전자가 생물학적으로 자신이라는 존재의 적어도 반 이상을 차지하고 있다는 사실이 아무래도 이해되지 않았다.

자신의 진짜 아버지는 어딘가 다른 곳에 있을 것이다, 이것이 소년시절의 덴고가 이끌어낸 결론이었다. 덴고는 어떤 사정이 있어서, 아버지라고 칭하지만 실은 전혀 피가 섞이지 않은 이 사람의 손에 키워진 것이다. 디킨스의 소설에 나오는 불우한 아이들처럼.

그런 가능성은 소년시절의 덴고에게는 악몽인 동시에 거대한 희망이었다. 그는 탐욕스럽게 디킨스를 읽었다. 처음 읽은 것이 『올리버 트위스트』였고, 그뒤로 디킨스에 정신없이 빠져들었다. 도서관에 있는 그의 작품 대부분을 독파했다. 그 이야기의 세계를 주유하면서 자신의 신상에 대해 이런저런 상상을 했다. 그 상상은(혹은 망상은) 그의 머릿속에서 점점 길어지고 복잡한 스토리를 만들어갔다. 패턴은 한 가지였지만 변주가 무수히 생겨났다. 어떻든 자신이 본래 있어야 할 자리는 이곳이 아니라고 덴고는 스스로에게 말했다. 나는 잘못된 감옥 속에 잘못 갇히게 된 것이다. 진짜 부모님은 분명 우연의 올바른 인도에 따라 어느 날 나를 찾아낼 것이다. 그리고 나는 이 좁아빠진 추한 감옥에서 구출되어 본래 있어야 할 장소로 돌아간다. 그런 다음, 아름답고 평화롭고 자유로운 일요일을 거머쥐게 되리라.

덴고의 학교 성적이 빼어나게 우수한 것을 아버지는 기뻐했다. 의기양양해하기도 했다. 이웃 사람들에게 자랑도 했다. 하지만 그와 동시에 마음속 어딘가에서 아들의 총명함과 능력을 마뜩잖게 여기는 기미가 있었다. 덴고가 책상 앞에서 공부를 하면 번번이, 상당히 의도적으로 그것을 방해했다. 집안일을 시키거나 아무래도 상관없는 못마땅한 점을 찾아내 집요하게 잔소리를 하기도 했다. 잔소리 내용은 항상 똑같았다. 자기는 수금원으로서 때로는 욕설을 들어가며 날마다 기나긴 거리를 몸이 가루가 되도록 돌아다니며 일한다. 그에 비해 너는 얼마나 속편하게 풍족한 생활을 하고 있느냐. 자기가 덴고 나이였을 때는 집안의 종처럼 일하면서도 걸핏하면 아버지와 형의 쇠망치 같은 주먹에 흠씬 두들겨 맞았다. 먹을 것도 변변히 얻어먹지 못한 채 가축과도 같은 취급을 당했다. 네가 학교 성적이 좀 좋답시고 우쭐하는 꼴은 못 본다. 아버지는 그런 말을 끝도 없이 주절주절 늘어놓았다.

이 사람은 내게 원한을 품고 있는지도 모른다, 고 덴고는 언제부턴가 생각하게 되었다. 나라는 존재가, 혹은 내가 있는 자리가 이 사람은 질투가 나서 견딜 수가 없는 것이다. 하지만 아버지가 친아들을 질투한다는 게 과연 있을 수 있는 일일까. 물론 아직 어린 덴고는 그런 어려운 판단은 하지 못했다. 하지만 아버지의 언동에서 배어나오는 어떤 종류의 좀스러움 같은 것을 덴고는 감지하지 않을 수 없었고, 생리적으로 그것을 견딜 수 없었다. 아니, 그저 원망만 하는 게 아니다. 이 사람은 아들 속의 뭔가를 증오하고 있기도 하다. 덴고는 자주 그렇게 느꼈다. 덴고라는 인간 자체를 증오하는 게 아니다. 아버지는 그 속에 포함된 무언가를 증오하고 있었다. 그리고 그것을 결코 용서하지 못하고 있었다.

수학은 덴고에게 유효한 피난수단을 가져다주었다. 수식의 세계로 도망침으로써 현실이라는 귀찮은 감옥을 빠져나올 수 있었다. 머릿속의 스위치를 켜면 그쪽 세계로 쉽게 옮겨갈 수 있다는 사실을 아주 어릴 때부터 깨달았다. 그리고 그 한없는 정합성의 영역을 탐색하며 돌아다니는 한, 그는 자유로웠다. 그는 거대한 건물의 구불구불한 복도를 걸어들어가 번호가 붙은 문을 차례로 열었다. 새로운 광경이 눈앞에 펼쳐질 때마다 현실세계에 두고 온 추한 흔적은 점점 옅어지고 마침내 깨끗이 사라졌다. 수식이 관장하는 세계는 그에게 합법적인, 그리고 안전한 은신처였다. 덴고는 그 세계의 지리를 누구보다 정확히 이해했고 적확하게 올바른 루트를 선택할 수 있었다. 아무도 그의 뒤를 쫓아올 수 없었다. 그쪽 세계에 있는 동안은 현실세계가 강요하는 규칙이나 무거운 짐을 깨끗이 잊고 무시할 수 있었다.

수학이 장려한 가공의 건물이었던 데 비해 디킨스로 대표되는 이야기의 세계는 덴고에게는 깊은 마법의 숲 같은 것이었다. 수학이 끊임없이 천상으로 뻗어가는 것과는 대조적으로 숲은 소리 없이 그의 발 아래 펼쳐져 있었다. 그 어둡고 튼튼한 뿌리는 땅 속 깊이 속속 뻗어나갔다. 그곳에는 지도도 없고 번호가 붙은 문도 없었다.

초등학교에서 중학교를 거치며 그는 수학의 세계에 정신없이 빠져들었다. 그 명쾌함과 절대적인 자유가 다른 무엇보다 매력적이었고, 또한 살아가는 데 필요했기 때문이었다. 하지만 사춘기에 접어들

무렵부터 그것만으로는 부족하다는 마음이 점점 커져갔다. 수학의 세계를 방문하는 동안에는 아무런 문제가 없다. 모든 것이 생각대로 진행된다. 앞길을 가로막는 것은 없다. 하지만 그곳을 떠나 현실세계로 돌아오면(돌아오지 않을 수는 없다), 그가 있는 곳은 이전과 다름없는 비참한 감옥이었다. 상황은 무엇 하나 개선되지 않았다. 오히려 족쇄가 더욱 무거워진 느낌마저 든다. 그렇다면 수학이 대체 무슨 도움이 되는가. 그건 그저 일시적인 도피수단에 지나지 않는 게 아닐까. 오히려 현실 상황을 더욱 악화시키기만 하는 게 아닐까.

그런 의문이 점점 커지면서 덴고는 수학의 세계와는 의식적으로 거리를 두게 되었다. 그와 함께 이야기의 숲이 그의 마음을 더욱 강하게 끌어들였다. 물론 소설을 읽는 행위 또한 일종의 도피였다. 책장을 덮으면 다시 현실세계로 돌아와야 한다. 하지만 소설의 세계에서 현실로 돌아왔을 때는 수학의 세계에서 돌아왔을 때만큼 삼엄한 좌절감을 맛보지 않아도 된다는 것을 덴고는 어느 순간 깨달았다. 어째서일까. 그는 그것에 대해 깊이 생각하고 이윽고 하나의 결론에 도달했다. 이야기의 숲에서는 사물 간의 관련성이 제아무리 명백하게 묘사되어 있어도 명쾌한 해답이 주어지는 일은 없다. 그것이 수학과의 차이다. 이야기의 역할을 대략적으로 말하자면, 하나의 문제를 다른 형태로 바꿔놓는 것이다. 그리고 그 이동의 질이나 방향성을 통해, 해답의 방식을 이야기 형식으로 암시해준다. 덴고는 그 암시를 손에 들고 현실세계로 돌아온다. 그 암시는 이해할 수 없는 주문(呪文)이 적힌 종이쪽지 같은 것이다. 때로 그것은 모순을 지니고 있어서 곧바로 실제에 적용할 수는 없다. 하지만 그것은 가능성을 품고 있다. 언젠가 나는 이 주문을 풀 수 있을지도 모른다. 그런 가능성이 그의 마음을, 깊은 곳에서부터 서서히 덥혀준다.

나이를 먹으면서 그러한 이야기 형식의 시사가 점점 더 덴고의 관심을 끌었다. 수학은 성인이 된 지금도 그에게 큰 기쁨 중 하나다. 입시학원에서 학생들에게 수학을 가르치고 있으면 어렸을 때 느꼈던 것과 똑같은 기쁨이 절로 샘솟는다. 그 관념적인 자유의 기쁨을 누군가와 함께 나누고 싶었다. 그건 멋진 일이다. 하지만 덴고는 더이상 수식이 관장하는 세계에 아무런 유보 없이 빠져들 수 없었다. 그 세계를 아무리 멀리까지 탐색해봐도 자신이 정말로 원하는 해답은 얻을 수 없다는 것을 알고 있기 때문이다.

덴고는 초등학교 5학년 때, 수없이 생각한 끝에 아버지에게 선언했다.

여태까지 해온 것처럼 일요일에 아버지와 함께 NHK 수신료를 수금하러 다니는 건 이제 그만하고 싶다. 그 시간을 이용해 내 공부도 하고 싶고 책도 읽고 싶고 어디에 놀러도 가고 싶다. 아버지에게는 아버지의 일이 있는 것처럼 나에게는 내가 해야 할 일이 있다. 나는 다른 친구들과 마찬가지로 평범한 생활을 하고 싶다.

덴고는 그 말만 했다. 짧게, 하지만 조리 있게.

아버지는 물론 지독히 화를 냈다. 다른 집이 어떻든 우리하고는 상관없다. 우리집에는 우리집의 방식이 있다, 라고 아버지는 말했다. 뭐가 평범한 생활이야. 잘나빠진 소리 하고 있어. 평범한 생활에 대해 네가 뭘 안다는 거야. 덴고는 대꾸하지 않았다. 가만히 침묵하고 있었을 뿐이다. 무슨 말을 해도 통하지 않으리라는 건 처음부터 알고 있었다. 그렇다면 좋다, 라고 아버지는 말했다. 아비 말을 듣지 않는 놈에게는 더이상 밥을 줄 수 없다. 당장 나가라.

덴고는 하라는 대로 짐을 챙겨 집을 나왔다. 애초에 각오했던 일이고, 아버지가 아무리 화를 내고 고함을 질러도, 가령 손을 든다 해도(실제로는 들지 않았지만) 전혀 무섭지 않았다. 감옥에서 나가라는 허락을 받은 것 같아 오히려 안도했을 정도다.

그렇긴 해도 열 살짜리 어린애가 혼자서 살아갈 방도는 없다. 어쩔 수 없이 방과후 담임선생에게 자신이 처한 상황을 솔직하게 털어놓았다. 당장 오늘 밤 잘 곳도 없다고. 그리고 일요일에 아버지와 함께 NHK 수신료 수금 루트를 도는 일이 자신의 마음에 얼마나 큰 부담이 되는지를 설명했다. 담임선생은 삼십대 중반의 독신여성이었다. 그리 아름다운 편이라고 하기 어려웠고 지독한 모양의 두툼한 안경을 쓰고 있었지만 공정하고 따스한 성품이었다. 작은 체격에 평소에는 말수가 적고 온화하지만 생김새와는 달리 성마른 데가 있어서 일단 화를 내면 사람이 확 바뀌어 아무도 말릴 수 없었다. 사람들은 모두 그 격차에 아연했다. 하지만 덴고는 그 선생님이 꽤 마음에 들었다. 그녀가 화를 내도 덴고는 그다지 무섭다고 생각하지 않았다.

그녀는 덴고의 말을 듣고 그의 심정을 이해하고 동정해주었다. 그리고 그날 밤 덴고를 자기 집에서 재워주었다. 거실 소파에 담요를 펴 잠자리를 마련해주었다. 아침밥도 차려주었다. 그리고 다음 날 저녁, 덴고를 데리고 아버지에게 찾아가 긴 이야기를 했다.

잠깐 밖에 나가 있으라고 했기 때문에 덴고는 두 사람 사이에 어떤 이야기가 오갔는지 알지 못한다. 하지만 결국 아버지도 분노의 창끝을 거둬들이지 않을 도리가 없었다. 아무리 화가 나더라도 열 살짜리 어린 자식을 길거리에서 헤매게 할 수는 없다. 부모에게는 자식을 부양할 의무가 있다고 법률로 정해져 있다.

이야기를 나눈 결과, 덴고에게 일요일을 자기 마음대로 보내도 괜찮다는 허락이 떨어졌다. 오전중에는 집안일을 해야 하지만, 그다음에는 무엇을 하든 괜찮다. 그것은 덴고가 태어나 처음으로 아버지에게서 쟁취해낸, 눈에 보이는 권리였다. 아버지는 화가 나서 한동안 말을 하지 않았지만 덴고는 아무렇지도 않았다. 그는 훨씬 더 소중한 것을 손에 넣었다. 그것은 자유와 자립에의 첫걸음이었다.

초등학교를 졸업한 이후로 그 담임선생과는 오래도록 만나지 못했다. 가끔 안내장이 날아오는 동창회에 참석했다면 만날 수 있었을 테지만, 덴고는 그런 자리에 얼굴을 내밀 마음은 없었다. 초등학교와 관련하여 즐겁게 회상할 일 따위는 아무것도 없었다. 그래도 이따금 그 여선생은 생각났다. 하룻밤 재워준데다가 고집스럽기 이를 데 없는 아버지를 설득해준 사람을 간단히 잊을 수는 없었다.

그녀를 다시 만난 건 고등학교 2학년 때였다. 덴고는 그때 유도부에 소속되어 있었지만 장딴지를 다쳐 두 달 가까이 유도시합에 나가지 못했다. 대신 그는 느닷없이 브라스밴드의 임시 타악기 주자로 끌려갔다. 콩쿠르가 바로 코앞에 닥친 판에 타악기 주자 두 명 중 하나가 갑자기 전학을 가고 또 하나는 악성 인플루엔자에 걸린 것이다. 취주악부는 두 개의 스틱을 쥘 수 있는 인간이라면 누구라도 좋다,

제발 좀 살려달라고 할 만큼 궁지에 몰려 있었다. 그때 마침 장딴지를 다쳐 하릴없이 어슬렁거리던 덴고가 음악교사의 눈에 띄었다. 먹을 걸 잔뜩 사주고 기말 리포트도 대충 눈감아주겠다는 조건으로 덴고는 연주 연습에 동원되었다.

덴고는 그때까지 타악기를 연주해본 경험이 전혀 없었고 흥미를 가진 적도 없었다. 하지만 막상 해보니 그것은 그의 두뇌 자질과 놀랄 만큼 잘 어우러졌다. 시간을 분할해 세세하게 독립된 조각들을 만들고 그것을 다시 조립하여 유효한 음렬로 바꿔가는 데서 그는 자연스러운 희열을 느꼈다. 모든 음이 도식이 되어 머릿속에 시각적으로 떠올랐다. 그리고 해면이 물을 빨아들이듯이 다양한 타악기의 시스템을 이해해나갔다. 음악교사의 소개로 한 교향악단의 타악기 주자를 찾아가 팀파니 연주에 대한 기초교습을 받았다. 몇 시간의 레슨으로 그는 악기의 대강의 구조와 연주법을 습득했다. 악보는 수식과 비슷했기 때문에 읽는 법을 배우는 건 그리 어렵지 않았다.

음악교사는 그의 뛰어난 음악적 재능을 발견하고 깜짝 놀라 뛸 듯이 기뻐했다. "너는 복합 리듬 감각을 타고난 것 같아. 음감도 훌륭해. 계속 전문적으로 공부하면 프로가 될 수 있겠어." 그 교사는 말했다.

팀파니는 어려운 악기지만 독특한 깊이와 설득력이 있고 음의 조합에 무한한 가능성이 내재되어 있다. 당시 그들이 연습했던 곡은 야나체크의 〈신포니에타〉의 몇 악장을 발췌하여 취주악기용으로 편곡한 것이었다. 그것을 고등학교 취주악부 콩쿠르에서 '자유선택 곡'으로 연주하는 것이다. 야나체크의 〈신포니에타〉는 고등학생이 연주하기에는 어려운 곡이었다. 그리고 첫 팡파르 부분에서는 팀파니가 종횡무진 활약한다. 밴드 지도자인 음악교사는 자신이 우수한 타악기 주자를 갖고 있다는 것을 염두에 두고 그 곡을 선택했던 것이다. 그런데 앞서 말한 대로 갑작스럽게 그 타악기 주자가 빠져버렸으니 머리를 싸쥐고 고민에 빠질 만도 했다. 당연히 대역으로 나선 덴고의 역할이 막중했다. 하지만 덴고는 별로 압박감을 느끼지도 않고 진심으로 연주를 즐겼다.

콩쿠르 연주가 무사히 끝난 뒤(우승은 못했지만 상위 입상은 했다), 그 여선생이 덴고에게 다가왔다. 그리고 훌륭한 연주였노라고 칭찬해주었다.

"덴고 너인 줄 한눈에 알아봤어." 그 자그마한 선생님은 말했다(덴고는 그녀의 이름이 생각나지 않았다). "팀파니 연주가 유난히 좋다는 생각이 들어서 얼굴을 찬찬히 봤더니 글쎄, 덴고 군이지 뭐야. 옛날보다 훌쩍 커버렸지만 얼굴은 그대로라 금세 알았어. 언제부터 음악을 시작했니?"

덴고는 경위를 간단히 설명했다. 그녀는 그 말을 듣고 감탄했다.
"너는 정말 다양한 재능을 가졌구나."

"유도 쪽이 훨씬 더 편해요." 덴고는 웃으며 말했다.

"그런데 아버님은 건강하시니?" 그녀는 물었다.

"네, 잘 지내세요." 덴고는 말했다. 하지만 그건 그냥 나오는 대로 둘러댄 말이었다. 아버지가 잘 지내든 말든 그가 알 바 아니었고, 딱히 생각하고 싶지도 않은 문제였다. 그즈음 덴고는 이미 집을 나와 기숙사 생활을 하고 있었고, 아버지와는 오래도록 말도 하지 않았다.

"그런데 선생님은 왜 여기 와 계세요?" 덴고는 물었다.

"내 조카가 다른 고등학교 브라스밴드부에서 클라리넷을 불고 있어. 솔로를 맡았으니까 꼭 오라고 해서." 그녀는 말했다. "넌 앞으로도 음악을 계속할 거니?"

"다리가 나으면 다시 유도부로 돌아가요. 어떻든 유도를 하면 밥 굶을 일은 없거든요. 우리 학교가 특히 유도에 힘을 쏟고 있어서요. 기숙사에도 들어갈 수 있고 식당 식권도 하루 세 끼 모두 지급해줘요. 취주악부로는 그렇게 안 되죠."

"되도록 아버지 신세는 지지 않으려고?"

"잘 아시잖아요." 덴고는 말했다.

여선생은 미소 지었다. "아깝구나. 이렇게 뛰어난 재능을 가졌는데."

덴고는 자그마한 여선생을 새삼 내려다보았다. 그리고 그녀의 집에서 보냈던 밤을 생각했다. 그녀가 살던, 지극히 실용적이고 아담한 방을 떠올렸다. 레이스 커튼과 화분 몇 개. 다리미판과 읽다 만 책. 벽에 걸려 있던 조그만 핑크색 원피스. 자신을 재워준 소파의 냄새. 그리고 지금, 그녀가 자기 앞에 서서 마치 젊은 아가씨처럼 머뭇머뭇하는 것을 덴고는 깨달았다. 자신이 더이상 무력한 열 살짜리 소년이 아니라 덩치 큰 열일곱 살 청년이 되었다는 것도 새삼 깨달았다. 가슴이 두툼해지고 수염이 자라고, 남아돌 만큼 왕성한 성욕도 있다. 그리고 그는 연상의 여자와 함께 있으면 신기하게 차분한 마음을 유지할 수 있었다.

"만나서 반가웠어." 여선생은 말했다.

"저도 만나뵐 수 있어서 반가웠습니다." 덴고는 말했다. 그건 그의 진짜 마음이었다. 하지만 아무리 해도 그녀의 이름을 기억해낼 수가 없었다.

제15장 아오마메

Q
기구에 닻을 매달듯 단단하게

아오마메는 나날의 식사에 신경을 썼다. 야채요리가 그녀가 만드는 일상적인 음식의 중심이고 거기에 어패류, 주로 흰살 생선이 보태진다. 육류는 어쩌다 닭고기를 먹는 정도다. 식재료는 신선한 것만을 선택하고 사용하는 조미료는 최소한으로 줄였다. 지방이 많은 식품은 배제하고 탄수화물은 적량으로 억제했다. 샐러드는 드레싱 없이 올리브 오일과 소금과 레몬만 넣어 먹었다. 그저 야채를 많이만 먹는 게 아니라 영양소를 상세히 연구해 균형 잡힌 다양한 종류의 야채를 조합하여 먹도록 주의했다. 그녀는 독자적인 식사메뉴를 만들어, 스포츠클럽에서도 원하는 사람에게 그 내용대로 지도했다. 칼로리 계산 따위는 잊어버리라는 것이 그녀의 입버릇이었다. 올바른 재료를 선택하여 적정한 양을 먹는 감각만 익히면 숫자 같은 건 신경 쓰지 않아도 된다.

하지만 오로지 그런 금욕적인 메뉴에만 매달려 살아가는 건 아니고, 꼭 먹고 싶을 때는 어딘가의 식당에 달려가 두툼한 스테이크나 양갈비구이를 주문하기도 한다. 가끔씩 무언가가 참을 수 없이 먹고 싶다면 몸이 어떤 이유로든 그 음식을 원해서 신호를 보내는 거라고 그녀는 생각한다. 그리고 그 자연의 부름에 따른다.

와인과 청주는 좋아하지만 간을 보호하기 위해, 또한 당분을 조절한다는 의미에서 과도한 음주는 삼가고 일주일에 사흘은 알코올을 마시지 않는다. 육체야말로 아오마메에게는 성스러운 신전이므로 항상 청결하게 유지하지 않으면 안 된다. 티끌 한 점 없이, 얼룩 하나 없이. 거기에 어떤 것을 모셔들이는가 하는 건 또다른 문제다. 거기에 대해서는 나중에 생각하면 된다.

현재 그녀의 몸에는 군살이 붙지 않았다. 붙어 있는 것은 근육뿐이다. 그녀는 날마다 거울 앞에서 완전한 알몸으로 그 사실을 세밀하게 점검했다. 자신의 몸이 아름다워서 바라보는 게 아니다. 오히려 그 반대였다. 젖가슴은 너무 작고 게다가 좌우 비대칭이다. 음모는 행진하는 보병부대에 짓밟힌 풀덤불 같다. 그녀는 자신의 몸을 바라볼 때마다 얼굴을 찌푸리지 않을 수 없다. 하지만 그래도 군살은 붙지 않았다. 쓸데없는 살이라고는 단 한줌도 잡히지 않는다.

아오마메는 검소하게 살아간다. 그녀가 가장 의식적으로 돈을 들이는 건 식사였다. 요리 재료에는 돈 쓰기를 아까워하지 않고 와인도 고급스러운 것밖에 입에 대지 않았다. 어쩌다 외식을 할 때는 주의 깊고 정성스럽게 조리하는 식당을 선택했다. 하지만 그 외의 것에는 거의 관심을 가지지 않았다.

옷이나 화장품이나 액세서리에도 별로 관심이 없다. 스포츠클럽에 출근할 때는 면바지와 스웨터 정도의 캐주얼한 차림으로 충분했다. 일단 클럽 안에 들어가면 어차피 위아래 저지 차림으로 하루를 보낸다. 물론 액세서리도 달지 않는다. 게다가 특별하게 차려입고 외출할 기회도 그녀에게는 거의 없다. 애인도 없고 누군가와 데이트를 할 기회도 없다. 오쓰카 다마키가 결혼한 뒤로는 함께 식사하러 나갈 여자친구도 없어져버렸다. 하룻밤의 섹스파트너를 찾을 때는 화장도 하고 나름대로 빈틈없이 차려입지만 그것도 기껏 한 달에 한 번 정도다. 그리 많은 옷이 필요하지 않다.

필요하면 아오야마의 부티크를 돌면서 '킬러 드레스(killer dress)'를 한 벌 새로 사들이고 그 옷에 맞는 액세서리 한두 개, 하이힐 한 켤레를 사면 그걸로 충분하다. 평소의 그녀는 굽 낮은 구두를 신고 머리는 하나로 모아 뒤로 묶었다. 비누로 꼼꼼하게 얼굴을 씻고 기초크림만 바르면 얼굴은 항상 매끈했다. 청결하고 건강한 몸 하나만 있으면 부족할 게 아무것도 없다.

그녀는 어렸을 때부터 꾸밈없는 간소한 생활에 익숙했다. 금욕과 절제, 그것은 철들기 전부터 가장 먼저 머릿속에 주입된 것이었다. 집 안에는 필요 이상의 것은 일절 없었다. "아까워"라는 것이 그녀의 집에서 가장 빈번하게 입에 오르내린 말이었다. 텔레비전도 없고 신문도 구독하지 않았다. 그녀의 집에서는 정보조차 불필요한 것이었다. 고기나 생선이 식탁에 오르는 일이 거의 없고, 아오마메는 주로 학교급식으로 성장에 필요한 영양소를 공급받았다. 아이들은 모두 맛이 없다면서 급식을 남겼지만 그녀는 남의 것까지 얻어먹고 싶을 정도였다.

입고 다니는 옷은 항상 누군가에게서 물려받은 것이었다. 신자 조직에서 매번 헌옷을 교환하는 행사가 있었다. 그래서 학교에서 지정해준 체육복 등을 제외하고는 집에서 새 옷을 사준 일은 한 번도 없었다. 사이즈가 딱 맞는 옷과 신발을 입거나 신어본 기억이 없다. 색깔이나 무늬의 조화도 형편없었다. 집이 가난해서 어쩔 수 없이 그런 생활을 하는 거라면 그건 별 도리 없다. 하지만 아오마메의 집은 결코 가난하지 않았다. 아버지는 엔지니어로 일해서 남들 못잖은 수입을 올렸고 저축해둔 돈도 있었다. 그들은 어디까지나 신념 때문에 그런 지극히 검소한 생활을 선택한 것이다.

어쨌든 그녀가 살아가는 모습은 주위 보통아이들의 그것과는 너무나 달랐고, 그 때문에 오랫동안 친구를 하나도 만들지 못했다. 친구와 함께 놀러 나갈 만한 옷도 없고, 애초에 어디에 놀러 다닐 여유도 없었다. 용돈을 받아본 적이 없어서 혹시 누군가의 생일파티에 초대된다고 해도(다행인지 불행인지 그런 일은 한 번도 없었지만) 작은 선물 하나 살 수 없었다.

그래서 그녀는 부모를 미워하고 부모가 속한 세계와 그 사상을 깊이 증오했다. 그녀가 원하는 것은 다른 아이들과 똑같은 보통의 생활이었다. 사치는 바라지 않았다. 평범하기 그지없는 소박한 생활이면 된다. 그것만 있으면 그밖에는 아무것도 필요 없다, 라고 그녀는 생각했다. 어서 빨리 어른이 되어 부모와 떨어져 마음대로 살고 싶었다. 먹고 싶은 것을 마음껏 먹고, 지갑 속의 돈을 마음껏 쓰고 싶었다. 입고 싶은 새 옷을 입고 사이즈가 맞는 구두를 신고, 가고 싶은 곳에 가고 싶었다. 친구를 잔뜩 만들어 예쁘게 포장한 선물을 주고받고 싶었다.

하지만 어른이 된 아오마메가 발견한 것은 자신이 가장 마음이 편안해지는 건 금욕적이고 절제된 생활을 할 때라는 사실이었다. 그녀가 가장 원하는 것은 아름답게 치장하고 누군가와 어딘가에 놀러 나가는 것이 아니라, 위아래 저지를 입고 자기 방에서 혼자만의 시간을 보내는 것이었다.

다마키가 죽은 뒤, 아오마메는 스포츠음료 회사를 퇴직하고 그때까지 살던 회사 기숙사를 나와 지유가오카의 임대 원룸으로 옮겼다. 넓다고는 할 수 없는 집인데도 휑뎅그렁하게 보인다. 조리기구만은 충실히 갖췄지만 가구는 꼭 필요한 것밖에 없다. 지닌 물건도 적다. 책을 읽는 건 좋아하지만 다 읽고 나면 헌책방에 내다팔았다. 음악을 듣는 것도 좋아하지만 레코드를 수집하지는 않는다. 무엇이든 눈앞에 자신의 소유물이 쌓여가는 것이 그녀에게 고통이었다. 가게에서 뭔가 살 때마다 죄의식을 느꼈다. 이런 거, 사실은 필요없는데, 하고 생각했다. 옷장 안의 예쁘장한 옷가지나 구두를 보면 가슴이 아리고 답답해졌다. 그처럼 자유롭고 풍족한 광경은, 역설적으로 아무것도 주어지지 않았던 부자유하고 가난한 어린 시절을 떠올리게 했다.

사람이 자유로워진다는 건 어떤 것일까, 그녀는 곧잘 자문했다. 하나의 감옥에서 멋지게 빠져나온다 해도, 그곳 역시 또다른 좀더 큰 감옥에 지나지 않는 것일까?

지정해준 남자를 다른 세계로 보내고 나면 아자부의 노부인은 그녀에게 보수를 건네주었다. 종이로 단단히 포장한, 받는 이도 없고 보내는 이의 이름과 주소도 적혀 있지 않은 현금다발이 우체국 사서함에 들어 있었다. 아오마메는 다마루에게서 사서함 열쇠를 받아 그것을 꺼낸 후 열쇠를 다시 돌려주었다. 그 꾸러미는 내용물도 확인하지 않고 그대로 은행 대여금고에 던져두었다. 그게 두 뭉치, 단단한 벽돌처럼 대여금고 안에 들어 있다.

아오마메는 스포츠클럽에서 다달이 받는 급료도 미처 다 쓰지 못한다. 나름대로 저축해둔 목돈도 있다. 그래서 그런 돈은 전혀 필요하지 않았다. 그녀는 처음으로 보수를 받았을 때, 노부인에게 그렇게 말했다.

"이건 형식이에요." 노부인은 작고 온화한 목소리로 타이르듯이 말했다. "규칙 같은 거라고 생각해주세요. 그러니 당신은 일단 받아주어야 합니다. 돈이 필요하지 않다면 쓰지 않고 놔두면 될 일이에요. 혹은 그것도 싫다면 어딘가 단체에 익명으로 기부해도 상관없어요. 어떻게 하건 당신의 자유예요. 하지만 만일 내 충고를 들을 마음이라면, 그 돈은 한동안 손대지 말고 어딘가에 보관해두는 게 좋아요."

"하지만 저는 이런 일로 돈을 받고 싶지는 않아요." 아오마메는 말했다.

"그런 마음은 잘 압니다. 하지만 그 한심한 사내들이 제대로 이동해준 덕분에 번거로운 이혼소송도 없고 친권을 둘러싼 다툼도 없어요. 남편이 언제 찾아와 얼굴이 비뚤어질 만큼 폭력을 휘두를지 모른다는 두려움에 떨며 살아갈 필요도 없지요. 생명보험금도 들어오고 유족 연금도 지급됩니다. 당신에게 건네는 이 돈은 그 사람들이 보내준 감사의 표시라고 생각해줘요. 당신은 분명코 올바른 일을 했어요. 하지만 그건 무상의 행위여서는 안 됩니다. 왜 그런지 알아요?"

"잘 모르겠어요." 아오마메는 솔직하게 대답했다.

"왜냐하면 당신은 천사도 아니고 하느님도 아니기 때문이에요. 당신의 행동이 순수한 마음에서 나왔다는 건 잘 압니다. 그래서 돈 같은 건 받고 싶지 않은 그 심정도 이해할 수 있어요. 하지만 어떤 것도 섞이지 않은 순수한 마음이란 건 또 그것대로 위험한 것이랍니다. 살아 있는 몸을 가진 인간이 그런 걸 끌어안고 살아간다는 건 여간 힘든 일이 아니지요. 그러니 당신은 그 마음을 기구(氣球)에 닻을 매달듯이 단단히 지상에 잡아둘 필요가 있어요. 그러기 위한 것이에요. 옳은 일이라면, 그 마음이 순수한 것이라면 어떤 일을 해도 괜찮다는 것은 아니지요. 내 말 알겠어요?"

잠시 생각한 뒤 아오마메는 고개를 끄덕였다. "저는 잘 모르겠어요. 하지만 우선은 말씀하시는 대로 하겠습니다."

노부인은 미소를 지었다. 그리고 허브티를 한 모금 마셨다. "은행 계좌에는 넣지 말아요. 만일 세무서의 눈에 띄었다가는 이건 뭘까 고개를 갸웃거릴 거예요. 현금 그대로 은행 대여금고에 넣어두세요. 언젠가 도움이 될 겁니다."

그렇게 하겠습니다, 하고 아오마메는 말했다.

스포츠클럽에서 돌아와 식사 준비를 하고 있을 때 전화벨이 울렸다.

"아오마메 씨." 여자 목소리가 말했다. 살짝 허스키한 목소리. 아유미였다.

아오마메는 수화기를 귀에 대고 손을 뻗어 가스 불을 줄이며 말했다. "어때, 순찰업무는 잘하고 있어?"

"주차위반 딱지를 죄다 붙이고 다니니까 세상 사람들이 다 나를 미워해. 남자라고는 냄새도 못 맡고 죽어라 일하고 있지."

"다행이네."

"아오마메 씨는 지금 뭐 해?"

"저녁밥 하고 있어."

"모레 시간 있어? 저녁때쯤."

"시간은 있는데, 지난번 같은 짓을 할 마음은 없어. 그쪽은 잠시 쉬고 싶어."

"응, 나도 그쪽은 아직 괜찮아. 그냥 요즘 아오마메 씨를 통 못 봐서 혹시 시간 되면 잠깐 만나서 이야기나 할까 하고."

아오마메는 잠시 생각했다. 하지만 갑작스러운 일이라 얼른 마음이 정해지지 않았다.

"저기, 지금 뭘 볶는 중이야." 아오마메는 말했다. "통화하기 좀 그래. 삼십 분쯤 뒤에 다시 전화해주면 안 될까?"

"그래, 삼십 분 뒤에 다시 할게."

아오마메는 전화를 끊고 볶음요리를 마쳤다. 그리고 숙주 된장국을 끓여 현미밥과 함께 먹었다. 캔맥주를 반만 마시고 나머지는 싱크대에 버렸다. 그릇을 씻어 엎어놓고 소파에 앉아 한숨 돌린 참에 아유미에게서 다시 전화가 왔다.

"괜찮으면 같이 식사나 하고 싶어." 아유미는 말했다. "늘 혼자 밥 먹는 게 지겨워서."

"늘 혼자 먹어?"

"기숙사에서 밥이 나오니까 평소에는 다른 사람들하고 와글와글 떠들면서 먹지. 하지만 가끔은 느긋하고 조용하게 맛있는 거 먹고 싶어. 가능하면 살짝 세련된 데서. 하지만 혼자 가기는 좀 그렇잖아. 그런 기분 알지?"

"물론."

"그런데 함께 가줄 사람이 없어. 남자든 여자든. 주위 사람들은 그런 데보다 술집을 더 좋아하는 타입들이거든. 하지만 아오마메 씨라면 그런 멋진 곳에 함께 가줄 거 같아. 귀찮게 하는 건지 모르지만."

"귀찮지 않아." 아오마메는 말했다. "좋아, 어디 예쁜 데 가자. 나도 한동안 그런 데 못 가봤으니까."

"정말?" 아유미는 말했다. "진짜 기쁘다."

"모레가 좋은 거지?"

"응, 그다음 날이 비번이거든. 어디 근사한 식당 알아?"

아오마메는 노기자카의 프렌치 레스토랑 이름을 댔다.

아유미는 그 이름을 듣고 헉 소리를 냈다. "아오마메 씨, 거기 너무 유명한 데 아냐? 가격도 엄청 비싸고 예약하는 데만도 두 달은 걸린다는 얘기를 잡지에서 봤는데. 내 월급으로는 도저히 그런 데 못 가."

"괜찮아, 거기 오너 셰프가 우리 스포츠클럽 회원이고 나한테 개인 트레이닝을 받고 있어. 메뉴 영양가에 대한 어드바이스 같은 것도 해. 내가 부탁하면 우선적으로 테이블 잡아줄 거고 가격도 한참 낮춰줄 거야. 그 대신 별로 좋은 테이블은 아닐 수도 있지만."

"난 거기 벽장 속이라도 괜찮아."

“멋지게 차려입고 나와.” 아오마메는 말했다.

전화를 끊고, 아오마메는 자신이 그 젊은 여경에게 자연스러운 호감을 갖고 있다는 것을 깨닫고 적잖이 놀랐다. 누군가에게 그런 마음을 품은 것은 오쓰카 다마키가 죽은 뒤로 처음이었다. 물론 그건 예전에 다마키에게 품었던 마음과는 전혀 다른 것이다. 하지만 그렇다고 해도 누군가와 둘이서만 식사하는 것 자체가, 혹은 식사를 해도 좋다고 생각한 것 자체가 퍽 오랜만이었다. 게다가 상대는 하필 현직 경찰이다. 세상일이란 참 알 수 없어. 아오마메는 한숨을 내쉬었다.

아오마메는 청회색 반소매 원피스에 짧은 흰색 카디건을 걸치고 페라가모 하이힐을 신었다. 귀고리와 가느다란 금팔찌를 했다. 항상 들고 다니던 숄더백은 집에 두고(물론 아이스픽도) 조그만 라 바가주리 핸드백을 들었다. 아유미는 콤 데 가르송의 심플한 검은 재킷에 가슴이 많이 파인 갈색 티셔츠, 꽃무늬 플레어스커트, 전과 같은 구찌 핸드백, 작은 진주 귀고리, 굽 낮은 갈색 구두 차림이었다. 그녀는 지난번에 봤을 때보다 훨씬 사랑스럽고 우아해 보였다. 아무튼 경찰로는 보이지 않는다.

두 사람은 바에서 만나 가볍게 미모사 칵테일을 마시고 테이블로 안내를 받았다. 나쁘지 않은 자리였다. 셰프가 얼굴을 내밀고 아오마메와 이야기를 나누었다. 그리고 와인은 서비스라고 말했다.

“미안하지만 이 와인, 이미 마개를 따서 테이스팅한 만큼 양이 줄었어. 어제 와인 맛에 클레임이 들어와서 다른 걸로 바꿔주긴 했지만, 사실 맛에 이상은 전혀 없어. 어느 고명한 정치가가 클레임을 넣은 건데, 그쪽 세계에서는 와인 전문가로 통하나봐. 하지만 와인 같은 거 요만큼도 모르는 사람이야. 그냥 사람들 앞에서 폼을 잡으려고 한마디 던져본 거지. 이 부르고뉴는 약간 아린 맛이 나는 거 같다느니 뭐니 하더라고. 상대가 상대이니만큼 우리도 '아, 그렇군요, 조금 아린 맛이 나는 것 같습니다. 수입업자가 창고에서 관리를 제대로 못한 모양이지요. 지금 곧 다른 병으로 갖다드리겠습니다. 역시나 아무개 선생님이시군요. 와인 맛을 아주 잘 아십니다'라는 식으로 적당히 대꾸하고 다른 병을 내준 거야. 그렇게 해두면 무리 없이 처리되니까. 뭐, 공공연히 말할 수야 없지만 계산도 적당히 그 몫만큼 슬쩍 더 얹으면 되는 거고. 그쪽도 어차피 접대비에서 나가는 거라서 신경 안 써. 어찌 됐건 우리 가게로서는 일단 클레임이 들어왔던 와인을 그대로 다른 손님께 낼 수는 없어. 당연한 일이지."

"하지만 우리라면 괜찮을 거라는 거지."

셰프는 한쪽 눈을 찡긋했다. "응, 괜찮지?"

"물론 괜찮지." 아오마메는 말했다.

"그렇고말고요." 아유미는 말했다.

"이쪽의 아름다운 숙녀분은 자기 여동생?" 셰프가 아오마메에게 물었다.

"그렇게 보여?" 아오마메는 물었다.

"얼굴은 닮지 않았는데 분위기가 그래." 셰프는 말했다.

"친구야." 아오마메는 말했다. "경찰관."

"정말?" 믿을 수 없다는 얼굴로 셰프는 아유미를 새삼 바라보았다. "권총 차고 순찰하는 그거?"

"아직 아무도 쏜 적은 없지만요." 아유미는 말했다.

"아, 내가 뭔가 잡혀갈 얘기는 안 했겠지?" 셰프는 말했다.

아유미는 고개를 저었다. "전혀, 아무것도."

셰프는 미소를 짓고 가슴 앞에서 양손을 맞잡았다. "누가 오셨건 내가 자신 있게 추천할 수 있는 정평 있는 부르고뉴 와인이야. 유서 깊은 도멘에 연도도 좋아서 제대로 주문하면 몇만 엔은 나가지."

웨이터가 다가와 두 사람의 잔에 와인을 따라주었다. 아오마메와 아유미는 건배했다. 잔을 가볍게 마주치자 멀리서 천국의 종이 울리는 듯한 소리가 났다.

"우와, 이런 맛있는 와인은 난생처음." 아유미는 한 모금 마신 뒤 눈을 가늘게 뜨며 말했다. "대체 어떤 인간이 이런 와인에 불평을 했지?"

"어떤 일에나 불평을 다는 사람은 있는 법이야." 아오마메는 말했다.

그리고 두 사람은 메뉴를 자세히 들여다보았다. 아유미는 수완 좋은 변호사가 중요한 계약서를 점검할 때처럼 날카로운 눈초리로 메뉴에 적힌 내용을 구석구석 두 번씩 읽었다. 뭔가 중요한 걸 놓치지 않았는지, 어딘가에 감춰진 교묘한 빈틈이 있지는 않은지. 그곳에 적힌 다양한 조건이며 조항을 머릿속에서 검토하고, 그것이 몰고 올 결과에 대해 숙고했다. 이익과 손실을 세심하게 저울에 달았다. 아오마메는 그런 그녀의 모습을 맞은편 자리에서 흥미롭게 지켜보았다.

"정했어?" 아오마메가 물었다.

"대강." 아유미는 말했다.

"뭘로 할 건데?"

"홍합 수프에 세 종류의 파 샐러드, 그리고 보르도 와인을 넣고 익힌 이와테 산 송아지머리 요리. 아오마메 씨는?"

"렌즈콩 수프, 익힌 봄야채 모듬, 그리고 종이말이 아귀구이, 폴렌타 세트로. 레드와인에는 약간 어울리지 않는 느낌이지만, 그건 서비스니까 불만 없어."

"조금씩 바꿔 먹어도 돼?"

"물론." 아오마메는 말했다. "그리고 괜찮다면 오르되브르는 참새우튀김을 주문해서 나눠 먹자."

"멋지다." 아유미는 말했다.

"주문이 정해지면 메뉴는 덮어두는 게 좋아." 아오마메는 말했다. "안 그러면 웨이터가 영원히 안 오거든."

"그렇겠네." 아유미는 아쉽다는 듯 메뉴를 덮어 테이블 위에 올려놓았다. 곧바로 웨이터가 다가와 두 사람의 주문을 받았다.

"레스토랑에서 주문하고 나면 내가 잘못 주문했다는 생각이 들어." 웨이터가 물러간 뒤에 아유미가 말했다. "아오마메 씨는 어때?"

"잘못 주문했어도 어차피 먹을 거잖아. 인생의 실수에 비하면 그런 건 별거 아냐."

"물론 맞는 말이지만." 아유미는 말했다. "내게는 아주 중요한 일이야. 어렸을 때부터 그랬어. 항상 주문한 뒤에야 아, 햄버거가 아니라 새우 크로켓으로 할걸, 하고 후회해. 아오마메 씨는 원래부터 그렇게 쿨했어?"

"내가 자란 집에는 조금 사정이 있어서 외식하는 습관이 없었어. 단 한 번도. 철든 뒤로 레스토랑에 가본 기억도 없고, 메뉴판 보고 그중에서 좋아하는 요리를 골라 주문하는 건 한참 어른이 될 때까지 경험해본 적이 없어. 오늘도 내일도 그저 내주는 것을 말없이 받아먹었지. 맛이 없어도 양이 적어도 싫어하는 것이라도 잔소리를 달 여지가 없었어. 사실 지금도 나는 딱히 뭘 먹든 상관없어."

"그랬구나. 자세한 사정은 모르겠지만, 전혀 그렇게 안 보여. 아오마메 씨는 어렸을 때부터 이런 데 자주 들락거린 사람처럼 보이는데."

그건 모두 오쓰카 다마키가 첫걸음부터 자세히 가르쳐준 덕분이었다. 고급 레스토랑에 들어갔을 때는 어떻게 처신해야 하는가. 어떤 식으로 요리를 고르면 얕잡아 보이지 않는가. 와인 주문하는 법, 디저트 부탁하는 법, 웨이터를 대하는 법, 커틀러리의 정식 사용법. 그런 모든 것을 다마키는 아주 잘 알고 있어서 아오마메에게 세세한 것까지 가르쳐주었다. 옷을 고르는 법이며 액세서리 다는 법, 화장하는 법도 다마키에게서 배웠다. 아오마메에게는 그 모든 것이 새로운 발견이었다. 다마키는 야마노테의 유복한 집안에서 자랐고 어머니는 사교적인 사람이어서 매너나 옷차림에 유난히 까다로웠다. 그래서 다마키는 그런 사회적인 지식을 고등학생 때부터 확실하게 몸에 익혀두고 있었다. 어른이 드나드는 장소에도 겁내지 않고 들어갈 수 있었다. 아오마메는 그런 노하우를 탐욕스럽게 흡수해갔다. 만일 다마키라는 훌륭한 교사를 만나지 못했다면 아오마메는 지금과는 다른 모습의 인간이 되었을 것이다. 이따금 다마키가 아직 살아 있어서 자신의 내면에 몰래 숨어 있는 듯한 기분이 들었다.

아유미는 처음에는 적잖이 긴장했지만 와인을 마시면서 조금씩 여유로워진 듯했다.

"저기, 아오마메 씨에게 질문이 있는데," 아유미는 말했다. "혹시 대답하고 싶지 않으면 안 해도 돼. 하지만 꼭 한번 물어보고 싶었어. 화내지 않을 거지?"

"화 안 낼게."

"혹시 이상한 질문 같더라도 악의가 있어서는 아냐. 그건 알아줘. 그냥 호기심이 강한 것뿐이야. 하지만 그런 얘기를 하면 가끔 엄청 화를 내는 사람이 있어서."

"괜찮아. 나는 화 안 내."

"정말? 다들 말은 그렇게 하면서 결국은 화를 내던데."

"나는 특이체질이야. 그러니까 괜찮아."

"저, 어렸을 때 남자에게 이상한 짓을 당한 경험 같은 거 있어?"

아오마메는 고개를 저었다. "없는 거 같은데. 왜?"

"그냥 한번 물어봤어. 없다면 됐어." 아유미는 말했다. 그러고는 화제를 바꿨다. "그럼 지금까지 애인을 만든 적은? 그러니까 진지하게 사귄 사람 말이야."

"없어."

"한 사람도?"

"단 한 사람도." 아오마메는 말했다. 그리고 잠깐 망설인 뒤에 말했다. "실은 나, 스물여섯 살 때까지 처녀였어."

아유미는 잠시 말을 잃었다. 나이프와 포크를 내려놓고 냅킨으로 입가를 닦고, 그러고는 눈을 가늘게 뜨고서 아오마메의 얼굴을 한참 지그시 바라보았다.

"아오마메 씨처럼 멋있는 사람이? 믿어지지 않아."

"그런 거에 전혀 관심이 없었어."

"남자에게 관심이 없었다는 거야?"

"좋아한 사람은 딱 한 사람 있어." 아오마메는 말했다. "열 살 때, 어떤 남자애를 좋아해서 손을 잡았어."

"열 살 때 남자애를 좋아했다. 그냥 그것뿐이야?"

"그것뿐이야."

아유미는 나이프와 포크를 손에 들고 깊은 생각에 잠겨 참새우를 잘게 나누었다. "그래서, 그 남자애는 지금 어디서 뭐 하고 있어?"

아오마메는 고개를 저었다. "모르지. 지바 이치카와에서 초등학교 3, 4학년 때 같은 반이었는데, 나는 5학년 때 도쿄의 초등학교로 전학했고 그뒤로 한 번도 만나지 못했어. 이야기도 안 해봤어. 그에 대해 알고 있는 거라고는 살아 있으면 지금 스물아홉 살이라는 것뿐이야. 아마 올가을에 서른 살이 될 거야."

"그럼 지금 그 사람이 어디서 뭐 하고 사는지, 아오마메 씨는 알아보지도 않았다는 거야? 알아보는 건 그리 어렵지 않을 텐데."

아오마메는 다시 고개를 가로저었다. "내가 나서서 알아볼 마음은 없어."

"특이하기는. 나라면 온갖 수단을 동원해서 어디 있는지 알아냈을 텐데. 그렇게 좋아한다면 찾아내서 당신을 좋아한다고 얼굴 보고 고백하면 되잖아."

"그러고 싶지 않아." 아오마메는 말했다. "내가 바라는 건 어느 날 어딘가에서 우연히 만나는 거야. 이를테면 길에서 마주친다든가, 같은 버스에 탄다든가."

"운명적인 해후?"

"뭐, 말하자면." 아오마메는 와인을 한 모금 마셨다. "그때는 그에게 분명하게 털어놓을 거야. 내가 이번 인생에서 사랑한 사람은 단 한 사람, 당신밖에 없다고."

"그거, 물론 무척 로맨틱하긴 한데 말이야." 아유미는 어처구니없다는 듯이 말했다. "우연히 만날 확률은 상당히 낮을 거 같은데. 게다가 벌써 이십 년 동안 못 만났으면 그 사람도 얼굴이 변했을 거야. 길에서 마주쳐도 알아보기나 하겠어?"

아오마메는 고개를 저었다. "아무리 얼굴이 변했어도 한번 보면 나는 알아. 못 알아볼 리가 없어."

"그런가?"

"그래."

"그리고 아오마메 씨는, 그 운명적인 해후를 믿고 내내 기다린다?"

"그래서 길을 걸을 때도 항상 주의해."

"흐음." 아유미는 말했다. "하지만 그렇게까지 그 사람이 좋은데도 다른 남자하고 섹스하는 건 별로 상관없다는 거네. 스물여섯 살 이후부터긴 하지만."

아오마메는 잠시 생각했다. 그러고는 말했다. "그건 그저 스쳐 지나가는 일이니까. 뒤에 아무것도 남지 않아."

잠시 침묵이 흐르고, 두 사람은 요리를 먹는 데 집중했다. 그리고 아유미가 말했다. "주제넘은 질문 같지만, 스물여섯 살 때 아오마메 씨의 신상에 무슨 일이라도 있었어?"

아오마메는 고개를 끄덕였다. "그때 어떤 사건이 일어나서 나를 완전히 바꿔놓았어. 하지만 지금 여기서 그 이야기를 할 수는 없어. 미안."

"아냐, 괜찮아." 아유미는 말했다. "너무 캐묻는 거 같아서 기분 나쁘지 않았어?"

"조금도." 아오마메는 말했다.

수프가 나와서 두 사람은 조용히 그것을 먹었다. 그동안 대화는 중단되었다. 두 사람이 스푼을 내려놓고 웨이터가 그것을 물려간 뒤에 이야기가 다시 시작되었다.

"그런데, 아오마메 씨는 두렵지 않아?"

"이를테면 어떤 것이?"

"어쩌면 그 사람을 영원히 못 만날지도 모르잖아. 물론 우연히 재회할 수도 있지. 나도 그렇게 되면 좋겠다고 생각해. 진심으로 그랬으면 좋겠어. 하지만 현실적으로는 끝까지 만나지 못할 가능성이 더 크잖아? 게다가 만일 만났다 해도 그 사람은 이미 결혼했을 수도 있고. 아이가 둘쯤 딸려 있을지도 모르지. 그렇잖아? 만일 그렇게 되면 아오마메 씨는 그뒤의 인생을 내내 외톨이로 살아가야 해. 이 세상에서 단 한 사람, 자기가 좋아한 사람과 맺어지지도 못한 채. 그런 생각을 하면 두렵지 않아?"

아오마메는 잔 속의 붉은 와인을 바라보았다. "두려울 수도 있겠지. 하지만 적어도 내게는 좋아하는 사람이 있어."

"설령 그 사람이 아오마메 씨를 좋아하지 않는다고 해도?"

"단 한 사람이라도 진심으로 누군가를 사랑할 수 있다면 인생에는 구원이 있어. 그 사람과 함께하지 못한다 해도."

아유미는 잠시 생각에 잠겼다. 웨이터가 다가와 두 사람의 잔에 다시 와인을 따라주었다. 그것을 한 모금 마시면서 아오마메는 새삼 아유미의 말이 맞다고 생각했다. 대체 누가 이런 훌륭한 와인에 불평을 한단 말인가.

"아오마메 씨는 정말 대단하다. 그렇게 달관해버리다니."

"달관한 건 아니야. 그저 솔직히 그렇게 생각할 뿐이지."

"나한테도 좋아하는 사람이 있었어." 아유미는 고백하듯이 말했다. "고등학교 졸업하자마자 처음으로 함께 잔 사람. 나보다 세 살 많았어. 그런데 그 사람, 금세 다른 여자한테로 가버렸어. 그 때문에 한동안 망가졌었지. 꽤 충격이었나봐. 그 사람에 대해서는 진즉에 포기했는데, 그때 망가진 부분은 아직도 제대로 회복이 안 됐어. 양다리를 걸치는 한심한 사람이었는데. 자기만 잘난 줄 아는 놈. 그런데 그런 걸 알면서도 나는 그 사람을 좋아했어."

아오마메는 고개를 끄덕였다. 아유미도 와인 잔을 들고 한 모금 마셨다.

"지금도 이따금 그 사람에게서 전화가 와. 잠깐 좀 보자고. 물론 몸만 노리는 거지. 그건 뻔히 다 알아. 그래서 안 만나려고 해. 괜히 만났다가는 또 지독한 꼴이 될 테니까. 그런데 말이지, 머리로는 다 알면서도 내 몸이 반응을 해버려. 그 사람하고 자고 싶어서 찌르르 하는 거야. 그런 게 되풀이되면 가끔씩 신나게 놀고 싶어지는 거지. 그런 기분 아오마메 씨는 알까?"

"알아." 아오마메는 말했다.

"진짜 한심한 놈이야. 본바탕이 교활하고, 섹스도 별로 잘하지 못해. 하지만 그 사람은 적어도 나를 두려워하지 않고, 일단 만나서 함께 있는 동안만큼은 엄청 소중하게 대해줘."

"그런 기분은 선택할 도리가 없는 거지." 아오마메는 말했다. "상대방 쪽에서 마음대로 밀고 들어오는 거니까. 메뉴에서 요리를 선택하는 것과는 달라."

"잘못 선택해서 나중에 후회하는 점은 비슷하지만?"

두 사람은 웃었다.

아오마메는 말했다. "하지만 메뉴든 남자든 다른 뭐든, 우리는 스스로 선택했다고 생각하지만 실은 아무것도 선택하지 않은 건지도 몰라. 그건 이미 일찌감치 정해진 일이고, 우리는 그저 선택하는 척하고 있는 것뿐인지도. 자유의지라는 거, 그저 나만의 선입견인지도 모르지. 가끔 그런 생각이 들어."

"만일 그렇다면 인생은 정말 암울해."

"그럴지도."

"하지만 누군가를 진심으로 사랑할 수 있다면, 그게 아무리 형편없는 상대라 해도, 그쪽이 나를 좋아해주지 않는다 해도, 적어도 인생은 지옥은 아니다. 가령 약간 암울하더라도."

"그런 얘기야."

"하지만 아오마메 씨." 아유미는 말했다. "내 생각엔 말야, 이 세상이라는 건 이치가 통하지도 않고 친절한 마음도 너무 부족한 거 같아."

"그럴지도 모르지." 아오마메는 말했다. "하지만 이제 와서 교환할 수는 없어."

"반품 유효기간은 진즉에 지났지." 아유미는 말했다.

"영수증도 내다버렸고."

"그러게."

"하지만 괜찮아. 이런 세상 따윈 눈 깜짝할 사이에 끝나버려." 아오마메는 말했다.

"그런 거, 굉장히 재미있을 거 같아."

"그리고 왕국이 임하지."

"어서 왔으면." 아유미가 말했다.

두 사람은 디저트를 먹고 에스프레소를 마시고 반씩 부담해 계산을 했다(깜짝 놀랄 만큼 싼 값이었다). 그러고는 근처 바에 들러 칵테일을 한 잔씩 마셨다.

"저기 있는 남자, 혹시 아오마메 씨 취향 아니야?"

아오마메는 그쪽으로 시선을 던졌다. 키가 큰 중년남자가 카운터 좌석 끝에서 혼자 마티니를 마시고 있었다. 공부도 잘하고 운동도 잘하는 고등학생이 그대로 나이를 먹어 중년이 된 듯한 타입이었다. 머리칼은 조금 숱이 줄었지만 얼굴은 아직 젊다.

"내 취향일 수도 있겠지만, 오늘은 남자 없는 날." 아오마메는 딱 잘라 말했다. "게다가 여기는 고급 바야."

"알아. 그냥 한번 말해본 거야."

"이담에."

아유미는 아오마메의 얼굴을 보았다. "그럼 다음번에 또 나랑 놀아주겠다는 얘기야? 그러니까, 남자를 찾으러 갈 때 말이야."

"좋아." 아오마메는 말했다. "같이 가자."

"다행이다. 아오마메 씨하고 둘이면 뭐든 할 수 있을 거 같아."

아오마메는 다이키리를 마시고 있었다. 아유미는 톰 콜린스를 마셨다.

"그런데 지난번 전화에서 나하고 레즈비언 흉내를 냈었다고 했지?" 아오마메는 말했다. "그래서 대체 무슨 짓을 한 거야?"

"아, 그거?" 아유미는 말했다. "별거 없었어. 그냥 분위기 띄우려고 잠깐 레즈비언 놀이를 했지. 정말 아무것도 기억 안 나? 아오마메 씨도 그때는 꽤 신나했는데."

"하나도 기억 안 나. 완전히 깨끗이." 아오마메는 말했다.

"그러니까, 우리 둘이 다 벗고서 가슴을 조금 더듬고, 거기에 키스도 하고……"

"거기에 키스를 했어?" 아오마메는 그렇게 되묻고 나서 당황하여 주위를 둘러보았다. 조용한 바 안에 그녀의 목소리가 필요 이상으로 크게 울렸기 때문이다. 고맙게도 그녀가 한 말은 누구의 귀에도 들어가지 않은 듯했다.

"아니, 그런 척만 했다니까. 혀까지 사용하지는 않았어."

"정말." 아오마메는 관자놀이를 손끝으로 누르며 한숨을 쉬었다. "진짜 무슨 짓을 한 거야."

"미안해." 아유미는 말했다.

"아니, 네가 미안할 일은 아니야. 그 지경으로 취해버린 내 잘못이지."

"하지만 아오마메 씨의 거기, 정말 귀엽고 예뻤어. 완전 새 것 같은 느낌이었어."

"느낌이고 뭐고, 실제로 새 것이나 마찬가지야." 아오마메는 말했다.

"가끔씩밖에 안 쓴다는?"

아오마메는 고개를 끄덕였다. "그렇다고 할까. 근데, 혹시 레즈비언 성향 있어?"

아유미는 고개를 저었다. "그런 거 해본 건 태어나서 처음이야. 진짜로. 하지만 나도 꽤 취했었고, 게다가 아오마메 씨라면 잠깐 그런 거 해보는 것도 좋겠다고 생각했어. 흉내 정도라면 재미있고 좋잖아. 아오마메 씨는 어때, 그쪽으로는?"

"나도 그런 성향은 없어. 하지만 딱 한 번 고등학생 때, 친한 여자 친구하고 그랬던 적은 있어. 그럴 마음은 없었는데 어쩌다보니."

"그럴 수 있지. 그래서 그때 느꼈었어?"

"응, 느꼈던 거 같아." 아오마메는 솔직히 대답했다. "하지만 그때 딱 한 번으로 끝이야. 이런 건 안 된다는 생각이 들어서 두 번 다시 안 했어."

"레즈비언은 안 된다는 거야?"

"그건 아냐. 레즈비언은 안 된다든가 불결하다든가, 그런 생각은 없었어. 그 친구와 그런 관계가 되면 안 된다고 생각했다는 거야. 소중한 우정을 그런 질척이는 형태로 바꾸고 싶지 않았어."

"그렇구나." 아유미는 말했다. "아오마메 씨, 오늘 밤 괜찮다면 아오마메 씨네 집에 가서 자면 안 될까? 이대로 기숙사 들어가는 거 너무 싫어. 일단 거기 들어가버리면 오늘 모처럼 만든 우아한 분위기가 단숨에 망가질 거야."

아오마메는 다이키리의 마지막 한 모금을 마시고 잔을 카운터에 내려놓았다. "자고 가는 건 괜찮은데, 이상한 짓은 안 하기야."

"응, 좋아. 그런 거 아니야. 그냥 아오마메 씨하고 좀더 함께 있고 싶어. 어디라도 좋으니까 하룻밤 재워줘. 나는 바닥에서든 어디서든 잘 자는 체질이거든. 게다가 내일은 비번이니까 아침에 서두르지 않아도 돼."

지하철을 갈아타며 지유가오카의 집까지 돌아왔다. 시계는 열한 시 직전을 가리키고 있었다. 두 사람 모두 기분 좋게 취했고 졸렸다. 소파에 잘 준비를 하고 아유미에게 파자마를 빌려주었다.

"잠깐 침대에 함께 누워 있어도 돼? 잠시만 붙어 있고 싶어. 이상한 짓은 안 할게. 약속." 아유미는 말했다.

"그래." 아오마메는 말했다. 지금까지 세 명의 남자를 살해한 여자와 현직 여경이 한침대에 눕다니, 라고 그녀는 탄복했다. 세상일이란 참 알 수 없다니까.

아유미는 침대에 파고들어 양팔을 아오마메의 몸에 둘렀다. 그녀의 묵직한 젖가슴이 아오마메의 팔에 눌렸다. 술과 치약 냄새가 입김에 섞여 있었다.

"아오마메 씨. 내 가슴 너무 큰 거 같지 않아?"

"아냐. 아주 예뻐 보여."

"하지만 가슴이 크면 왠지 머리가 나쁠 거 같잖아. 달릴 때는 출렁거리고, 샐러드 볼 두 개 엎어놓은 거 같은 브래지어를 빨래 건조대에 널어놓기도 창피하고."

"남자들은 그런 걸 좋아하잖아."

"게다가 젖꼭지도 너무 커."

아유미는 파자마 단추를 풀고 한쪽 젖가슴을 꺼내 젖꼭지를 아오마메에게 보여주었다. "이거 봐, 이렇게 크다니까. 괴상하지 않아?"

아오마메는 그 젖꼭지를 보았다. 아닌 게 아니라 작지는 않았지만, 신경 쓰일 만큼 큰 사이즈라고는 생각되지 않았다. 다마키의 젖꼭지보다 약간 더 큰 정도였다. "예쁘기만 한데. 너무 크다고 누가 그랬어?"

"어떤 남자가. 이렇게 큰 젖꼭지는 생전 처음 봤대."

"그 남자는 여자 가슴을 많이 못 본 모양이지. 그 정도면 보통 크기야. 내가 너무 작은 거야."

"하지만 난 아오마메 씨 가슴 좋아해. 모양이 기품 있고 지적인 인상이야."

"설마. 너무 작고 좌우 모양도 다른데. 그래서 브래지어 고를 때 난감해. 오른쪽과 왼쪽 사이즈가 달라서."

"그래? 다들 이래저래 신경 쓰면서 사는구나."

"그런 거야." 아오마메는 말했다. "그러니까 이제 그만 자."

아유미는 손을 아래로 뻗어 아오마메의 파자마 안에 손을 넣으려고 했다. 아오마메는 그 손을 붙잡았다.

"안 돼. 아까 약속했잖아? 이상한 짓은 안 한다고."

"미안." 아유미는 손을 거둬들였다. "그래, 아까 분명 약속했지. 내가 좀 취했나봐. 하지만 나, 아오마메 씨가 좋아. 내 동경의 대상이야. 철없는 여고생처럼."

아오마메는 입을 다물고 있었다.

"아오마메 씨는 자신의 가장 소중한 것을 그 남자를 위해 소중히 챙겨두고 있는 거야. 맞지?" 아유미는 작은 소리로 속삭이듯이 말했다. "그런 게 부러워. 챙겨줄 상대가 있다는 거."

그럴지도 모른다고 아오마메는 생각했다. 하지만 내게 가장 소중한 것, 그게 뭘까?

"이제 그만 자." 아오마메는 말했다. "잠들 때까지 안아줄게."

"고마워." 아유미는 말했다. "미안해, 귀찮게 해서."

"사과할 거 없어." 아오마메는 말했다. "귀찮지 않으니까."

아오마메는 내내 아유미의 따스한 숨을 겨드랑이 아래로 느꼈다. 어디 먼 데서 개가 짖고, 누군가 창문을 탁 닫았다. 그동안 내내 그녀는 아유미의 머리칼을 쓰다듬고 있었다.

잠이 든 아유미를 남겨두고 아오마메는 침대를 나왔다. 아무래도 오늘 밤은 그녀가 소파에서 자게 될 것 같다. 냉장고에서 미네랄워터를 꺼내 두 컵을 마셨다. 그리고 좁은 베란다로 나가 알루미늄 의자에 앉아서 거리를 바라보았다. 온화한 봄밤이었다. 멀리 도로에서 인공적인 바다 울음 같은 소리가 미풍을 타고 들려왔다. 한밤중을 지나 네온의 휘황함도 얼마간 줄어들었다.

나는 아유미라는 여자에 대해 분명 호의를 품고 있다. 할 수 있는 한 소중히 대해주고 싶다. 다마키가 죽은 뒤로 나는 오래도록 어느 누구와도 깊은 관계를 맺지 않기로 작정하고 살아왔다. 새로운 친구를 갖고 싶었던 적도 없었다. 하지만 아유미에게는 왠지 자연스럽게 마음을 열 수 있다. 일정한 선까지는 내 마음을 솔직히 털어놓을 수도 있다. 하지만 물론 그애는 너와는 전혀 달라, 라고 아오마메는 자기 안에 있는 다마키를 향해 말을 건넸다. 너는 특별한 존재야. 나는 너와 함께 성장해왔는걸. 다른 어느 누구와도 비교할 수 없어.

아오마메는 고개를 뒤로 젖힌 채 하늘을 올려다보고 있었다. 눈은 하늘을 바라보았지만 그녀의 의식은 먼 기억 속을 헤매고 있었다. 다마키와 함께 보낸 시간들, 둘이서 나눈 이야기들. 그리고 서로의 몸을 더듬었던 일…… 하지만 그러는 사이에 지금 그녀의 눈에 들어오는 밤하늘이 평소에 보던 밤하늘과 어딘가 다르다는 것을 깨달았다. 무언가가 여느 때와는 다르다. 희미한, 하지만 부정하기 어려운 이질감이 그곳에 있다.

그 차이가 무엇인지 알아차리기까지 시간이 걸렸다. 그리고 그것을 알아본 뒤에도 사실을 받아들이는 데 상당한 수고가 들었다. 자신의 시선이 포착해낸 것을 의식이 제대로 인정하지 못하는 것이었다.

하늘에는 달이 두 개 떠 있었다. 작은 달과 큰 달. 그것이 나란히 하늘에 떠 있다. 큰 쪽이 평소에 늘 보던 달이다. 보름달에 가깝고 노랗다. 하지만 그 곁에 또 하나, 다른 달이 있다. 눈에 익지 않은 모양의 달이다. 약간 일그러졌고 색깔도 엷은 이끼가 낀 것처럼 초록빛을 띠고 있다. 그것이 그녀의 시선이 포착한 것이었다.

아오마메는 실눈을 뜨고 그 두 개의 달을 가만히 바라보았다. 그러고는 눈을 감고 한참 시간을 둔 다음, 심호흡을 하고 다시 눈을 떠보았다. 모든 것이 정상으로 돌아와 하나의 달만 떠 있기를 기대하면서. 하지만 상황은 완전히 똑같았다. 빛의 장난도 아니고 시력이 이상해진 것도 아니다. 하늘에는 틀림없이, 잘못 볼 리도 없이, 또렷한 두 개의 달이 나란히 떠 있다. 노란색 달과 초록색 달.

아오마메는 아유미를 깨울까 생각했다. 정말로 하늘에 달이 두 개가 떠 있는지 물어보기 위해. 하지만 곧 그 생각을 접었다. 어쩌면 아유미는 "당연한 거 아냐? 달은 작년부터 두 개로 늘어났어"라고 말할지도 모른다. 혹은 "무슨 소리야, 아오마메 씨. 달은 하나밖에 안 보여. 눈이 어떻게 된 거 아니야?"라고 할지도. 어느 쪽이건 내가 갖고 있는 문제는 해결되지 않는다. 더더욱 깊어질 뿐이다.

아오마메는 두 손으로 얼굴 아랫부분을 가렸다. 그리고 그 두 개의 달을 가만히 바라보았다. 틀림없이 무슨 일인가 일어나고 있어, 그녀는 생각했다. 심장의 고동 소리가 빨라졌다. 세상이 어떻게 되었거나 아니면 내가 어떻게 되었거나, 둘 중 하나다. 병에 문제가 있거나 아니면 병뚜껑에 문제가 있거나.

그녀는 안으로 들어와 유리문의 고리를 채우고 커튼을 쳤다. 찬장에서 브랜디 병을 꺼내 잔에 따랐다. 아유미는 침대에서 곤히 자고 있다. 아오마메는 그 모습을 바라보며 브랜디를 홀짝홀짝 마셨다. 주방 식탁에 팔을 짚고, 커튼 너머에 있는 것은 생각하지 않도록 애쓰면서.

어쩌면, 하고 그녀는 생각했다. 세상은 정말로 종말을 향해 가고 있는지도 모른다.

"그리고 왕국이 임하시지." 아오마메는 작게 입 밖에 내어 말했다.

"어서 왔으면." 어딘가에서 누군가가 말했다.

제16장 덴고

Q
마음에 든다니 정말 기뻐

꼬박 열흘 동안 「공기 번데기」를 고쳐서 새로운 작품으로 완성해 고마쓰에게 건네준 뒤, 풍랑 없는 바다처럼 평온한 하루하루가 덴고를 찾아왔다. 일주일에 사흘은 입시학원에 나가 강의를 하고, 금요일에는 유부녀 걸프렌드를 만났다. 그 외의 시간은 집안일을 하거나 산책을 하거나 자신의 소설을 썼다. 그렇게 4월이 지나갔다. 벚꽃이 지고 그곳에 새싹이 얼굴을 내밀고 목련이 만개하고, 계절은 단계를 밟아 차근차근 옮겨갔다. 하루하루 규칙적으로 매끄럽게 아무 일 없이 흘러갔다. 그것이 바로 덴고가 원하는 생활이었다—한 주가 끊임없이 자동적으로 다음 주와 이어지는 것.

하지만 거기에 한 가지 변화가 나타났다. 좋은 변화다. 덴고는 소설을 쓰면서 자기 안에 새로운 원천 같은 게 생겨났다는 것을 깨달았다. 그리 많은 물이 샘솟는 건 아니다. 말하자면 바위 틈새의 자그마한 샘이다. 하지만 소량이라 해도 물은 끊일 새 없이 흘러나오는 것 같다. 서두를 건 없다. 초조해할 것 없다. 그것이 바위의 움푹한 곳에 가득 고이기를 가만히 기다리면 된다. 물이 고이면 그것을 손으로 떠올릴 수 있다. 그다음에는 책상을 마주하고, 떠올린 것을 문장의 형태로 만들어가는 것뿐이다. 그렇게 이야기는 자연스럽게 앞으로 나아갔다.

한눈 한번 팔지 않고 집중적으로 「공기 번데기」를 고쳐나가던 작업에 의해, 지금까지 그 원천을 가로막고 있던 바윗돌이 치워졌는지도 모른다. 왜 그렇게 되었는지 그 이유는 덴고도 잘 알 수 없지만, 어떻든 그런 '무거운 덮개가 비로소 열렸다'라는 실감을 분명하게 느낄 수 있었다. 몸이 가뿐해지고, 비좁은 곳에서 나와 자유롭게 팔다리를 펼 수 있게 된 느낌이었다. 아마도 「공기 번데기」라는 작품이 본디부터 덴고의 내면에 있었던 무언가를 적절히 자극한 것이리라.

또한 덴고는 자기 안에 의욕 비슷한 것이 생겨났다는 것을 깨달았다. 그것은 덴고가 태어나 지금껏 가져보지 못한 것이었다. 고등학교부터 대학교 때까지 유도 코치나 선배에게 자주 그런 말을 들었다. "너는 소질도 있고 힘도 있고 연습도 열심히 해. 그런데 의욕이라는 게 없어." 분명 맞는 말이었을 것이다. 덴고에게는 왜 그런지 '무슨 일이 있어도 이기겠다'는 마음이 희박했다. 그래서 준결승이나 결승까지는 올라가도, 막상 가장 중요한 승부에서 어이없이 져버릴 때가 많았다. 유도뿐만 아니라 다른 모든 일에서 덴고는 그런 경향이 있었다. 점잖다고 할까, 지푸라기에라도 매달려보는 자세가 없었다. 소설에 대해서도 마찬가지다. 문장도 나쁘지 않고 나름대로 재미있는 이야기도 만들어낼 줄 안다. 하지만 읽는 사람의 마음에 온몸을 던져

호소하는 강력함이 없다. 다 읽고 난 뒤에는 뭔가 약간 아쉽다는 불만이 남는다. 그래서 항상 최종 후보까지 올라가면서도 신인상은 타지 못한다. 고마쓰가 지적한 대로였다.

하지만 덴고는 「공기 번데기」의 리라이팅 작업 이후, 태어나서 처음으로 어떤 억울함을 느꼈다. 작품을 고치고 있을 때는 작업에만 정신없이 몰두했다. 다른 건 아무것도 생각하지 않고 부지런히 손을 움직였다. 하지만 작업을 마치고 고마쓰에게 건네주고 나자, 깊은 무력감이 그를 덮쳤다. 그 무력감이 일단락되자 이번에는 분노 같은 것이 뱃속 깊은 곳에서 치밀었다. 그것은 그 자신에 대한 분노였다. 나는 남의 이야기를 빌려다 고쳐 쓰는 사기나 다름없는 짓을 한 것이다. 그것도 내 작품을 쓸 때보다 훨씬 몰두해서. 그렇게 생각하니 덴고는 스스로가 부끄러웠다. 자기 자신 속에 잠재한 이야기를 찾아내 올바른 언어로 표현하는 것이 작가 아닌가. 한심하지 않은가. 이런 정도의 이야기는 너도 마음만 먹는다면 충분히 써낼 수 있다. 그렇지 않은가.

그것을 증명하지 않으면 안 된다.

덴고는 그때까지 써두었던 원고를 마음을 굳게 먹고 모두 내버리기로 했다. 그리고 완전히 새로운 이야기를 백지에 써나갔다. 그는 눈을 감고 자기 안에 있는 작은 샘의 흐름에 오래도록 귀를 기울였다. 이윽고 언어가 저절로 떠올랐다. 덴고는 그것을 시간을 들여 조금씩 문장으로 정리해나갔다.

5월이 되자 오랜만에 고마쓰에게서 전화가 걸려왔다. 밤 아홉시였다.

"결정 났어." 고마쓰가 말했다. 그 목소리에는 흥분한 기색이 엿보였다. 고마쓰에게 웬만해서는 없는 일이다.

덴고는 처음에는 무슨 말인지 알아듣지 못했다. "무슨 얘기예요?"

"무슨 얘기냐는 건 또 뭐야? 「공기 번데기」 신인상 수상, 방금 결정 났어. 심사위원 전원 일치야. 논쟁 같은 것도 없었어. 하긴 당연하지. 그 정도로 힘 있는 작품이거든. 하지만 중요한 건 일이 이제는 걷잡을 수 없이 내달리기 시작했다는 거야. 이제 남은 건 일련탁생, 그거밖에 없어. 우리 잘해보자고."

벽에 걸린 달력으로 시선을 던졌다. 그러고 보니 오늘이 신인상 심사일이었다. 덴고는 자기 소설 쓰는 데 몰두하느라 날짜 감각을 잃고 있었다.

"그럼 이제 일정이 어떻게 되는 거죠?" 덴고는 물었다.

"내일 신문에 발표될 거야. 전국지에 일제히 기사가 나가. 어쩌면 사진도 나올지 몰라. 열일곱 살의 미소녀, 그것만으로도 벌써 상당한 화젯거리야. 이런 말 하면 좀 뭐하지만, 이를테면 겨울잠에서 깨어난 곰 같은 서른 살 학원 수학강사가 신인상을 타는 것하고는 뉴스 밸류가 다르지."

"하늘과 땅만큼." 덴고는 말했다.

"5월 16일에 신바시의 호텔에서 시상식이 있어. 그 자리에서 기자회견도 예정되어 있고."

"후카에리가 거기에 참석하는 겁니까?"

"참석해야지, 이번 한 번만은. 신인문학상 시상식에 수상자가 참석하지 않을 수는 없어. 그것만 큰 실수 없이 치러내면 그다음은 철저히 신비주의로 나갈 거야. 죄송합니다만 이 작가는 사람들 앞에 나서는 것을 좋아하지 않습니다, 하면서 잘 잘라내야지. 그러면 결점은 드러나지 않아."

덴고는 후카에리가 호텔 시상식장에서 기자회견하는 모습을 상상해보았다. 늘어선 마이크, 터지는 플래시. 하지만 그런 광경은 좀체 머릿속에 그려지지 않았다.

"고마쓰 씨, 정말 기자회견을 할 생각이에요?"

"한 번은 해야지, 안 그러면 모양새가 안 나."

"어이없는 상황이 벌어질 게 뻔한데요."

"그러니까, 어이없는 상황이 되지 않도록 하는 게 자네의 역할이야."

덴고는 전화통에 대고 침묵했다. 불길한 예감이 검은 구름처럼 지평선 끝에 모습을 드러냈다.

"이봐, 덴고. 듣고 있어?" 고마쓰가 물었다.

"네." 덴고는 말했다. "그게 대체 무슨 뜻이죠? 제 역할이라니요?"

"그러니까 말이지, 기자회견의 경향과 대책 등을 후카에리에게 철저히 가르쳐줘. 그런 자리에서 나오는 질문은 대충 비슷비슷하거든. 예상되는 질문들에 대한 대답을 미리 준비해서 그걸 통째로 외우게 하는 거야. 자네는 학원에서 학생들을 가르치는 교사니까 그런 요령은 잘 알 거 아냐."

"그걸 저더러 하라고요?"

"응, 그래. 후카에리는 왜 그런지 자네를 철석같이 믿고 있어. 덴고가 하는 말이라면 분명히 들을 거야. 내가 하는 건 안 통해. 아직까지 만나주지도 않으니 더 말할 것도 없지."

덴고는 한숨을 내쉬었다. 그는 가능하다면 「공기 번데기」 문제와는 이제 그만 인연을 끊고 싶었다. 지시받은 일은 이미 끝냈고 이제는 자신의 일에 집중하고 싶었다. 하지만 그리 쉽게는 끝나지 않을 거라는 예감은 있었다. 그리고 나쁜 예감이라는 건 좋은 예감보다 훨씬 적중률이 높다.

"모레 저녁에 시간 있나?" 고마쓰가 물었다.

"있어요."

"여섯시에, 늘 만나던 신주쿠 찻집. 후카에리가 거기로 나올 거야."

"저기, 고마쓰 씨, 저는 그런 건 못 해요. 기자회견이 어떤 건지도 모릅니다. 그런 거 본 적도 없다고요."

"자네 소설가 되고 싶지? 그렇다면 상상을 해. 한 번 본 적도 없는 것을 상상하는 게 작가의 일이잖아."

"하지만 「공기 번데기」를 고쳐 쓰기만 하면 더이상 아무것도 안 해도 된다, 그다음 일은 나한테 맡기고 벤치에 앉아 느긋하게 게임이 어떻게 풀리는지 구경이나 하라고 한 건 고마쓰 씨잖습니까."

"이봐, 덴고, 내가 할 수 있는 일이라면 당장 내가 하지. 나도 남에게 뭘 부탁하는 건 별로 좋아하지 않아. 하지만 못하니까 이렇게 머리를 숙이는 거 아니냐고. 급류타기 보트에 비유하자면 나는 지금 방향을 잡기에도 바빠서 도저히 짬이 안 난단 말이야. 그래서 자네에게 노를 쥐여줬어. 만일 자네가 못한다고 내던지면 보트는 전복되고 우리는 모두 깨끗이 파멸해. 후카에리까지 포함해서. 일이 그렇게 되는 건 자네도 바라지 않잖아?"

덴고는 다시 한번 한숨을 쉬었다. 왜 항상 이렇게 거절할 수 없는 상황에 내몰리는 건가. "알았어요. 할 만큼 해볼게요. 잘된다는 보장은 없지만."

"그렇게 해줘. 은혜로 알게. 아무튼 후카에리라는 아이는 자네하고만 말하기로 결심한 모양이니까." 고마쓰는 말했다. "그리고 또 한 가지. 우리는 새로운 회사를 설립할 거야."

"회사요?"

"사무실, 오피스, 프로덕션…… 명칭은 뭐든 좋아. 아무튼 후카에리의 창작활동을 지원하기 위한 회사야. 물론 페이퍼 컴퍼니지. 공식적으로는 이 회사에서 후카에리에게 보수가 지급되는 형식이 돼. 대표는 에비스노 선생. 그리고 자네도 그 회사 사원이야. 직함은 뭐든 상관없겠지. 자네도 거기서 보수를 받게 돼. 나도 이름이 겉으로 드러나지 않는 형식으로 거기에 참여해. 내가 한 다리 걸치고 있다는 게 알려지면 그거야말로 문제가 될 테니까. 아무튼 그렇게 해서 이익을 분배할 거야. 자네는 서류 몇 군데에 도장만 찍어주면 돼. 그다음은 모두 내가 알아서 처리하지. 아는 사람 중에 수완 좋은 변호사가 있거든."

덴고는 그에 대해 생각했다. "저기, 고마쓰 씨, 저는 거기서 좀 빼주시죠. 보수는 필요 없습니다. 「공기 번데기」를 개작하는 건 즐거웠어요. 거기서 많은 걸 배웠습니다. 후카에리가 신인상을 타서 정말 잘됐다고 생각하고요. 그녀가 기자회견을 잘할 수 있도록 가능한 한 절차를 정리해서 알려주겠습니다. 거기까지는 어떻게든 해볼게요. 하지만 그런 복잡하게 뒤엉킨 회사에는 관여하고 싶지 않아요. 그건 완전히 조직적인 사기라고요."

"덴고, 이제는 뒤로 물러설 수 없어." 고마쓰는 말했다. "조직적인 사기? 그렇게 말한다면 분명 그럴지도 모르지. 그런 식으로 말할 수도 있어. 하지만 그건 자네도 처음부터 알고 있었어. 후카에리라는 반쯤은 가공의 작가를 우리가 만들어서 세상을 속여넘기자는 게 애초의 목표 아니었냐고. 그렇지? 당연히 거기에는 돈 문제도 얽히고, 그걸 처리하기 위해 잘 짜인 시스템도 필요해. 어린애 장난이 아니야. 이제 와서 '나는 겁이 나니까 그런 일에 관여하고 싶지 않아요, 돈은 필요 없습니다'라고 해봤자 안 통해. 보트에서 내릴 거라면 한참 전에, 물길이 아직 얌전할 때 내렸어야지. 이제는 너무 늦었어. 회사를 설립하려면 명의상의 머릿수가 필요해. 그렇다고 여기서 이번 일을 잘 알지도 못하는 다른 사람을 끌어들일 수는 없어. 자네는 반드시 이 회사에 참여해야 해. 자네가 참여한다는 전제 하에 일이 진행되고 있단 말이야."

덴고는 머리를 굴렸다. 하지만 좋은 생각은 하나도 떠오르지 않았다.

"한 가지 질문이 있습니다." 덴고는 말했다. "고마쓰 씨의 말을 들어보면 에비스노 선생도 이번 계획에 전면적으로 참여할 거라는 식으로 들리는데요. 페이퍼 컴퍼니를 만들고 거기 대표가 되는 것도 이미 승낙하신 겁니까?"

"선생은 후카에리의 보호자로서 모든 사정을 충분히 이해하셨고 그런 다음에 오케이 사인을 하셨어. 지난번에 자네 이야기 듣고 당장 에비스노 선생에게 전화를 했지. 선생은 물론 나를 기억하고 있었어.

그저 덴고의 입을 통해 나에 대한 평을 한번 듣고 싶었던 모양이야. 자네의 사람 보는 눈이 상당히 날카롭다고 감탄하시더군. 나에 대해 대체 어떤 얘기를 했어?"

"에비스노 선생은 이 계획에 참여해서 대체 뭘 얻는 거지요? 돈 때문에 그런 일을 하실 것 같지는 않은데요."

"맞는 말씀. 그 정도 푼돈에 움직일 인물이 아니야."

"그럼 어째서 이런 위험한 계획에 관여하시겠다는 거죠? 뭔가 얻을 게 있는 건가요?"

"그건 나도 몰라. 속내를 죄 읽어낼 수 없는 사람이라서 말이지."

"고마쓰 씨도 읽어내지 못하는 속내라면 상당히 깊은 속내겠군요."

"음, 그렇지." 고마쓰는 말했다. "그냥 보기에는 평범하고 인품 좋은 동네 영감님 같지만, 사실은 도통 정체를 파악할 수 없는 사람이야."

"후카에리는 이런 사정을 어디까지 알고 있죠?"

"뒤에서 어떤 일이 벌어지는지는 아무것도 모르고, 알아야 할 필요도 없어. 후카에리는 에비스노 선생을 신뢰하고 자네에게 호감을 갖고 있어. 그러니 이렇게 팔을 걷어붙이고 도와달라는 거야."

덴고는 수화기를 바꿔들었다. 어떻게든 사태의 진행을 따라잡을 필요가 있다. "그런데 에비스노 선생은 이제 학자가 아니시죠? 대학도 사직하셨고 책을 쓰시는 것도 아니고."

"응, 학문적인 일과는 인연을 끊으셨지. 우수한 학자였지만 아카데미즘 세계에는 딱히 미련도 없는 모양이야. 애초에 권위라느니 조직이라는 것과는 죽이 맞지 않았고, 어느 쪽인가 하면 이단의 인물이었어."

"요즘은 어떤 일을 하시는데요?"

"주식 매매업을 하신대." 고마쓰는 말했다. "주식 매매업이라는 표현이 구식이라면 투자 컨설턴트라고 해야겠지. 넉넉히 자금을 모아들여서 그걸 굴리면서 이자나 수수료를 벌어들여. 산 위에 틀어박혀 사고파는 지시를 내린대. 무서우리만큼 감이 좋아. 정보 분석에도 뛰어나서 독자적인 시스템을 만들어냈어. 처음에는 취미로 했는데 점점 그쪽이 본업이 됐다, 그런 얘기야. 그쪽 세계에서는 상당히 유명한 모양이고. 한 가지 분명한 건, 에비스노 선생은 돈에는 부족함이 없다는 거야."

"문화인류학과 주식 사이에 어떤 연관성이 있는지 잘 모르겠군요."

"일반적으로는 없지. 하지만 그에게는 있어."

"그리고 속내는 읽어낼 수 없다?"

"그렇지."

덴고는 손끝으로 잠시 관자놀이를 눌렀다. 그러고는 다시 말했다. "모레 저녁 여섯시에 신주쿠의 그 찻집에서 후카에리를 만나, 앞으로 하게 될 기자회견에 대해 상의하면 되는 거죠?"

"그럼 되지." 고마쓰는 말했다. "이봐 덴고, 지금 잠깐 힘겨운 건 잊어버려. 그저 흘러가는 대로 몸을 맡기자고. 이런 건 평생 동안 그리 자주 찾아오는 일이 아니야. 화려한 피카레스크 소설의 세계야. 각오를 단단히 하고 악의 냄새를 흠씬 즐겨. 급류타기를 즐기자는 말이야. 그리고 폭포 위에서 떨어질 때는 함께 요란하게 떨어져보자고."

덴고는 이틀 뒤 저녁에 신주쿠의 찻집에서 후카에리를 만났다. 그녀는 가슴 선이 뚜렷하게 드러나는 얇은 여름 스웨터에 통이 좁은 블루진을 입고 있었다. 머리칼은 수직으로 길고 피부에는 윤기가 흘렀다. 주위 남자들이 흘끔흘끔 그녀에게 시선을 던졌다. 덴고는 그 시선을 느꼈다. 하지만 후카에리는 그런 걸 전혀 알아채지 못하는 눈치였다. 분명 이런 소녀가 문예지 신인상을 탄다면 적잖이 소란스러울 것이다.

후카에리는 「공기 번데기」의 신인상 당선은 연락을 받아 이미 알고 있었다. 하지만 딱히 좋아하지도 흥분하지도 않았다. 신인상을 타든 못 타든, 아무려나 상관없다는 태도다. 여름을 연상시키는 날씨인데도 그녀는 핫 코코아를 주문했다. 그리고 두 손으로 컵을 들고 소중하다는 듯이 그것을 마셨다. 기자회견이 있다는 건 아직 모르고 있었지만 그 말을 듣고도 아무런 반응을 보이지 않았다.

"기자회견이라는 게 어떤 건지는 알지?"

"기자회견." 후카에리는 반복했다.

"신문이나 잡지사 기자들이 모여서 단상에 앉아 있는 너에게 여러 가지 질문을 해. 사진도 찍을 거야. 어쩌면 텔레비전 방송국에서도 나올지 몰라. 거기서 하는 답변이 전국에 보도되는 거야. 열일곱 살 소녀가 문예지 신인상을 타는 건 드문 일이라서 사회적으로 뉴스거리가 돼. 심사위원이 전원일치로 강력하게 추천했다는 것도 화제야. 그것도 드문 일이거든."

"질문을 한다." 후카에리가 물었다.

"그들이 질문하고 너는 거기에 대답을 해."

"어떤 질문."

"여러 가지야. 작품에 대해, 너 자신에 대해, 사생활이나 취미, 앞으로의 계획. 그런 질문에 대한 대답을 지금 준비해두는 게 좋을 것 같아."

"왜요."

"그러는 게 안전하기 때문이야. 대답이 막히거나 오해를 살 만한 말을 미연에 방지할 수 있어. 미리 준비해둬서 손해날 건 없어. 예행연습 같은 거야."

후카에리는 아무 말 없이 코코아를 마셨다. 그러고는 '그런 거에 별로 관심은 없지만 만일 당신이 필요하다고 생각한다면' 하는 눈으로 덴고를 보았다. 때로 그녀의 말보다는 그녀의 눈이 훨씬 더 달변이다. 적어도 좀더 많은 이야기를 한다. 하지만 눈빛만으로 기자회견을 할 수는 없는 노릇이다.

덴고는 가방에서 종이를 꺼내 펼쳤다. 거기에는 기자회견에서 나올 것으로 예상되는 질문들이 적혀 있었다. 덴고가 전날 밤에 오랜 시간을 들여 머리를 쥐어짜며 작성한 것이다.

"내가 질문할 테니까 나를 신문기자라고 생각하고 대답해볼래?"

후카에리는 고개를 끄덕였다.

"소설은 지금까지 많이 써봤습니까?"

"많이요." 후카에리는 대답했다.

"언제부터 쓰기 시작했습니까?"

"옛날부터요."

"좋아." 덴고는 말했다. "짧게 대답하면 돼. 쓸데없는 말은 할 필요 없어. 그거면 충분해. 그러니까 아자미가 대신 받아썼다는 얘기지?"

후카에리는 고개를 끄덕였다.

"그런 건 말하지 않아도 돼. 너와 나만의 비밀."

"그건 말 안 해요." 후카에리는 말했다.

"신인상에 응모했을 때, 상을 탈 거라고 생각했습니까?"

그녀는 미소를 지었지만 입은 열지 않았다. 침묵이 이어졌다.

"대답하고 싶지 않구나?" 덴고는 물었다.

"응."

"그게 좋겠다. 대답하고 싶지 않을 때는 말없이 웃고 있으면 돼. 어차피 시시한 질문이니까."

후카에리는 다시 고개를 끄덕였다.

"소설 「공기 번데기」의 줄거리는 어디서 생각해냈습니까?"

"봉사 산양에서 나왔어요."

"봉사라는 말은 안 좋은데." 덴고는 말했다. "눈 먼 산양이라고 하는 게 좋겠다."

"왜요."

"봉사라는 건 차별 용어야. 그런 말을 들으면 신문기자 중에는 가벼운 심장발작을 일으키는 사람이 있을지도 몰라."

"차별 용어."

"설명하자면 길어. 아무튼 봉사 산양이 아니라 눈 먼 산양으로 말을 바꿔줄래?"

후카에리는 잠시 틈을 두고 나서 말했다. "눈 먼 산양에서 나왔어요."

"됐어." 덴고는 말했다.

"봉사는 안 돼요." 후카에리는 확인했다.

"그렇지. 하지만 그 대답은 아주 좋아."

덴고는 질문을 계속했다. "학교 친구들은 이번 수상에 대해 어떤 말을 했습니까?"

"학교에는 안 다녀요."

"어째서 학교에 다니지 않습니까?"

대답 없음.

"앞으로도 소설을 계속 쓸 계획입니까?"

역시 침묵.

덴고는 커피를 마저 마시고 잔을 접시에 내려놓았다. 가게 천장에 박아넣은 스피커에서 현악기가 연주하는 〈사운드 오브 뮤직〉 삽입곡이 낮게 흐르고 있었다. 빗방울과 장미와 새끼고양이의 수염과……

"내 대답이 나빠요." 후카에리가 물었다.

"나쁘지 않아." 덴고는 말했다. "전혀 나쁘지 않아. 그걸로 좋아."

"다행이에요." 후카에리는 말했다.

덴고가 한 말은 진심이었다. 한 번에 하나의 문장밖에 말하지 않아도, 물음표나 쉼표가 부족해도, 그녀의 대답은 어떤 의미에서는 완벽했다. 무엇보다 바람직한 것은 잠시의 틈도 두지 않고 즉각 대답이 나온다는 점이다. 그리고 그녀는 상대의 눈을 똑바로 바라보면서 눈 한번 깜박이지 않고 대답했다. 정직한 대답을 하고 있다는 증거다. 남을 업신여기느라 대답을 짧게 하는 것이 아니다. 게다가 그녀가 무슨 말을 하는지 아무도 정확하게 이해할 수 있을 것 같지 않다. 그것이 바로 덴고가 바라는 점이었다. 성실한 인상을 풍기면서도 상대를 멋지게 연기 속에 휘감는 것.

"좋아하는 소설은?"

"『헤이케 이야기』."

훌륭한 대답이라고 덴고는 생각했다. "『헤이케 이야기』의 어떤 부분을 좋아하지요?"

"모두."

"그 밖에는?"

"『곤자쿠 이야기(今昔物語)』."

"현대문학은 읽지 않습니까?"

후카에리는 잠시 생각했다. "『산쇼 대부(山椒大夫)』."

훌륭하다. 모리 오가이가 소설 『산쇼 대부』를 쓴 건 분명 다이쇼 시대 초기였다. 그것이 그녀가 생각하는 현대문학인 것이다.

"취미는 뭔가요?"

"음악 듣기."

"어떤 음악?"

"바흐가 좋아요."

"특히 마음에 드는 건?"

"BWV 846에서 BWV 893."

덴고는 잠시 생각해본 뒤에 말했다. "〈평균율 클라비어 곡집〉. 제1권과 제2권."

"네."

"어째서 번호로 대답하지?"

"그러는 게 기억하기 쉬워요."

〈평균율 클라비어 곡집〉은 수학자에게는 그야말로 천상의 음악이다. 12음계 모두를 균등하게 사용하여 장조와 단조로 각각 전주곡과 푸가를 만들었다. 모두 합해서 24곡. 제1권과 제2권을 합쳐서 48곡. 거기에 완전한 사이클이 형성된다.

"그밖에는?"

"BWV 244."

BWV 244가 무엇이었는지 덴고는 얼핏 생각나지 않았다. 귀에 익은 번호이기는 한데 곡명이 떠오르지 않는다.

후카에리는 노래하기 시작했다.

Buß' und Reu'
Buß' und Reu'
Knirscht das Sündenherz entzwei
Buß' und Reu'
Buß' und Reu'
Knirscht das Sündenherz entzwei
Knirscht das Sündenherz entzwei
Buß' und Reu'
Buß' und Reu'
Knirscht das Sündenherz entzwei
Buß' und Reu'
Knirscht das Sündenherz entzwei

Daß die Tropfen meiner Zähren
Angenehme Spezerei
Treuer Jesu, dir gebären.

덴고는 잠시 할말을 잃었다. 음정은 그리 정확하지 않지만 그녀의 독일어 발음은 명료하고 놀랄 만큼 정확했다.

"〈마태 수난곡〉." 덴고는 말했다. "가사를 외우고 있구나."

"외우고 있지 않아요." 소녀는 말했다.

덴고는 뭐라고 말하려고 했지만 단어가 떠오르지 않았다. 어쩔 수 없이 손맡의 메모지에 시선을 던지고 다음 질문으로 넘어갔다.

"남자친구는 있습니까?"

후카에리는 고개를 저었다.

"왜 없죠?"

"임신하고 싶지 않아서."

"남자친구가 있다고 꼭 임신할 이유는 없다고 생각하는데."

후카에리는 아무 말도 하지 않았다. 몇 차례 조용히 눈을 깜박였을 뿐이다.

"어째서 임신하고 싶지 않지?"

후카에리는 역시 가만히 입을 다물고 있었다. 덴고는 자신이 몹시 어리석은 질문을 했다는 생각이 들었다.

"이제 그만하자." 덴고는 질문목록을 가방에 챙겨넣으며 말했다. "실제로 어떤 질문이 나올지도 모르겠고, 그런 건 아무렇게나 너 좋을 대로 대답하면 돼. 너는 그럴 수 있어."

"다행이다." 후카에리는 안심한 듯이 말했다.

"인터뷰 대답 같은 거, 아무리 준비해봤자 쓸데없다고 생각하지?"

후카에리는 슬쩍 어깨를 움츠렸다.

"나도 네 생각에 찬성이야. 나 역시 좋아서 이런 짓을 하는 게 아니야. 고마쓰 씨에게 부탁을 받았을 뿐이야."

후카에리는 고개를 끄덕였다.

"다만," 덴고는 말했다. "내가 「공기 번데기」를 고쳤다는 건 아무에게도 말하지 말아줬으면 좋겠어. 그건 알고 있지?"

후카에리는 두 차례 고개를 끄덕였다. "나 혼자서 썼어요."

"어찌 됐건 「공기 번데기」는 너 한 사람의 작품이지 다른 어느 누구의 작품도 아니야. 그건 처음부터 명백한 일이야."

"내가 혼자서 썼어요." 후카에리는 되풀이했다.

"내가 고친 「공기 번데기」는 읽었어?"

"아자미가 읽어줬어요."

"어땠어?"

"당신은 무척 잘 써요."

"그렇다면 마음에 들었다는 건가?"

"내가 쓴 것 같아." 후카에리는 말했다.

덴고는 후카에리의 얼굴을 보았다. 그녀는 잔을 집어들고 코코아를 마셨다. 아름답게 부푼 그녀의 가슴에 시선을 보내지 않는 데는 노력이 필요했다.

"그 말 들으니 기뻐." 덴고는 말했다. "「공기 번데기」를 고쳐 쓰는 건 정말 즐거운 일이었어. 물론 고생도 했어. 「공기 번데기」가 너 혼자만의 작품이라는 걸 손상시키지 않으려고 노력했어. 그래서 완성된 작품이 네 마음에 드느냐 안 드느냐는 내게 중요한 일이야."

후카에리는 말없이 고개를 끄덕였다. 그리고 뭔가를 확인하듯이 작고 예쁘장한 귓불에 손을 댔다.

웨이트리스가 다가와 두 사람의 잔에 차가운 물을 따랐다. 덴고는 그것을 한 모금 마셔 목을 적셨다. 그리고 용기를 내서 조금 전부터 품고 있던 생각을 말했다.

"한 가지 개인적인 부탁이 있어. 물론 네가 좋다면 말이지만."

"어떤 일."

"가능하면 오늘하고 똑같은 차림으로 기자회견에 나갈 수 있을까?"

후카에리는 무슨 말인지 잘 모르겠다는 얼굴로 덴고를 보았다. 그러고는 자신이 입고 있는 옷을 하나하나 확인했다. 마치 자신이 뭘 입고 있는지 지금까지 전혀 알지 못했던 것처럼.

"이 옷을 거기에 입고 가요." 그녀는 질문했다.

"그래. 네가 지금 입은 옷차림 그대로 기자회견에 나가는 거야."

"왜요."

"아주 잘 어울려. 가슴 모양이 무척 아름답게 드러나. 이건 어디까지나 나 혼자만의 예감이지만, 신문기자들이 자꾸 그쪽으로 눈이 가버려서 까다로운 질문은 안 하고 넘어가지 않을까 싶어. 만일 싫다면 괜찮아. 억지로 그렇게 해달라는 건 아니야."

후카에리는 말했다. "옷은 모두 아자미가 골라줘요."

"네가 고른 게 아니고?"

"나는 뭘 입어도 상관없어요."

“오늘 입은 그 옷도 아자미가 골라준 거니?”

“아자미가 골라줬어요.”

“아무튼 아주 잘 어울려.”

“이 옷을 입으면 가슴 모양이 좋아요.” 그녀는 물음표를 빼고 질문했다.

“그래. 뭐라고 할까, 눈에 띄어.”

“이 스웨터하고 이 브래지어의 조합이 좋아요.”

후카에리가 지그시 눈을 들여다보는 바람에 덴고는 자신의 뺨이 붉어지는 것을 느꼈다.

“조합까지는 잘 모르겠지만, 아무튼 그 옷은 뭐랄까, 좋은 결과를 가져다줄 거 같아.” 그는 말했다.

후카에리는 아직도 말끄러미 덴고의 눈을 들여다보고 있었다. 그리고 진지하게 물었다. “자꾸 눈이 가버려요.”

“그렇게 인정하지 않을 수 없어.” 덴고는 신중하게 단어를 골라 대답했다.

후카에리는 스웨터 목 부분을 잡아당겨 코를 박듯이 안을 들여다보았다. 아마도 자신이 오늘 어떤 속옷을 입고 있는지 확인하기 위해서인 듯했다. 그러고는 덴고의 붉게 물든 얼굴을 신기한 것을 보듯이 한참이나 바라보았다. 그리고 한참 뒤에 말했다. “그렇게 할게요.”

“고마워.” 덴고는 말했다. 그렇게 미팅이 끝났다.

덴고는 후카에리를 신주쿠 역까지 바래다주었다. 많은 사람들이 상의를 벗어든 채 거리를 걸어가고 있었다. 민소매 차림의 여자들도 보였다. 사람들의 웅성거림이며 자동차 소리가 하나로 뒤섞여 도시 특유의 개방적인 소리를 만들어냈다. 상쾌한 초여름의 미풍이 거리를 휩쓸고 지나갔다. 어디서 이런 멋진 냄새를 품은 바람이 신주쿠 거리로 불어오는 걸까. 덴고는 신기하게 생각했다.

"이제 그 집까지 가야 하니?" 덴고는 후카에리에게 물었다. 전철은 붐비고 집에 돌아가기까지는 터무니없이 오랜 시간이 걸린다.

후카에리는 고개를 저었다. "시나노마치에 집이 있어요."

"늦어질 때는 거기서 자는구나?"

"후타마타오는 너무 머니까."

역까지 걷는 동안, 후카에리는 이전처럼 덴고의 왼손을 잡고 있었다. 마치 어린 여자애가 어른의 손을 잡은 것처럼. 하지만 그녀처럼 아름다운 소녀에게 손을 잡힌 덴고의 가슴은 절로 두근거렸다.

후카에리는 역에 도착하자 덴고의 손을 놓았다. 그리고 자동발매기에서 시나노마치까지 가는 표를 샀다.

"기자회견은 걱정하지 않아도 돼요." 후카에리는 말했다.

"걱정하지 않아."

"걱정하지 않아도 잘할 수 있어요."

"알아." 덴고는 말했다. "아무 걱정 안 해. 틀림없이 잘될 거야."

후카에리는 말없이 그대로 개찰구 인파 속으로 사라졌다.

후카에리와 헤어진 뒤, 덴고는 기노쿠니야 서점 근처의 작은 바에 들어가 진토닉을 주문했다. 가끔 들르는 바였다. 고풍스러운 인테리어와 음악을 틀지 않는 점이 마음에 들었다. 카운터 자리에 혼자 앉아 딱히 생각하는 것도 없이 자신의 왼손을 한참이나 바라보았다. 후카에리가 조금 전까지 잡고 있던 손이다. 그 손에는 아직 소녀의 손가락의 감촉이 남아 있었다. 그리고 그녀의 가슴 모양을 머릿속에 떠올렸다. 아름다운 가슴이었다. 너무도 단정하고 아름다워서, 성적인 의미조차 거의 상실되어버린.

그런 생각을 하고 있자니 연상의 걸프렌드와 통화하고 싶어졌다. 화제는 어떤 것이라도 상관없다. 육아에 대한 푸념이든 나카소네 정권의 지지율에 대해서든 뭐든. 그저 그녀의 목소리가 몹시 듣고 싶었다. 가능하다면 당장이라도 어딘가에서 만나 섹스를 하고 싶었다. 하지만 그녀의 집에 전화를 걸 수는 없다. 남편이 받을지도 모르기 때문이다. 아이가 전화를 받을지도 모른다. 덴고 쪽에서는 전화를 하지 않는다, 그게 두 사람 사이의 규칙이었다.

덴고는 진토닉을 한 잔 더 주문하고 그것이 나오기를 기다리는 동안 자신이 작은 보트로 급류를 타고 내려가는 장면을 상상했다. "폭포 위에서 떨어질 때는 함께 요란하게 떨어져보자"고 고마쓰는 전화로 말했다. 하지만 그의 말을 그대로 믿어도 괜찮을까. 폭포 직전에 고마쓰 혼자 가까운 바윗돌로 훌쩍 건너가버리는 건 아닐까. "덴고, 미안해. 꼭 해야 할 일이 생각났어. 뒷일은 어떻게든 부탁해"라는 등의 말을 남기고. 그리고 미처 도망가지 못하고 폭포에서 요란하게 떨어지는 건 나 혼자뿐일지도 모른다. 있을 수 없는 일이 아니다. 아니, 충분히 일어날 수 있는 일이다.

집에 돌아와 잠이 들고 꿈을 꾸었다. 오랜만에 꾼 또렷한 꿈이었다. 자신이 거대한 퍼즐의 작은 한 조각이 된 꿈이다. 하지만 그는 고정된 조각이 아니라 시시각각 형태를 바꾸는 조각이었다. 그래서 어떤 자리에도 제대로 들어맞지 않는다. 당연한 이야기다. 게다가 자신의 자리를 찾아내는 작업과 함께, 주어진 시간 안에 팀파니 파트 악보를 주워모아야 했다. 그 악보는 강한 바람에 날려 여기저기 흩어져 있었다. 그는 그것을 한 장 한 장 주워모았다. 그리고 페이지 번호를 확인해 순서대로 정리해야 했다. 그러는 동안에도 그 자신은 아메바처럼 계속 형태를 바꿔갔다. 사태는 어떻게 수습할 수 없는 지경이었다. 이윽고 후카에리가 어디선가 다가와 그의 왼손을 잡았다. 그러자 덴고의 형태는 더이상 바뀌지 않았다. 바람이 문득 잦아들고 악보는 더이상 흩어지지 않았다. 다행이다, 덴고는 생각했다. 하지만 그와 동시에 주어진 시간도 끝나가고 있었다. "이걸로 끝"이라고 후카에리는 작은 소리로 고했다. 역시 한 문장뿐이다. 시간이 멈추고 세계는 거기서 종결되었다. 지구는 서서히 회전을 멈추고 모든 소리와 빛이 소멸했다.

다음 날 눈을 떴을 때, 세계는 아직 무사히 돌아가고 있었다. 그리고 모든 일은 앞을 향해 이미 내달리고 있었다. 그 앞의 모든 살아 있는 것들을 깔아뭉개며 달려가는 인도 신화의 거대한 수레처럼.

제17장 아오마메

Q
우리가 행복하든 불행하든

다음 날 밤, 달은 여전히 두 개였다. 큰 달은 여느 때의 달이다. 마치 재로 뒤덮인 산을 이제 막 뚫고 나온 것처럼 전체가 신비한 흰빛을 띠고 있지만, 그것만 빼면 눈에 익은 예전의 그 달이었다. 1969년의 그 무더운 여름날, 닐 암스트롱이 작지만 위대한 첫걸음을 내디딘 달. 그리고 그 옆에 일그러진 모양을 한 초록빛의 작은 달이 있다. 그것은 마치 성적 나쁜 아이처럼 큰 달 가까이에 머뭇머뭇 따라붙은 채 떠 있었다.

틀림없이 내 머리가 어떻게 된 거야, 아오마메는 생각했다. 달은 옛날부터 한 개뿐이고 지금도 한 개밖에 없을 터다. 만일 갑자기 달이 두 개로 늘어났다면 지구에서의 생활에도 다양한 현실적인 변화가 생겼어야 한다. 이를테면 밀물이나 썰물의 관계도 크게 변할 것이고, 그건 세상의 중요한 화제가 되었어야 한다. 아무리 그래도 그렇지 내가 그걸 모르고 지나쳤을 리 없다. 무슨 겨를엔가 신문기사를 깜박 못 보고 넘어가는 것과는 사정이 다르다.

하지만 정말 그럴까. 백 퍼센트 확신을 갖고 나 자신에게 그렇게 단언할 수 있을까.

아오마메는 잠시 얼굴을 찌푸렸다. 요즘 들어 기묘한 일이 주위에서 연달아 일어난다. 내가 알지 못하는 곳에서 세계가 자기 멋대로 나아가고 있다. 내가 눈을 감고 있을 때만 다들 움직이는 게임처럼. 그렇다면 하늘에 달이 두 개 나란히 떠 있어도 그다지 기묘한 일이 아닌지 모른다. 언젠가 내 의식이 푹 잠든 동안에 그것이 우주 어딘가에서 홀연히 찾아와, 달의 먼 친척의 사촌 같은 얼굴을 하고 그대로 지구 인력권에 머무르기로 했는지도 모른다.

경찰 제복과 권총이 새롭게 바뀌었다. 경찰과 과격파가 야마나시의 산 속에서 격렬한 총격전을 벌였다. 그런 것들은 모조리 내가 알지 못하는 사이에 일어났다. 미국과 소비에트가 공동으로 월면기지를 건설했다는 뉴스도 그렇다. 그것과 달의 숫자가 늘어난 것 사이에 뭔가 관련이 있는 걸까? 도서관에서 읽은 신문 축쇄판에 새로운 달과 관련된 기사가 있었는지 기억을 뒤적여보았지만 짚이는 건 한 가지도 없다.

누군가에게 물어볼 수 있으면 좋겠지만, 누구에게 어떻게 물어봐야 할지 아오마메는 짐작도 가지 않았다. "저기, 하늘에 달이 두 개 떠 있는 거 같은데 한번 봐줄래?"라고 말하면 될까. 하지만 그건 아무리 생각해도 어처구니없는 바보 같은 질문이다. 만일 달이 두 개로 늘어난 게 사실이라면 그런 걸 모르고 있었다는 것도 묘한 이야기고, 만일 달이 예전처럼 한 개뿐이라면 내 머리가 이상해졌다고 생각할

게 뻔하다.

아오마메는 알루미늄 의자에 몸을 깊숙이 묻고 손잡이에 양 다리를 얹은 채, 질문의 형태를 열 가지쯤 생각해보았다. 실제로 입 밖에 내어 말해보기도 했다. 하지만 이도저도 모두 똑같이 어리석게 들렸다. 별수 없다. 사태 자체가 상궤를 벗어난 일이다. 그런 일에 조리 있는 질문이 가능할 리 없다. 뻔한 일이다.

두 개의 달 문제는 우선은 뒤로 미뤄두기로 했다. 앞으로 잠시 돌아가는 상황을 지켜보자. 지금 당장 그것 때문에 어떤 실제적인 피해를 입은 것도 아니니까. 게다가 문득 깨닫고 보니 어느새 하나가 사라지고 없어졌더라, 는 일이 될지도 모른다.

다음 날 점심때, 히로오 스포츠클럽에 나가 마셜 아츠 두 타임을 담당하고 개인레슨 하나를 했다. 클럽 프런트에 들렀더니 웬일로 아자부의 노부인에게서 메시지가 와 있었다. 시간 날 때 연락을 해줬으면 한다, 고 적혀 있었다.

항상 그랬듯이 전화는 다마루가 받았다.

괜찮다면 내일 이쪽으로 좀 올 수 있을까, 늘 하던 프로그램을 부탁하려고 한다, 그다음에 가벼운 저녁식사를 함께 할 수 있으면 좋겠다고 하신다, 고 다마루는 말했다.

네시 지나서는 그쪽에 갈 수 있다, 저녁식사는 기꺼이 함께 하겠다, 고 아오마메는 말했다.

"좋아." 상대는 말했다. "그러면 내일 네시 지나서."

"다마루 씨, 요즘 달 본 적 있어요?" 아오마메는 물었다.

"달?" 다마루는 말했다. "하늘에 떠 있는 달 말인가?"

"그래요."

"요즘 들어 딱히 의식해서 본 기억은 없어. 왜, 달이 어떻게 됐는데?"

"어떻게도 되지 않았구요." 아오마메는 말했다. "그럼 내일 네시 지나서."

다마루는 잠시 틈을 두었다가 전화를 끊었다.

그날 밤도 달은 두 개였다. 둘 다 보름달에서 이틀분만큼 이울었다. 아오마메는 브랜디 잔을 손에 들고, 아무리 해도 풀리지 않는 퍼즐을 바라보듯이 그 크고 작은 한 쌍의 달을 오래도록 바라보았다. 보면 볼수록 그 조합은 점점 더 수수께끼로 가득한 것처럼 느껴졌다. 만일 할 수만 있다면 그녀는 달에게 묻고 싶었다. 무슨 사연이 있어서 갑자기 너에게 저 초록빛 작은 동반자가 딸리게 되었느냐고. 하지만 물론 달은 대답해주지 않는다.

달은 누구보다 오래도록 지구의 모습을 근거리에서 보아왔다. 아마도 이 지상에서 일어난 현상이며 행위 모두를 목격했을 것이다. 하지만 달은 침묵한 채 말을 하지 않는다. 한없이 차갑게, 적확하게, 무거운 과거를 품어안고 있을 뿐이다. 그곳에는 공기도 없고 바람도 없다. 진공은 기억을 아무 상처 없이 보존하기에 적합하다. 어느 누구도 그런 달의 마음을 풀어낼 수 없다. 아오마메는 달을 향해 잔을 치켜들었다.

"요즘 누군가와 껴안고 자본 적 있어?" 아오마메는 달에게 물었다.

달은 대답하지 않았다.

"친구는 있어?" 아오마메는 물었다.

달은 대답하지 않았다.

"그렇게 쿨하게 살아가는 거, 이따금 피곤하지 않아?"

달은 대답하지 않았다.

항상 그랬듯이 현관에서 다마루가 아오마메를 맞았다.

"달을 봤어, 어젯밤에." 다마루는 맨 먼저 그 말부터 했다.

"그래요?" 아오마메는 말했다.

"너한테 그 이야기 듣고 마음에 걸려서. 오랜만에 바라보니 정말 좋더군. 마음이 온화해져."

"애인하고 함께 봤어요?"

"그랬지." 다마루는 말했다. 그리고 코 옆에 손가락을 댔다. "그런데 달이 어떻다는 거야?"

"어떻다는 게 아니고." 아오마메는 말했다. 그리고 단어를 신중하게 골랐다. "그냥 요즘 왜 그런지 달이 마음에 걸려서."

"이유도 없이?"

"딱히 이유도 없이." 아오마메는 대답했다.

다마루는 말없이 고개를 끄덕였다. 그는 뭔가를 추측하는 듯했다. 이 남자는 이유 없는 일은 믿지 않는 것이다. 하지만 더이상 추궁하지 않고 언제나처럼 앞서서 아오마메를 선룸으로 안내했다. 노부인은 트레이닝용 저지로 몸을 감싸고 독서용 의자에 앉아 존 다울런드의 기악합주곡 〈라크리메〉를 들으며 책을 읽고 있었다. 그녀가 좋아하는 곡이다. 아오마메도 곁에서 수없이 들었기 때문에 그 멜로디를 기억하고 있었다.

"지난번 일 끝나고 얼마 안 되었는데 미안해요." 노부인은 말했다. "좀더 일찍 약속을 잡았더라면 좋았을 텐데, 마침 이 시간이 잠깐 비는지라."

"마음 쓰시지 마세요." 아오마메는 말했다.

다마루가 허브티를 담은 포트를 쟁반에 얹어 들고 왔다. 그리고 두 개의 우아한 잔에 차를 따랐다. 다마루는 방을 나가 문을 닫았고, 노부인과 아오마메는 다울런드의 음악을 들으며 타오르듯이 피어난 정원의 철쭉꽃을 내다보면서 조용히 차를 마셨다. 언제 찾아와도 이곳은 딴세상 같다고 아오마메는 생각했다. 공기에 묵직함이 있다. 그리고 시간이 특별한 방식으로 흐른다.

"이 음악을 듣노라면 때때로 시간이라는 것에 대해 신비한 감회가 몰려온답니다." 노부인은 아오마메의 마음을 읽은 듯이 말했다. "사백 년 전의 사람들이 지금 우리가 듣는 것과 똑같은 음악을 들었어요. 그런 생각을 하면 뭔가 묘한 기분이 들지 않아요?"

"그렇군요." 아오마메는 말했다. "그 말씀을 들으니, 사백 년 전 사람들도 우리와 똑같은 달을 보고 있었어요."

노부인은 조금 놀란 듯 아오마메를 보았다. 그러고는 고개를 끄덕였다. "아닌 게 아니라 그렇군요. 당신 말이 맞아요. 그렇게 생각하면 사 세기라는 시간을 사이에 두고 똑같은 음악을 듣는 건 그다지 신비로울 것도 없는지 모르겠군요."

"거의 같은 달이라고 말해야 하는지도 모르겠어요."

아오마메는 그렇게 말하고 노부인의 얼굴을 보았다. 하지만 아오마메의 말은 노부인에게 아무런 느낌도 주지 않은 듯했다.

"이 콤팩트디스크의 연주는 고악기 연주랍니다." 노부인은 말했다. "사백 년 전과 똑같은 악기를 사용하고 당시의 악보대로 연주했어요. 그러니 음향이 그때의 것과 거의 같다는 것이지요. 달과 마찬가지로."

아오마메는 대답했다. "하지만 사물은 같아도 사람들이 받아들이는 건 지금과는 상당히 달랐을 거예요. 그 당시는 밤의 어둠이 훨씬 더 깊었을 테고, 달은 그만큼 더 환하고 크게 빛났겠지요. 그리고 말할 것도 없이 그때 사람들은 레코드나 테이프나 콤팩트디스크가 없었어요. 일상적으로 내가 듣고 싶을 때마다 음악을 이렇게 정리된 형태로 들을 수 있는 상황이 아니었죠. 그들에게 음악을 듣는다는 건 아주 특별한 일이었을 거예요."

"맞는 말이에요." 노부인은 인정했다. "이렇게 편리한 세상에 살고 있으니 그만큼 감수성은 둔해졌겠지요. 하늘에 뜬 달은 똑같아도 우리는 어쩌면 다른 것을 보고 있는지도 몰라요. 사 세기 전에는 인간은 좀더 자연과 가까운 풍성한 영혼을 갖고 있었겠지요."

"하지만 그곳은 잔혹한 세계였어요. 어린아이의 반 이상은 만성적인 역병과 영양부족으로 미처 자라기도 전에 목숨을 잃었어요. 소아마비와 결핵, 천연두와 홍역으로 사람들은 어이없이 죽어갔죠. 일반 서민들 중에는 마흔 살을 넘긴 사람이 그리 많지 않았을 거예요. 여자는 많은 아이들을 낳느라 삼십대에 벌써 이가 빠지고 할머니처럼 늙었구요. 사람들은 목숨을 부지하기 위해 자주 폭력에 기대야 했어요. 아이들은 어릴 때부터 뼈가 변형될 만큼 중노동을 해야 했고 소녀 매춘은 일상적인 것이었죠. 혹은 소년 매춘도. 많은 사람들은 감수성이나 영혼의 풍성함과는 아무 인연이 없는 세계에서 밑바닥 삶을 살아야 했어요. 도시의 길거리는 몸이 성치 못한 사람들과 걸인과 범죄자로 넘쳐났구요. 감회를 품고 달을 바라보고 셰익스피어의 연극에 감동하고 다울런드의 아름다운 음악에 귀를 기울일 수 있었던 건 아마 극히 일부의 사람들뿐이었겠죠."

노부인은 미소를 지었다. "당신은 참으로 흥미로운 사람이에요."

아오마메는 말했다. "저는 지극히 평범한 사람이에요. 그저 책읽기를 좋아할 뿐이죠. 주로 역사에 대한 책을요."

"나도 역사책 읽는 게 좋아요. 역사책이 가르쳐주는 건 우리는 예나 지금이나 기본적으로 똑같다는 사실이지요. 복장이나 생활양식에 약간의 차이는 있을지라도, 우리 인간이 생각하는 것이나 하는 일에는 그리 큰 변화가 없어요. 유전자 입장에서는 인간이란 결국 단순한 탈것(carrier)에 불과하고 거쳐 가는 길에 지나지 않는 것이에요. 그들은 말이 움직이지 못하면 또다른 말로 바꿔 타듯이 세대를 건너 우리를 타고 건너가지요. 그리고 유전자는 무엇이 선이고 무엇이 악이냐 하는 건 생각하지 않아요. 우리가 행복하건 불행하건 그들은 알 바 아니지요. 우리는 그저 수단에 지나지 않으니까. 그들이 고려하는 것은 무엇이 자기들에게 가장 효율적이냐는 것뿐이에요."

"그런데도 우리는 무엇이 선이고 무엇이 악인가 하는 것에 대해 생각하지 않을 도리가 없다, 그런 말씀이신가요?"

노부인은 고개를 끄덕였다. "그렇답니다. 인간은 그것을 생각하지 않을 도리가 없어요. 하지만 우리 삶의 방식의 근본을 지배하는 건 유전자예요. 당연한 일이지만, 거기에서 모순이 생기게 되지요." 그녀는 그렇게 말하고 미소 지었다.

역사에 대한 대화는 거기서 끝났다. 두 사람은 남은 허브티를 마시고 마셜 아츠 실습에 들어갔다.

그날은 저택에서 가벼운 식사를 했다.

"간단한 것밖에 없는데 괜찮을까요?" 노부인은 말했다.

"물론 괜찮습니다." 아오마메는 말했다.

식사는 다마루가 카트에 얹어 가져왔다. 요리를 하는 건 아마도 전문요리사겠지만 그 요리를 내오고 식사를 거드는 건 그의 역할이었다. 그는 얼음통에 담긴 화이트와인 병을 꺼내 코르크 마개를 뽑고 익숙한 손놀림으로 잔에 따랐다. 노부인과 아오마메는 그것을 마셨다. 향기가 좋고 마침맞게 차가웠다. 요리는 삶은 백색 아스파라거스와 니스 풍 샐러드, 게살을 넣은 오믈렛뿐이었다. 거기에 롤빵과 버터. 재료가 한결같이 신선해서 맛이 있었다. 양도 적당히 충분했다. 어떻든 노부인은 언제나 아주 소량의 식사밖에 들지 않는다. 그녀는 포크와 나이프를 우아하게 사용하여 마치 작은 새처럼 아주 조금씩 입에 넣었다. 그동안 다마루는 방의 가장 먼 곳에서 대기하고 있었다. 그처럼 무게감 있는 몸집의 남자가 오랜 시간에 걸쳐 자신의 기척을 완전히 지워버린다는 건 참으로 놀랄 만한 일이어서 아오마메는 항상 감탄했다.

요리를 먹는 동안 두 사람은 드문드문 이야기를 나누었다. 그리고 먹는 일에 집중했다. 음악이 나직이 흐르고 있었다. 하이든의 첼로

콘체르토, 그것도 노부인이 좋아하는 음악의 하나였다.

요리접시가 나가고 커피포트가 나왔다. 다마루가 그것을 따라주고 물러날 때 노부인은 그를 향해 손가락을 올렸다.

"이제 그만 됐어요. 고마워요." 그녀는 말했다.

다마루는 짧게 머리를 숙였다. 그리고 언제나처럼 발소리도 없이 방을 나갔다. 문이 조용히 닫혔다. 두 사람이 식후에 커피를 마시는 동안 음악이 끝나고 새로운 침묵이 방을 찾아왔다.

"당신과 나는 서로를 신뢰하고 있어요. 그렇지요?" 노부인은 아오마메의 얼굴을 똑바로 바라보며 말했다.

아오마메는 간결하게, 하지만 머뭇거리지 않고 동의했다.

"우리는 중요한 비밀을 공유하고 있어요." 노부인은 말했다. "말하자면 서로 몸을 맡기고 있는 것이지요."

아오마메는 말없이 고개를 끄덕였다.

그녀가 노부인에게 처음으로 비밀을 털어놓은 것도 바로 이 방이었다. 그때 일을 아오마메는 잘 기억하고 있었다. 그녀는 마음의 그 무거운 짐을 언젠가는 누군가에게 고백하지 않을 수 없었다. 그것을 자기 혼자만의 가슴에 담아둔 채 살아가야 한다는 부담감이 이제 막 한계에 달하려 하고 있었다. 그래서 노부인이 은근히 물었을 때, 아오마메는 오랫동안 닫아둔 비밀의 문을 마음먹고 열었다.

자신의 둘도 없는 친구가 오랜 세월에 걸쳐 남편의 폭력에 시달린 끝에 정신의 균형이 무너져서 거기서 도망쳐나오지 못하고 고통받다 자살해버린 일. 아오마메는 일 년 가까이 지나 적당한 볼일을 만들어 그 남자의 집을 방문했다. 그리고 교묘히 상황을 설정하여 예리한 침으로 그자의 목 뒷부분을 찔러 살해했다. 단 한 차례의 침으로 상흔도 남기지 않고 출혈도 없다. 단순한 병사로 처리되었다. 아무도 의심하지 않았다. 아오마메는 자신이 잘못된 일을 했다고 생각하지 않았고, 지금도 그렇게 생각하지 않는다. 양심의 가책을 느낀 적도 없다. 하지만 그렇다고 해도 한 인간의 생명을 의도적으로 빼앗은 일의 무게가 줄어드는 건 아니었다.

노부인은 아오마메의 긴긴 고백에 귀를 기울였다. 아오마메가 목이 메어가며 그 일을 모두 다 말할 때까지 그저 조용히 듣고 있었다. 이야기가 끝난 뒤, 분명치 않은 세세한 부분에 대해 노부인은 몇 가지 질문을 했다. 그리고 손을 내밀어 아오마메의 손을 잡고 오래도록 있었다.

"당신은 옳은 일을 했어요." 노부인은 천천히 일러주듯이 말했다. "그 남자는 살아 있었다면 두고두고 다른 여성을 그 비슷한 처지에 빠뜨렸겠지요. 그들은 항상 어디선가 피해자를 찾아내요. 본디부터 똑같은 짓을 반복하게 생겨먹은 거예요. 당신은 그 화근을 잘랐어요. 단순히 개인적인 복수와는 사정이 다르지요. 마음 풀어요."

아오마메는 두 손에 얼굴을 묻고 한바탕 울었다. 다마키를 위한 눈물이었다. 노부인이 손수건을 꺼내 그 눈물을 닦아주었다.

"신기한 우연입니다만." 노부인은 조용조용한 목소리로 망설임 없이 말했다. "나도 똑같은 이유로 사람을 사라지게 했던 일이 있답니다."

아오마메는 얼굴을 들어 노부인을 바라보았다. 말이 제대로 나오지 않았다. 이 사람이 대체 무슨 말을 하고 있는 걸까.

노부인은 이야기를 계속했다. "물론 내가 직접 손을 댄 건 아니에요. 내게는 그만한 체력이 없고, 또한 낭신처럼 특수한 기술을 가진 것도 아니니까요. 내가 선택할 수 있는 수단을 취해 사라지게 했던 것이지요. 하지만 구체적인 증거는 하나도 남지 않았어요. 가령 내가 지금 이름을 대고 고백한다 해도 그것을 사건으로 입증하는 건 불가능해요. 당신의 경우와 마찬가지로. 만일 사후 심판이라는 것이 있다면, 나는 신의 심판을 받겠지요. 하지만 그런 건 조금도 두렵지 않아요. 나는 잘못된 일은 하지 않았어요. 누구 앞에서나 당당히 그 이유를 말할 수 있답니다."

노부인은 안도와도 같은 한숨을 내쉬었다. 그리고 말을 이었다.

"자, 이것으로 당신과 나는 서로의 중요한 비밀을 나눠 갖게 되었군요. 그렇지요?"

아오마메는 그래도 여전히 노부인이 무슨 말을 하는지 충분히는 이해할 수 없었다. 사라지게 했다? 아오마메의 얼굴은 강한 의문과 격렬한 충격 사이에서 정상적인 모습을 잃어가고 있었다. 노부인은 아오마메를 진정시키기 위해 다시 온화한 음성으로 설명을 덧붙였다.

그녀의 친딸 역시 오쓰카 다마키와 비슷한 사정으로 스스로 목숨을 끊었다. 딸은 잘못된 상대와 결혼했던 것이다. 그 결혼생활이 순탄치 않으리라는 것을 노부인은 처음부터 알고 있었다. 그녀가 보기에 상대 남자는 분명 뒤틀린 영혼을 갖고 있었다. 그전부터 이미 문제를 일으켜왔고 그 원인은 아마도 뿌리 깊은 것이었다. 하지만 아무도 그 결혼을 막을 수는 없었다. 짐작했던 대로 거친 가정폭력이 거듭되었다. 딸은 서서히 자존심과 자신감을 잃고 막다른 길에 내몰려 깊은 우울증에 빠져들었다. 스스로 일어설 힘을 빼앗기고 개미지옥에 빠진 개미처럼 거기에서 빠져나올 수 없었다. 그리고 어느 날 다량의 수면제를 위스키와 함께 위에 흘려넣었다.

검시 때, 몸에서 폭행의 흔적이 발견되었다. 심하게 맞은 흔적이 있고, 골절의 흔적이 있고, 담뱃불을 들이댄 듯한 수많은 화상 흔적이 있었다. 양쪽 손목에는 꽁꽁 묶인 흔적도 남아 있었다. 밧줄을 사용하는 게 그 남자의 취향이었다. 젖꼭지가 변형되어 있었다. 남편이 경찰에 불려가 조사를 받았다. 남편은 폭력을 휘두른 것은 일부 인정했지만 그건 어디까지나 성행위의 일부로 합의하에 이루어진 일이며, 오히려 아내가 그것을 좋아했다고 주장했다.

결국 다마키 때와 마찬가지로 경찰은 남편에게 법적인 책임을 묻지 못했다. 아내에게서 경찰에 신고가 들어온 것도 아니고, 그녀는 이미 세상을 뜨고 없었다. 남편에게는 사회적인 지위가 있었고 유능한 형사 사건 변호사가 붙어 있었다. 또한 사인이 자살이라는 점에는 의심의 여지가 없었다.

"그 남자를 죽이신 건가요?" 아오마메는 마음을 굳게 먹고 물었다.

"아니, 그 남자를 죽인 게 아니에요." 노부인은 말했다.

아오마메는 이야기의 앞뒤가 파악되지 않아 노부인을 말없이 바라보았다.

노부인은 말했다. "내 딸의 옛 남편, 그 비열한 사내는 아직 세상에 살아 있어요. 매일 아침 침대에서 눈을 뜨고 자신의 두 발로 거리를 돌아다니지요. 나는 그 남자를 죽일 생각은 없어요."

노부인은 잠시 틈을 두었다. 자신의 말이 아오마메의 머릿속에 자리를 잡기까지 기다렸다.

"옛 사위에 대해 내가 한 일은 사회적으로 파멸시키는 것이었어요. 그것도 완벽하게 파멸시키는 것이지요. 나는 마침 우연히도 그런 힘을 갖고 있어요. 그 사내는 약해빠진 인간이었어요. 나름대로 머리도 돌아가고 언변도 좋고 사회적으로는 어느 정도 인정도 받았지만 근본은 약하고 비천한 사내지요. 가정에서 아내나 아이들에게 거친 폭력을 휘두르는 건 반드시 약해빠진 인격을 가진 사내들이에요. 약하기 때문에 자기보다 약한 사람을 찾아 먹잇감으로 삼지 않고서는 배기지를 못하는 것이지요. 그런 자를 파멸시키는 건 너무도 쉬운 일이었어요. 더구나 그런 사내는 한번 파멸하면 두 번 다시 위로 올라오지 못해요. 내 딸아이가 죽은 건 상당히 오래전 일이지만, 나는 지금도 쉼 없이 그 사내를 주시하고 있어요. 다시 올라오려고 해봤자 그건 내가 허락하지 않아요. 아직 살아 있지만 시체나 마찬가지지요. 자살하는 일은 없어요. 자살할 정도의 용기조차 가지고 있질 못하니까. 그것이 내 방식이에요. 쉽게 죽이거나 하지 않아요. 죽지 않을 만큼 끊임없이, 자비라고는 없이 지속적으로, 고통을 가하지요. 산 채로 가죽을 벗겨내듯이. 내가 사라지게 한 건 다른 인간이에요. 다른 곳으로 옮겨주지 않으면 안 될 현실적인 이유가 거기에는 있었어요."

노부인은 다시금 아오마메를 마주하고 설명했다. 딸이 자살한 다음 해, 그녀는 거의 동일한 가정폭력으로 괴로워하는 여성들을 위해 사설 세이프하우스를 마련했다. 아자부의 저택 이웃한 땅에 작은 2층짜리 연립주택을 소유하고 있었고 가까운 시일 내에 철거할 생각으로 세입자를 들이지 않았다. 그 건물을 간단히 수리해서 갈 곳을 잃은 여성들의 세이프하우스로 활용하기로 한 것이다. 도쿄 도내의 변호사를 중심으로 '폭력에 시달리는 여성들을 위한 상담소'를 개설하고 자원봉사자가 교대로 면담이며 전화 상담을 받는다. 그곳에서 노부인에게로 연락이 들어온다. 그리고 긴급한 피난장소를 필요로 하는 여성들을 세이프하우스에 보내준다. 어린아이를 동반한 경우도 적지 않다. 개중에는 아버지에게 성폭행을 당한 십대 딸도 있었다. 그녀들은 어딘가 자리잡을 곳을 찾을 때까지 세이프하우스에 머문다. 생활에 필요한 물품은 항상 갖춰놓고 있다. 식료품과 갈아입을 옷이 지급되고, 그녀들은 서로 도와가며 일종의 공동생활을 한다. 거기에 필요한 비용은 노부인이 개인적으로 부담했다.

변호사와 카운슬러가 세이프하우스를 정기적으로 방문해 그녀들을 돌보고 향후 대책을 논의했다. 노부인도 시간이 나면 얼굴을 내밀어 그곳 여성들 한 사람 한 사람의 이야기를 듣고 적절한 조언을 해주었다. 일할 곳이나 자리잡을 곳을 찾아주기도 했다. 만일 물리적인 개입이 필요한 트러블이 발생하면 다마루가 나서서 적절히 처리했다. 이를테면 남편이 아내의 행선지를 수소문해서 찾아와 억지로 데려가려고 하는 경우도 없지 않다. 그리고 다마루만큼 효과적으로, 그리고 신속하게 그런 트러블을 처리하는 사람도 없다.

"하지만 개중에는 나와 다마루의 힘으로 처리할 수 없고 어떠한 법률로도 현실적인 구제책을 찾아낼 수 없는 경우가 있어요." 노부인은 말했다.

이야기가 이어지면서 노부인의 얼굴에 특이하게 불그레한 번뜩임이 번지는 것을 아오마메는 보았다. 그에 따라 평소의 온후하고 기품 있는 인상은 서서히 옅어지다가 마침내 어딘가로 사라졌다. 그곳에는 단순한 분노와 혐오감을 뛰어넘은 무언가가 엿보였다. 그것은 아마도 정신의 가장 깊은 곳에 있는 단단하고 자그마한, 이름을 갖지 않은 핵 같은 것이리라. 그래도 목소리의 냉정함만은 시종 잃지 않았다.

"물론 사라져주면 이혼소송의 수고를 덜고 즉각 보험금이 들어온다는 실제적인 이유만으로 한 인간의 존재를 좌우할 수는 없지요. 모든 요소를 취합하여 공정하고 엄밀하게 검토하고, 이런 사내에게는 도저히 자비를 베풀 여지가 없다는 결론에 도달할 때만 어쩔 수 없이 행동에 나서지요. 약자의 생피를 빨아마시지 않고서는 살지 못하는 기생충 같은 사내들, 뒤틀릴 대로 뒤틀린 정신을 지녔고 치유 가능성도 없고 갱생의 의지도 없어서 이 세상에 더이상 살아갈 가치를 전혀 찾아볼 수 없는 자들."

노부인은 입을 다물고 바위벽을 뚫을 듯한 눈빛으로 잠시 아오마메를 바라보았다. 그리고 역시 온화한 목소리로 말했다.

"그같은 자들은 어떠한 형태로든 사라지게 하는 수밖에 없어요. 물론 세상의 이목을 끌지 않을 방법으로."

"그런 일이 가능한가요?"

"사람이 사라지는 데는 여러 가지 방식이 있지요." 노부인은 단어를 신중하게 고르며 말했다. 그러고는 잠시 틈을 두었다. "나는 어떤 종류의 사라지는 방법을 설정할 수 있어요. 내게는 그런 힘이 있답니다."

아오마메는 그게 무엇일지 생각해보았다. 하지만 노부인의 표현은 너무도 막연했다.

노부인은 말했다. "우리는 각자 가장 소중한 사람을 도무지 이해할 수 없는 방식으로 잃었고, 그로 인해 깊은 상처를 받았어요. 하지만 언제까지나 주저앉아 상처를 바라보고만 있을 수는 없어요. 떨쳐 일어나 다음 행동에 나설 필요가 있지요. 개인적인 복수를 위해서가 아니라 보다 광범위한 정의를 위해서. 어때요, 괜찮다면 내 일을 도와주겠어요? 나는 신뢰할 수 있는 유능한 협력자가 필요해요. 비밀을 서로 나누고 사명을 함께할 수 있는 사람이."

이야기를 정리하고 그녀가 한 말을 이해하는 데 시간이 걸렸다. 그것은 믿기 어려운 고백이자 제안이었다. 그리고 그 제안에 대해 마음을 결정하는 데는 다시금 시간이 필요했다. 그동안 노부인은 의자에 꼼짝 않고 앉아 아오마메를 응시하며 침묵을 지키고 있었다. 그녀는 서두르지 않았다. 언제까지고 기다려줄 마음인 듯했다.

이 사람은 틀림없이 일종의 광기에 빠져 있다, 아오마메는 생각했다. 하지만 머리가 이상해진 건 아니다. 정신이 병든 것도 아니다. 아니, 그 정신은 오히려 냉철할 만큼 흔들림 없이 안정되어 있다. 실증적인 뒷받침도 있다. 그것은 광기라기보다는 광기와 비슷한 어떤 것이었다. 올바른 편견, 이라고 하는 게 가까운 표현일지도 모른다. 지금 노부인이 원하는 것은 내가 그 광기인지 편견인지를 그녀와 공유하는 일이다. 똑같은 냉철함으로. 내게 그럴 자격이 있다고 그녀는 믿고 있다.

얼마나 오래 생각하고 있었을까. 깊은 생각에 빠져 있는 동안 시간감각이 어딘가로 사라져버린 것 같았다. 심장만이 난단하게 일정한 리듬을 새기고 있었다. 아오마메는 자신 속에 있는 몇 개의 작은 방을 찾아 물고기가 강을 거슬러 오르듯이 시간을 거슬러 올라갔다. 그곳에는 눈에 익숙한 풍경이 있고 오래도록 잊고 있던 냄새가 있었다. 다정한 그리움이 있고 삼엄한 아픔이 있었다. 어딘가에서 들어온 한 줄기 가느다란 빛이 아오마메의 몸을 갑작스럽게 꿰뚫고 지나갔다. 마치 자신이 투명해진 듯한 신비한 감각이 느껴졌다. 손을 그 빛에 비춰보자 손 너머가 보였다. 몸이 문득 가벼워진 것 같았다. 그때 아오마메는 생각했다. 광기든 편견이든 지금 여기서 그것에 몸을 던지고 그로 인해 내 몸이 파멸한다 해도, 이 세계가 완전히 사라져 없어진다 해도, 대체 잃어버릴 무엇이 내게 있을까.

"알겠습니다." 아오마메는 말했다. 잠시 입술을 깨물고 다시 입을 열었다. "제가 할 수 있는 일이 있다면 돕고 싶습니다."

노부인은 두 손을 내밀어 아오마메의 손을 잡았다.

그 이후로 아오마메는 노부인과 비밀을 서로 나누고 사명을, 그리고 광기와도 비슷한 어떤 것을 함께하게 되었다. 아니, 그것은 완전한 광기 그 자체인지도 모른다. 하지만 그 경계가 어디인지 아오마메는 판별할 수 없었다. 게다가 그녀가 노부인과 함께 저세상으로 보내버린 것은 어떤 견지에서 보더라도 자비를 베풀 여지를 찾아낼 수 없는 사내들이었다.

"지난번에 당신이 시부야의 시티호텔에서 그 사내를 다른 세계로 옮겨준 뒤 아직 시간이 그리 지나지 않았어요." 노부인은 조용히 말했다. 그녀가 '다른 세계로 옮긴다'고 말하는 건 마치 집 안 가구를 옮긴 이야기라도 하는 것처럼 들렸다.

"앞으로 나흘이면 정확히 두 달이에요." 아오마메는 말했다.

"아직 두 달이 채 못 되었지요." 노부인은 말을 이었다. "그러니 여기에서 당신에게 다음 작업을 부탁하는 건 아무래도 바람직한 일이 아니에요. 적어도 반년은 간격을 두고 싶은 참이지요. 간격이 너무 밭으면 당신의 정신적 부담이 커져요. 뭐라고 말하면 좋을까…… 이건 평범한 일이 아니니까요. 게다가 내가 운영하는 세이프하우스와 관련된 사내들이 심장발작으로 사망하는 확률이 좀 지나치게 높은 게 아닌가 하고 고개를 외로 꼬는 사람들이 차차 나올 수도 있지요."

아오마메는 가만히 미소 지었다. 그리고 말했다. "세상에는 의심이 많은 사람들이 있으니까요."

노부인도 미소를 지었다. "알다시피 나는 지극히 신중한 사람이에요. 우연이나 달콤한 전망이나 행운 같은 것에 기대지 않습니다. 마지막 순간까지 보다 온건한 가능성을 탐색하고, 도저히 가능성이 없다고 판명되었을 때에만 그것을 선택하지요. 그리고 어쩔 수 없이 그것을 행할 때에는 생각할 수 있는 온갖 리스크를 제거합니다. 모든 요소를 세세하고도 면밀하게 검토하여 만반의 준비를 갖추고, 이제 괜찮겠다는 확신이 선 뒤에 당신에게 부탁합니다. 그러니 지금까지는 문제라고 할 만한 것은 하나도 없었어요. 그렇지요?"

"그렇습니다." 아오마메는 인정했다. 정말 그 말대로였다. 도구를 준비하여 지시해준 장소로 찾아간다. 상황은 미리 정밀하게 설정되어 있다. 그녀는 상대의 목 뒤 정해진 포인트에 예리한 침을 단 한 차례 찔러넣는다. 그리고 상대가 '다른 장소로 옮겨간 것'을 확인한 뒤에 그 자리를 뜬다. 지금까지는 모든 일이 시스테마틱하고 원활하게 이루어졌다.

"하지만 이번 상대는, 마음이 괴롭지만 당신에게 약간 무리한 일을 부탁하지 않을 수 없을 것 같군요. 일정도 충분히 무르익지 않았고 확실치 않은 요소가 너무 많아서 지금까지와 같은 정비된 상황을 제공하지 못할 가능성이 있어요. 이제까지와는 조금 사정이 달라요."

"어떻게 다르죠?"

"상대는 평범한 위치의 남자가 아니에요." 노부인은 신중하게 단어를 골라 말했다. "구체적으로 말하자면, 우선 경호가 지극히 삼엄해요."

"정치가나 그런 쪽인가요?"

노부인은 고개를 저었다. "아니, 정치가가 아닙니다. 그에 대해서는 나중에 다시 이야기하지요. 당신을 보내지 않고 처리할 방법에 대해서도 무척 신중하게 고려했어요. 하지만 어떤 방법으로도 목적대로 될 것 같지가 않아요. 평범한 방법으로는 도저히 감당할 수가 없어요. 면목 없지만 당신에게 부탁하는 것 이외에 다른 방법을 생각해낼 수 없었어요."

"시급하게 처리해야 할 일인가요?" 아오마메는 물었다.

"아니, 시급하게 처리해달라는 게 아니에요. 언제까지라는 기한이 있는 것도 아니지요. 하지만 늦어지면 늦어질수록 그만큼 상처입는 사람이 늘어날지도 모릅니다. 그리고 우리에게 주어진 기회는 한정적이에요. 다음에 언제 또 그 기회가 찾아올지도 예측할 수 없답니다."

창밖은 완전히 캄캄해지고 선룸은 침묵에 감싸였다. 달이 나왔을까, 아오마메는 생각했다. 하지만 그녀가 앉은 자리에서는 하늘이 보이지 않았다.

노부인은 말했다. "사정은 가능한 한 자세히 설명할 계획이에요. 하지만 그전에 당신이 만나야 할 사람이 있어요. 지금 같이 그녀를 만나러 가죠."

"하우스에 머물고 있는 사람인가요?" 아오마메는 물었다.

노부인은 천천히 숨을 들이쉬어 목구멍 안에서 작은 소리를 냈다. 그 눈에는 평소에는 볼 수 없는 특별한 빛이 떠올라 있었다.

"육 주 전에 상담소에서 이곳으로 보내왔어요. 사 주간은 말도 한마디 못 하고, 멍한 상태라고 할까, 아무튼 모든 언어를 잃어버린 채 지냈어요. 알아낸 것은 이름과 나이뿐. 끔찍한 몰골로 역에서 자고 있다가 경찰에 인계되어 여기저기 내돌려진 끝에 우리 하우스에 오게 된 거예요. 내가 직접 시간을 들여 조금씩 이야기를 나누었지요. 여기는 안전한 곳이니 두려워할 필요가 없다는 것을 이해시키기까지 많은 시간이 걸렸어요. 지금은 그나마 얼마간 말을 하게 되었어요. 혼란스럽고 짤막짤막한 말이지만 그 조각들을 맞춰보고 무슨 일이 일어났었는지 대강 이해할 수 있었지요. 도저히 입 밖에 내기 어려운 끔찍한 일입니다. 참혹한 일이에요."

"남편의 폭력이었나요?"

"아니에요." 노부인은 메마른 음성으로 말했다. "그녀는 아직 열 살이에요."

노부인과 아오마메는 둘이서 정원을 가로질러 열쇠를 꽂아놓고 작은 나무문을 지나서 이웃한 세이프하우스로 향했다. 아담한 목조 연립주택으로, 예전에 저택에서 일하는 이들이 훨씬 많았던 때에 주로 그 사람들의 주거지로 사용되던 곳이다. 2층 건물이고 집 자체에는 멋스러움이 있으나 일반인에게 주거지로 임대하기에는 적잖이 노후한 곳이었다. 하지만 갈 곳 없는 여성들의 임시 피난처로는 부족함이 없었다. 오래된 떡갈나무가 건물을 수호하듯이 큼직하게 가지를 펼쳤고, 현관문에는 아름다운 무늬가 새겨진 유리가 끼워져 있었다. 방은 모두 합해 열 개였다. 가득 차는 때도 있고 비어 있는 때도 있지만, 대개는 대여섯 명의 여자들이 그곳에서 조용히 지내고 있었다. 지금은 반 정도의 방 창문에 불이 켜져 있었다. 이따금 아이들의 목소리가 들려오는 것 외에는 항상 기묘할 만큼 고요히 가라앉아 있다. 마치 건물 전체가 숨을 죽이고 있는 것처럼 보인다. 인간이 생활하는 데 반드시 딸려오게 마련인 잡다한 소음이 그곳에는 없었다. 문 근처에는 독일 셰퍼드 한 마리가 줄에 묶여 있어서 사람이 다가오면 나지막하게 으르렁거리고, 그러고는 몇 차례 짖었다. 누가 어떤 방법으로 훈련을 시켰는지 모르지만 개는 남자가 다가오면 격렬하게 짖어대도록 길들여져 있었다. 그래도 이 셰퍼드가 가장 잘 따르는 사람은 다마루였다.

노부인이 다가가자 개는 곧바로 짖기를 멈추고 꼬리를 흔들며 반가운 듯 코를 킁킁거렸다. 노부인은 몸을 숙여 그 머리를 몇 차례 가볍게 두드렸다. 아오마메도 귀 뒤를 긁어주었다. 개는 아오마메의 얼굴을 기억하고 있었다. 머리 좋은 개다. 그리고 왜 그런지 생시금치를 즐겨 먹는다. 노부인은 열쇠로 현관문을 열었다.

"이곳 여성 중 한 사람이 그 아이를 돌봐주고 있어요." 노부인은 아오마메에게 말했다. "항상 한방에서 같이 지내면서 되도록 눈을 떼지 말아달라고 부탁했지요. 그 아이를 혼자 두기에는 아직 좀 걱정스러워서."

세이프하우스에서 여자들은 일상적으로 서로를 돌보고 자신들이 겪은 체험을 이야기하고 고통을 서로 나누는 것이 암묵적으로 장려되었다. 그런 과정을 통해 그녀들은 조금씩, 자연스럽게 치유되곤 했다. 먼저 들어온 사람이 나중에 온 사람에게 생활의 요령을 알려주고 필수품의 인수인계를 한다. 청소와 요리는 당번제였다. 물론 개중에는 혼자 있고 싶다, 그간의 일에 대해서는 한마디도 하고 싶지 않다는 사람도 있었다. 그런 여성들에게는 고독과 침묵을 존중했다. 하지만 대부분의 여성들이 똑같은 고통을 당한 다른 여성과 솔직한 체험을 토로하고 관계를 맺기를 원했다. 하우스 안에서의 음주와 흡연, 그리고 허가받지 않은 사람의 출입은 금지되어 있지만, 그밖에 이렇다 할 제약은 없다.

하우스에는 전화와 텔레비전 한 대씩이 현관 옆 공동 홀에 놓여 있었다. 또한 홀에는 오래된 소파 세트와 식탁이 놓여 있었다. 대부분의 여자들은 하루 중 많은 시간을 그 홀에서 보내는 듯했다. 하지만 텔레비전이 켜지는 일은 거의 없었다. 텔레비전이 켜져 있어도 음량은 겨우 들릴락 말락 하는 정도다. 여성들은 오히려 혼자 책을 읽거나 신문을 펼치거나 뜨개질을 하거나 누군가와 이마를 맞대고 소곤소곤 이야기를 나누는 쪽을 좋아했다. 개중에는 하루 종일 그림을 그리는 이도 있었다. 그곳은 신비한 공간이었다. 현실세계와 사후세계의 중간쯤에 있는 임시 거처처럼 빛이 탁하게 고여 있었다. 맑은 날에도 흐린 날에도, 한낮에도 밤에도 똑같은 종류의 빛이 그곳에는 있었다. 그 방을 찾을 때마다 아오마메는 자신이 엉뚱한 곳에 잘못 들어온 존재이자 무신경한 틈입자인 것처럼 느껴졌다. 그곳은 특별한 자격이 필요한 클럽 같은 장소였다. 그녀들이 느끼는 고독은 아오마메가 느끼는 고독과는 다른 요소로 이루어진 것이었다.

노부인이 얼굴을 내보이자 거실에 있던 세 명의 여자들이 자리에서 일어섰다. 그녀들이 노부인에게 깊은 경의를 품고 있다는 것은 한눈에 알아볼 수 있었다. 노부인은 여자들에게 앉으라고 권했다.

"그냥 그대로 있어도 괜찮아요. 잠깐 쓰바사와 이야기를 하러 왔으니까요."

"쓰바사는 방에 있어요." 아오마메와 비슷한 또래로 보이는 여자가 말했다. 머리칼은 곧고 길다.

"사에코 씨하고 함께 있어요. 아직 아래층에는 내려올 수 없나봐요." 조금 더 나이든 여자가 말했다.

"좀더 시간이 걸리겠지요." 노부인은 다정하게 웃으며 말했다.

세 명의 여성들은 말없이 고개를 끄덕였다. 시간이 걸린다는 것이 무엇을 의미하는지, 그녀들은 누구보다 잘 알고 있었다.

2층으로 올라가 방 안에 들어서자 노부인은 그곳에 있던 작은 몸

집에 왠지 희미한 인상을 지닌 여성에게 잠시만 자리를 비켜달라고 부탁했다. 사에코라는 그 여자는 엷은 미소를 짓고는 방을 나가 문을 닫고 계단을 내려갔다. 그뒤에는 쓰바사라는 열 살의 소녀만 남았다. 방 안에는 식탁으로 쓰이는 작은 테이블이 놓여 있었다. 소녀와 노부인과 아오마메는 셋이서 그 테이블을 둘러싸고 앉았다. 창문에는 두툼한 커튼이 드리워져 있었다.

"이 언니는 아오마메 씨라고 한단다." 노부인은 소녀를 향해 말했다. "나와 함께 일하는 사람이야. 그러니 걱정하지 않아도 돼."

소녀는 아오마메의 얼굴을 흘끔 쳐다보고 슬쩍 고개를 끄덕였다. 깜박 놓쳐버릴 만큼 작은 움직임이었다.

"이 아이는 쓰바사." 노부인이 소개해주었다. 그리고 소녀에게 물었다. "쓰바사는 여기 온 지 얼마나 되었지?"

모른다, 는 듯이 소녀는 고개를 아까처럼 아주 짧게 가로저었다. 1센티미터도 안 될 정도다.

"육 주일하고 사흘이야." 노부인은 말했다. "너는 세어보지 않았는지 모르지만 나는 똑똑히 헤아리고 있단다. 왜 그런지 아니?"

소녀는 다시 희미하게 고개를 저었다.

"어떤 경우에는 시간이라는 것이 대단히 소중한 의미를 갖기 때문이야." 노부인은 말했다. "그저 그것을 헤아려보는 것만으로도 아주 큰 뜻을 갖게 된단다."

아오마메가 보기에 쓰바사라는 소녀는 어디서나 흔히 볼 수 있는 열 살짜리 소녀였다. 나이에 비해 키는 큰 편이지만 여위어서 가슴은 아직 밋밋하다. 만성적인 영양부족으로 보였다. 얼굴 생김새는 나쁘지 않지만 인상이 몹시 희미했다. 눈동자는 흐린 유리창을 연상시켰다. 들여다봐도 안쪽이 잘 보이지 않는. 바싹 마른 얇은 입술은 이따금 불안하게 달싹거리며 뭔가 말을 만들어내려는 것처럼 보였지만, 그것이 소리로 맺히는 일은 없었다.

노부인은 들고 온 종이봉투에서 초콜릿 상자를 꺼냈다. 스위스의 산중턱 풍경이 상자에 그려져 있었다. 하나하나 모양이 다른 아름다운 초콜릿이 열두 개 정도 들어 있었다. 노부인은 그중 하나를 쓰바사에게 내밀고, 하나를 아오마메에게 내밀고, 하나를 자신의 입에 넣었다. 아오마메도 그것을 받아 입에 넣었다. 두 사람이 그렇게 하는 것을 지켜본 뒤에 쓰바사도 똑같이 그것을 먹었다. 세 사람은 잠시 말없이 초콜릿을 먹었다.

"당신은 열 살이었을 때의 일을 기억하나요?" 노부인이 아오마메에게 물었다.

"네, 기억하죠." 아오마메는 말했다. 그해에 그녀는 한 남자애의 손을 잡았고, 평생 그를 사랑할 것을 맹세했다. 그 몇 달 뒤에는 초경을 맞았다. 아오마메 안에서 그때 많은 일들이 변화를 이루었다. 신앙을 버리고 부모와의 절연을 결심했던 것도 그때였다.

"나도 잘 기억한답니다." 노부인은 말했다. "열 살 되던 해에 부친을 따라 파리로 건너가 거기서 일 년여를 지냈어요. 부친은 당시 외교관이었지요. 우리는 뤽상부르 공원 근처의 오래된 아파트에서 살았어요. 제1차 세계대전 말기여서 역에는 부상당한 병사들이 넘쳐났지요. 아직 소년티가 나는 병사도 있었고 늙은 병사도 있었어요. 파리는 모든 계절을 통틀어 놀랄 만큼 아름다운 도시지만, 내게는 피에

젖은 인상만 남아 있답니다. 전선에서는 격렬한 참호전이 벌어지고 팔과 다리, 눈을 잃은 사람들이 버림받은 망령처럼 거리를 방황하고 있었으니까요. 그들이 두른 붕대의 하얀빛과 여자들의 팔에 둘러 있던 상장(喪章)의 검은빛만 내 눈에 낙인찍혔어요. 수많은 새로운 관들이 묘지를 향해 마차에 실려갔지요. 관이 지나갈 때, 길 가던 사람들은 눈을 돌리고 입을 굳게 다물었어요."

노부인은 테이블 너머로 손을 내밀었다. 소녀는 잠시 생각하더니 무릎 위에 있던 손을 들어 노부인의 손 위에 얹었다. 노부인은 소녀의 손을 잡았다. 노부인도 아마 소녀시절, 파리의 길모퉁이에서 관을 쌓아올린 마차를 마주칠 때마다 아버지나 어머니가 이렇게 꼬옥 손을 잡아주었으리라. 그리고 아무것도 걱정하지 말라고 여린 마음을 도닥여주었으리라. 괜찮단다, 너는 안전한 곳에 있어, 아무것도 두려워할 거 없단다, 라고.

"남자들은 날마다 수백만 개의 정자를 만들어요." 노부인은 아오마메에게 말했다. "그건 알고 있었나요?"

"자세한 숫자까지는 모르지만요." 아오마메는 말했다.

"끝자리 숫자까지는 물론 나도 잘 모르지요. 아무튼 무수히 많아요. 그들은 그것을 한 번에 쏟아내요. 하지만 여성이 배출하는 성숙한 난자는 그 수가 한정되어 있어요. 몇 개나 되는지 아나요?"

"정확하게는 모르겠어요."

"평생을 통해 약 사백 개에 불과해요." 노부인은 말했다. "난자는 다달이 새로 만들어지는 것이 아니라 태어났을 때부터 여성의 체내에 고스란히 비축되어 있어요. 여성은 초경을 맞이한 뒤 그것을 한 달에 하나씩 성숙시켜 밖으로 배출하는 것이지요. 이 아이 안에도 그런 난자가 비축되어 있어요. 아직 생리는 시작되지 않았으니 거의 손대지 않은 채 그대로 있어야 하겠지요. 서랍 속에 차곡차곡 담겨 있어야 해요. 그 난자의 역할은 말할 것 없이 정자를 맞아들여 수태하는 것입니다."

아오마메는 고개를 끄덕였다.

"남성과 여성의 그 멘탈리티의 차이 대부분이 거기에서 비롯된다고 하더군요. 생식구조가 서로 다르기 때문이라는 것이지요. 순수하게 생리학적인 견지에서 말하자면, 우리 여성은 한정된 수의 난자를 보호하는 것을 주제로 삼아 살아가는 것이에요. 당신도 나도, 그리고 이 아이도." 그리고 그녀는 엷은 미소를 입가에 띠었다. "내 경우에는 물론 그렇게 살아왔다, 라는 과거형이 되겠지만."

그렇다면 나는 지금까지 대략 이백 개의 난자를 이미 배출한 셈이다, 라고 아오마메는 재빨리 머릿속에서 계산했다. 앞으로 대략 반 분량이 내 안에 남아 있다. 아마도 '예약 완료'라는 딱지가 붙은 채.

"하지만 이 아이의 난자가 수태하는 일은 없어요." 노부인은 말했다. "지난주에 잘 아는 의사에게 검사를 받았습니다. 이 아이의 자궁은 파괴되었어요."

아오마메는 얼굴을 찌푸리며 노부인을 보았다. 그리고 살짝 고개를 돌려 소녀에게 눈길을 던졌다. 도무지 말이 나오지 않았다. "파괴되었다고요?"

"네. 파괴된 거예요." 노부인은 말했다. "수술을 해도 원래대로 돌아가지 못합니다."

"대체 누가 그런 짓을?" 아오마메는 말했다.

"분명한 건 아직 모릅니다." 노부인이 말했다.

"리틀 피플." 소녀가 말했다.

제18장 덴고

Q
더이상 빅 브라더가 나설 자리는 없다

기자회견 뒤 고마쓰가 전화를 걸어와 모든 일이 별탈 없이 원활하게 끝났다고 말했다.

"아주 근사했어." 고마쓰는 웬일로 상당히 흥분한 어조였다. "그렇게 실수 없이 해낼 줄은 생각도 못했어. 대답도 똑똑하게 잘했고 그 자리에 있던 모든 사람에게 좋은 인상을 주었어."

고마쓰의 말을 듣고도 덴고는 별로 놀라지 않았다. 딱히 이렇다 할 근거는 없었지만 덴고는 기자회견에 대해서는 그다지 걱정하지 않았다. 그 정도는 후카에리 혼자서도 잘 치러낼 거라고 예상했다. 하지만 '좋은 인상'이라는 표현에는 어딘지 후카에리와는 어울리지 않는 여운이 있었다.

"결점이 드러나지는 않았어요?" 덴고는 확인차 물었다.

"그래, 시간을 최대한 짧게 잡았고, 불리할 듯한 질문은 대충 따돌렸어. 게다가 실제 그 자리에서는 그리 삐딱한 질문은 거의 없었어.

아무리 신문기자라도 청순가련한 열일곱 살 소녀를 상대로 악역을 떠맡고 싶진 않았겠지. 물론 '적어도 아직까지는'이라는 단서가 붙은 일이긴 하지만. 앞으로 어떻게 될지는 몰라. 이 바닥에서는 눈 깜짝할 사이에 풍향이 바뀌니까."

덴고는 고마쓰가 심각한 얼굴로 높은 절벽 위에 서서 손가락에 침을 묻혀 풍향을 가늠하는 광경을 머릿속에 떠올렸다.

"어쨌거나 이것도 자네가 예행연습을 잘해준 덕분이야. 고마워. 시상식과 기자회견 상황은 내일 석간신문에 실릴 거야."

"후카에리는 어떤 옷을 입고 나왔죠?"

"옷? 글쎄, 그냥 평범했어. 몸에 붙는 얇은 스웨터에 면바지."

"가슴이 두드러지는?"

"응, 그러고 보니 그랬어. 가슴선이 아주 예쁘게 드러났지. 마치 갓 구워내 따끈따끈한 것처럼 보였어." 고마쓰는 말했다. "이봐 덴고, 그 아이는 천재 소녀 작가로 높은 평가를 받을 거야. 비주얼도 좋고. 말투는 약간 괴상하지만, 진짜 머리가 좋아. 무엇보다 다른 어느 누구와도 닮지 않은 독특한 분위기가 있어. 내가 지금까지 수많은 작가들의 데뷔를 지켜봐왔지만, 그 아이는 특별해. 내가 특별하다고 하면 그건 정말로 특별한 거야. 일주일 뒤에 「공기 번데기」가 실린 문예지가 서점에 진열될 텐데, 그거 틀림없이 사흘 안에 완전히 다 팔려. 뭘 걸어도 좋아. 내 왼손하고 오른쪽 다리를 걸어도 좋다고."

덴고는 소식을 전해줘서 고맙다고 말하고 전화를 끊었다. 그리고 얼마간 안도했다. 뭐가 어찌 됐건 이걸로 최소한 첫번째 관문은 통과한 셈이다. 앞으로 대관절 몇 개의 관문이 기다리고 있을지 짐작도

되지 않지만.

기자회견 기사는 다음 날 석간신문에 실렸다. 덴고는 학원 수업을 마치고 돌아오는 길에 역 매점에서 네 가지 석간을 사들고 집에 돌아와 서로 비교하며 읽었다. 어느 신문이나 대개 비슷한 내용이었다. 그리 긴 분량의 기사는 아니지만 문예지 신인상 보도로는 파격적인 대우였다(대부분의 경우에는 다섯 줄 이내에서 처리된다). 고마쓰의 예상대로 열일곱 살 소녀가 수상했다는 것 때문에 미디어가 와아 달려든 것이다. 기사에는 네 명의 심사위원이 전원일치로 그녀의 「공기 번데기」를 추천했다고 씌어 있었다. 논쟁 같은 건 일절 없이 심사는 십오 분 만에 종료되었다. 그것은 지극히 드문 일이었다. 자아가 강한 현역작가 네 명이 모여 전원의 의견이 단번에 일치한다는 건 좀처럼 있을 수 없는 일이다. 그 작품은 이미 문단에서 적지 않은 평판을 얻고 있다, 시상식이 진행된 호텔에서 소규모 기자회견이 열려 그녀가 기자들의 질문에 '밝고 명료하게' 대답했다, 고 씌어 있었다.

"앞으로도 소설을 계속 쓸 계획인가?"라는 질문에 그녀는 "소설은 생각을 표현하기 위한 하나의 형식에 지나지 않는다. 이번 작업은 우연히 소설이라는 형식을 취했지만 다음에는 어떤 형식을 취할지 알 수 없다"고 대답했다. 후카에리가 정말로 그렇게 긴 문장을 한 번에 정리해서 말했다고는 생각하기 어렵다. 아마도 기자가 그녀의 짤막짤막한 말을 잘 이어붙이고 빠진 부분을 적당히 채워서 정리한 것이리라. 하지만 실제로 이렇게 길게 말했는지도 모른다. 후카에리에 대해 확실하게 말할 수 있는 것은 하나도 없다는 얘기다.

"좋아하는 작품은?"이라는 질문에 그녀는 물론 『헤이케 이야기』라고 대답했다. 『헤이케 이야기』의 어떤 부분이 좋으냐고 질문한 기자가 있었다. 그녀는 좋아하는 부분을 암송했다. 기나긴 암송이 끝나기까지 대략 오 분이 걸렸다. 그 자리에 함께한 이들 모두가 깊이 감동하여 암송이 끝난 뒤 한참이나 침묵이 이어졌다. 다행히도(라고 해야 하리라) 좋아하는 음악에 대해 질문한 기자는 없었다.

"신인상 수상을 누가 가장 기뻐했는가?"라는 질문에 그녀는 한참 동안 틈을 둔 뒤에(그 광경은 덴고도 상상이 갔다) 대답했다. "그건 비밀이다."

기사에 소개된 내용만 보자면, 후카에리는 그 질의응답에서 한마디도 거짓말을 하지 않았다. 그녀가 입에 올린 말은 모두 진실이었다. 신문에는 그녀의 사진이 실려 있었다. 사진으로 보는 후카에리는 덴고가 기억하는 것보다 훨씬 더 아름다웠다. 실제로 얼굴을 마주하고 이야기하면 얼굴 이외의 몸동작이나 표정변화나 하는 말에 저절로 주의를 기울이게 되는데, 정지한 사진으로 보니 그녀가 얼마나 아름다운 얼굴을 가진 소녀인지 새삼 느껴졌다. 기자회견장에서 찍은 듯한 작은 사진이지만(분명 지난번과 똑같은 여름용 스웨터를 입고 있었다) 그곳에는 어떤 광채가 엿보였다. 아마도 그건 고마쓰가 '다른 어느 누구와도 닮지 않은 분위기'라고 말한 것과 동일한 것이리라.

덴고는 석간신문을 접어 치워놓고 싱크대 옆에 서서 캔맥주를 마시며 간단한 저녁식사를 만들었다. 자신이 고쳐 쓴 작품이 만장일치로 문예지 신인상을 타고, 세상의 화젯거리가 되고, 그리고 앞으로 아마도 베스트셀러가 될 것이다. 그렇게 생각하니 기분이 묘했다. 정말 잘됐다고 순수하게 기뻐하는 마음도 있고, 그와 동시에 불안하고 뒤숭숭하기도 했다. 예정된 일이라고는 해도 이렇게 일이 간단히 술술 풀려도 되는 걸까.

식사준비를 하는 사이에 식욕이 완전히 사라져버렸다. 조금 전까지는 배가 고팠는데 지금은 아무것도 먹고 싶지 않다. 그는 만들다 만 음식을 랩을 씌워 냉장고에 챙겨넣고 주방 의자에 앉아 벽의 달력을 바라보며 맥주를 마셨다. 은행에서 받아온 달력은 후지 산의 사계절 사진을 모아놓은 것이었다. 덴고는 아직 한 번도 후지 산에 올라간 적이 없었다. 도쿄 타워에 올라간 적도 없다. 어딘가 고층빌딩의 옥상에도 올라간 일이 없다. 옛날부터 높은 곳에는 그리 흥미를 가지지 못했다. 어째서일까, 하고 덴고는 생각했다. 늘 발치만 바라보며 살아왔기 때문인지도 모른다.

고마쓰의 예언은 적중했다. 후카에리의 「공기 번데기」가 실린 문예지는 배포한 그날 거의 매진되고 이내 서점에서 자취를 감추었다. 문예지 매진이란 여간해서는 없는 일이다. 출판사는 다달이 적자를 떠안으며 문예지를 내고 있다. 거기에 실린 작품을 모아 단행본을 만드는 것과, 신인상을 기반으로 젊은 신인작가를 발굴하는 것이 문예지가 노리는 목적이다. 잡지 자체의 판매수익은 거의 기대하지 않는다. 그래서 문예지가 당일 안에 매진되었다는 것은 오키나와에 흰 눈이 내렸다는 것만큼이나 세상의 이목을 끄는 뉴스다. 하긴 다 팔려봤자 여전히 적자라는 사실에는 변함이 없지만.

고마쓰가 전화를 걸어와 그 소식을 알려주었다.

"썩 바람직한 일이야." 그는 말했다. "문예지가 매진되었으니 사람들은 더욱더 그 작품에 흥미를 느끼고 어떤 이야기인지 읽어보려고 하겠지. 그리고 지금 인쇄소를 통째로 잡아두고 「공기 번데기」 단행본을 찍는 중이야. 초비상, 긴급 출판이지. 이렇게 되면 아쿠타가와 상 같은 건 타건 말건 관계없어. 그보다는 한창 뜨거울 때 책을 마구 팔아야지. 틀림없이 이건 베스트셀러야. 내가 보증하지. 그러니 덴고 자네도 돈을 어디에 쓸지 지금부터 생각해두는 게 좋을 거야."

토요일 석간신문 문화면에 「공기 번데기」에 대한 기사가 실렸다. 작품 게재 문예지 눈 깜짝할 사이에 매진, 이라는 제목이었다. 몇몇 문학평론가가 그 작품에 대한 평가를 했다. 한결같이 호의적인 평이다. 열일곱 살의 소녀가 썼다고 생각할 수 없는 탄탄한 필력, 날 선 감각, 그리고 풍부한 상상력. 이 작품은 새로운 문학 스타일의 가능성을 제시하고 있는지도 모른다는 평이었다. 다만 한 평론가는 "상상력이 지나치게 비약해서 현실과의 접점이 부족한 듯한 기미가 없지 않다"고 평했다. 그것이 덴고가 본 유일한 부정적 의견이었다. 하지만 그 평론가도 "이 소녀 작가가 앞으로 어떤 작품을 써나갈지 참으로 흥미롭다"라고 호의적으로 끝을 맺었다. 아무래도 풍향은 현재로서는 나쁘지 않은 듯했다.

후카에리가 전화를 걸어온 것은 단행본 출간 예정일을 나흘 앞둔 날이었다. 아침 아홉시였다.

"일어났어요." 그녀는 물었다. 여전히 억양 없는 말투다. 물음표도 붙어 있지 않다.

"물론 일어났지." 덴고는 말했다.
"오늘 오후에 시간 있어요."
"네시 이후라면 시간 있어."
"만날 수 있어요."
"만날 수 있지." 덴고는 말했다.
"지난번 만난 거기 괜찮아요." 후카에리는 물었다.
"그래." 덴고는 말했다. "네시에 지난번에 만났던 신주쿠 찻집으로 나갈게. 그리고 신문 사진 아주 잘 나왔더라. 기자회견 때 사진."
"똑같은 스웨터를 입었어요." 그녀는 말했다.
"응, 잘 어울렸어." 덴고는 말했다.
"가슴 모양이 좋아서요."
"그럴지도 모르지. 하지만 이 경우에서 가장 중요한 건 그것이 남에게 좋은 인상을 준다는 점이야."
후카에리는 전화기에 대고 잠시 침묵했다. 무언가를 바로 앞 선반에 얹어놓고 지그시 바라보는 듯한 침묵이었다. 좋은 인상과 가슴 모양의 관계에 대해 생각을 굴리고 있는지도 모른다. 그 모습을 생각하니, 좋은 인상과 가슴 모양에 어떤 연관성이 있는지, 덴고도 점점 알 수 없어졌다.
"네시에." 후카에리는 말했다. 그리고 전화를 끊었다.

네시 조금 전에 항상 가는 찻집에 들어섰을 때, 후카에리는 이미 와서 기다리고 있었다. 후카에리 옆에는 에비스노 선생이 앉아 있었다. 엷은 회색 긴소매 셔츠에 진한 회색 바지 차림이었다. 변함없이 조각상처럼 등을 꼿꼿하게 세우고 있다. 덴고는 선생의 모습을 보고 조금 놀랐다. 고마쓰의 말에 의하면, 그의 '하산'은 지극히 드문 일이라고 했다.

덴고는 두 사람을 마주하는 자리에 앉아 커피를 주문했다. 아직 장마 전인데도 한여름 날씨처럼 더운 날이었다. 그래도 후카에리는 지난번과 똑같이 핫 코코아를 마시고 있었다. 에비스노 선생은 아이스커피를 앞에 놓고 있지만 전혀 입을 대지 않았다. 얼음이 녹아서 윗부분에 물의 투명한 층이 만들어졌다.

"어서 오게." 에비스노 선생은 말했다.

커피가 나오자 덴고는 그것을 조금 마셨다.

"여러 일이 현재로서는 순조롭게 풀리는 모양이야." 에비스노 선생은 목소리 상태를 테스트하는 사람처럼 느릿느릿 말했다. "자네 공이 컸네. 참으로 대단해. 우선 그 점에 대한 감사부터 해야겠지."

"말씀은 감사합니다만, 이번 일에 관해 저는 잘 아시는 대로 공식적으로는 존재하지 않는 사람입니다." 덴고는 말했다. "공식적으로 존재하지 않는 사람에게 공 같은 건 없습니다."

에비스노 선생은 온기를 얻으려는 듯이 테이블 위에서 두 손을 맞비볐다.

"아니, 그렇게까지 겸손할 건 없어. 공식적으로야 어떻든, 자네는 이번 일에 묵직한 존재감을 갖고 있어. 자네가 아니었다면 일이 이렇게 쉽게 풀리지 못했겠지. 자네 덕분에 「공기 번데기」는 훨씬 우수한 작품이 되었어. 내 예상을 뛰어넘는 깊고 충실한 내용의 작품이야. 역시 고마쓰는 사람 보는 눈이 있어."

후카에리는 그 곁에서, 우유를 할짝거리는 새끼고양이처럼 말없이 코코아를 마셨다. 심플한 하얀 반소매 블라우스에 짧은 남색 스커트를 입고 있다. 항상 그렇듯이 액세서리는 일절 하지 않았다. 몸을 숙이면 수직으로 떨어지는 긴 머리칼 속으로 얼굴이 숨었다.

"감사하다는 인사를 꼭 직접 하고 싶었어. 그래서 일부러 여기까지 나오라고 했네."

"그건 괜찮습니다. 저에게도 「공기 번데기」를 고쳐 쓰는 작업은 큰 의미가 있었어요."

"자네에게는 다시 답례를 할 생각이야."

"답례라니요, 괜찮습니다." 덴고는 말했다. "다만 에리에 관해 개인적인 질문을 좀 드려도 될까요?"

"물론이지. 내가 알고 있는 것이라면 기꺼이 대답하겠네."

"선생님은 에리의 정식 후견인이십니까?"

선생은 고개를 저었다. "아니, 아직 정식 후견인은 아니야. 가능하다면 당장 그렇게 하고 싶네. 하지만 전에도 말했듯이 에리의 부모와 전혀 연락이 되지 않고 있어. 법적으로 말하자면 나는 에리에 관해 아무 권한도 없는 상태지. 칠 년 전에 집으로 찾아온 에리를 맡아서 그대로 키우고 있는 것뿐일세."

"그러면 선생님으로서는 에리의 존재를 조용히 덮어두려 하는 게 일반적일 텐데요. 이렇게 각광을 받으면 자칫 트러블이 일어날 가능성이 있잖습니까? 아직 미성년자니까요."

"이를테면 친부모가 소송을 걸어 에리를 데려가겠다고 나서면 일이 복잡해진다. 어렵게 빠져나온 곳으로 강제로 다시 끌려가는 일이 생기는 게 아니냐. 그런 이야기지?"

"그렇습니다. 그런 점이 저로서는 좀 이해하기 어렵습니다."

"당연한 의문이야. 하지만 그쪽에서도 그만큼 공식적으로 나서지 못할 사정이 있어. 에리가 세상의 각광을 받을수록, 그들이 에리에 관련하여 어떤 행동에 나서면 더욱 세상의 이목을 끌게 되겠지. 그건 그들이 가장 피하고 싶은 일이야."

"그들이라고 하시는 건 '선구' 쪽을 말씀하시는 것이죠?"

"그렇지." 선생은 말했다. "종교법인 '선구' 말일세. 내게는 지난 칠 년 동안 에리를 키워왔다는 게 있어. 에리 역시 이대로 우리집에 머물기를 명백하게 원하고 있지. 그리고 에리의 부모에게 어떤 사정이 있건 어쨌든 칠 년 동안 딸을 버린 셈이야. 간단하게 아, 그러십니까 하고 내줄 수는 없는 일이네."

덴고는 머릿속을 정리했다. 그리고 말했다.

"「공기 번데기」가 예정대로 베스트셀러에 오른다. 에리는 세상의 관심을 끌게 된다. 그러면 '선구' 측은 섣불리 움직일 수 없다. 거기까지는 알겠습니다. 그래서 선생님의 전망으로는 앞으로 이 일이 어떻게 되어갈까요?"

"그건 나도 모르겠어." 에비스노 선생은 담담하게 말했다. "앞일은 누구에게나 미지의 영역일세. 지도는 없어. 다음 모퉁이를 돌았을 때 무엇이 기다리고 있는지, 그 모퉁이를 돌아보지 않고서는 알 수 없어. 짐작도 못 하지."

"짐작도 못 하신다고요?" 덴고는 말했다.

"그렇지. 무책임한 말로 들릴지 모르지만 짐작도 못 한다는 점이 바로 이번 일의 핵심이야. 깊은 연못에 돌멩이를 던진다. 첨벙, 큰 소리가 주위에 퍼진다. 그 뒤에 연못에서 무엇이 튀어나올지 우리는 마른침을 삼키며 지켜보고 있지."

잠시 모두가 침묵했다. 세 사람은 저마다 물 위에 퍼져가는 파문을 머릿속에 그렸다. 덴고는 그 가공의 파문이 잠잠해지기를 기다려 천천히 입을 열었다.

"처음에도 말씀드렸지만, 이번에 저희가 하는 일은 일종의 사기행위입니다. 반사회적인 행위라고 해도 무방하겠지요. 앞으로 아마 상당한 액수의 금전 문제도 얽힐 테고, 거짓말은 눈덩이처럼 커져갈 겁니다. 거짓말이 거짓말을 부르고, 거짓말과 거짓말 사이의 관계는 점점 더 복잡해져서, 결국에는 어느 누구도 감당 못 할 일이 되겠죠. 그리고 사실이 고스란히 드러났을 때는 이번 일에 관여한 모든 사람들이, 에리까지 포함해서, 어떤 식으로든 피해를 입고 자칫하면 파멸할 겁니다. 사회적으로 매장될 수도 있고요. 선생님도 그 점은 동의하시지요?"

에비스노 선생은 안경테를 올렸다. "동의하지 않을 수 없겠지."

"그런데도 선생님은 고마쓰 씨가 「공기 번데기」와 관련하여 만든 회사의 대표직을 수락하셨습니다. 고마쓰 씨의 계획에 직접적으로 관여하시는 겁니다. 말을 바꾸자면, 자진해서 진흙탕에 뛰어들려고 하십니다."

"결과적으로 그렇게 될 수도 있겠지."

"제가 아는 한, 에비스노 선생님은 뛰어난 지성을 갖추셨고 폭넓은 상식과 독자적인 세계관을 가지신 분입니다. 그런데도 이 일이 어떻게 될지 알지 못하십니다. 다음 모퉁이를 돌면 무엇이 튀어나올지 예측할 수 없다고 하십니다. 선생님 같은 분이 어째서 그런 불확실하고 영문 모를 일에 관여하시려는지, 저는 아무래도 받아들이기가 어렵습니다."

"과분한 평가에 몸 둘 바를 모르겠네만, 그건 그렇고……" 에비스노 선생은 그렇게 말하고 잠시 한숨을 돌렸다. "자네가 하는 말은 충분히 이해하네."

한동안 침묵이 이어졌다.

"무슨 일이 일어날지 아무도 몰라요." 후카에리가 거기서 문득 한마디를 던졌다. 그리고 다시 침묵 속으로 돌아갔다. 코코아 잔은 이미 비어 있었다.

"그래." 선생은 말했다. "무슨 일이 일어날지는 아무도 알지 못해. 에리의 말 그대로야."

"하지만 어느 정도의 계획 같은 건 있을 텐데요." 덴고는 말했다.

"어느 정도의 계획은 있네." 에비스노 선생이 말했다.

"그 계획을 제가 추측해봐도 괜찮겠습니까?"

"물론이지."

"「공기 번데기」라는 작품이 세상에 발표되면 그녀의 부모님에게 무슨 일이 있었는지 그 진상이 폭로될 것이다. 그것이 연못에 돌을 던져넣는 이유입니까?"

"자네 추측이 대강 맞아." 에비스노 선생은 말했다. "「공기 번데기」가 베스트셀러가 된다면 미디어가 연못의 잉어 떼처럼 일제히 몰려들겠지. 사실을 말하자면 벌써 상당한 소동이 벌어졌어. 기자회견

이후로 잡지며 텔레비전에서 취재요청이 쇄도하고 있네. 물론 모두 거절했지만, 책의 출판을 앞두고 상황은 점점 더 달아오를 거야. 우리 쪽에서 취재에 응하지 않으면 그들은 온갖 방법을 동원해서 에리의 성장과정을 조사하겠지. 그리고 에리에 관한 일들이 조만간에 밝혀질 게야. 부모가 누구냐, 어디서 어떻게 자랐느냐. 그리고 현재 누가 그녀를 보호하고 있느냐. 그런 것들은 흥미로운 뉴스거리가 되겠지.

나 역시 좋아서 이런 일을 하는 게 아니야. 최근까지 나는 산 속에서 마음 편한 생활을 해왔어. 이제 새삼 세상의 이목을 끄는 일에 관여하고 싶지는 않아. 그래봤자 아무 이득도 없어. 하지만 미끼를 잘 풀어서 미디어의 관심을 에리의 부모 쪽으로 유도할 수 있다면 나로서는 더 바랄 게 없네. 그들이 어디서 무엇을 하고 있는가 하는 것에 말이지. 경찰이 하지 못한 일을, 혹은 할 마음이 없는 일을, 미디어가 대신 나서서 하도록 하는 거야. 잘되면 그 흐름을 이용해 두 사람을 구출해낼 수 있을지도 몰라. 아무튼 후카다 부부는 나에게도, 그리고 물론 에리에게도 지극히 소중한 존재야. 소식이 두절된 채로 그냥 내버려둘 수는 없어."

"하지만 만일 후카다 부부가 아직 그곳에 있다면, 대체 어떤 이유로 칠 년 동안이나 감금되어 있는 걸까요? 그건 너무도 오랜 세월입니다."

"그건 나도 모르겠어. 어디까지나 추측일 뿐이지." 에비스노 선생은 말했다. "지난번에도 말했듯이 혁명적인 농업 코뮌으로 시작한 '선구'는 어느 시점에 무투파 집단 '여명'과 결별하고 노선을 대폭 변경하여 종교단체로 바뀌었어. '여명' 사건과 관련하여 교단 내부에 경찰 수사가 들어갔지만 그 사건과 전혀 무관하다는 걸 알아냈을 뿐이야. 그 이후로 교단은 한 발 한 발 기반을 다져왔어. 아니, 한 발 한 발이 아니라 급속히 성장했다고 해야겠지. 그렇기는 하나 그들이 실제 어떤 활동을 하는지는 세상에 거의 알려져 있지 않아. 자네 역시 모를 게야."

"전혀 모릅니다." 덴고는 말했다. "하지만 저는 텔레비전이나 신문을 제대로 안 보는 편이라 일반적인 기준으로 삼기는 어렵습니다."

"아니, 그 일을 모르는 건 딱히 자네만이 아니야. 그들은 최대한 세상에 드러나지 않도록 은밀히 행동하고 있어. 다른 신흥 종교단체는 되도록 눈에 띄어서 한 명이라도 더 신자를 늘리려고 하는데 '선구'는 그런 기척이 없어. 그들의 목적은 신자 수를 늘리는 것이 아니기 때문이야. 다른 종교단체가 신자를 늘리려 하는 건 안정된 수입을 확보하기 위해서지만 '선구'에서는 그럴 필요가 없는 것 같아. 그들이 원하는 건 금전보다 오히려 인재야. 목적의식이 높고 다양한 종류의 전문능력을 가진 건강하고 젊은 신자. 그래서 무리한 전도활동은 하지 않아. 누구나 다 받아주는 것도 아니야. 입회를 희망하며 찾아온 사람들 중에서 면접을 거쳐 선발하지. 아니면 능력 있는 사람들을 스카우트해. 그 결과 의욕이 넘치는 양질의 전투적 종교단체가 만들어졌지. 그들은 공식적으로는 농업 경영과 함께 엄격한 수행에 힘을 쏟고 있어."

"대체 어떤 교리에 바탕을 둔 단체인가요?"

"정해진 교전은 아마 없을 게야. 있다고 해도 절충한 것이겠지. 간단히 말하자면 밀교 계열이고 세세한 교리보다 오히려 노동과 수행이 생활의 중심이야. 그것도 상당히 엄격해서 어중간하게 넘어가는 게 없어. 그런 철두철미한 정신생활을 추구하는 젊은이들이 소문을 듣고 전국에서 모여들고 있어. 결속은 단단하고 외부에 대해서는 비밀주의를 고수하고 있지."

"교주는 있습니까?"

"공식적으로 교주는 존재하지 않아. 개인숭배를 배척하고 집단지도체제로 교단을 운영한다는 거야. 하지만 속사정은 분명하게 밝혀진 게 없어. 나도 가능한 한 정보를 수집하고 있네만, 담장 밖으로 나오는 정보는 지극히 적어. 다만 한 가지 말할 수 있는 건 그 교단이 계속 발전하고 있고 자금도 넉넉하다는 거야. '선구'의 소유지는 점점 넓어지고 시설은 더욱 확충되었지. 그 땅을 둘러싼 담장도 한층 강고해졌고."

"그리고 '선구'의 원래 리더였던 후카다 씨의 이름은 어느새 전면에서 사라졌구요."

"그렇다네. 모든 것이 부자연스러워. 아무래도 이해할 수 없어." 에비스노 선생은 말했다. 잠깐 후카에리를 돌아보더니 다시 덴고에게로 눈을 돌렸다. "'선구'에는 뭔가 큰 비밀이 숨겨져 있어. 분명 어느 시점에 '선구' 내부에서 지각변동 같은 게 일어난 게 분명해. 그게 어떤 일인지 자세히는 모르겠네만. 하지만 그 일로 인해 '선구'는 농업 코뮌에서 종교단체로 크게 방향을 전환했어. 그리고 그때부터 바깥세상을 향해 활짝 열린 온건한 단체에서 철저한 비밀주의의 삼엄한 단체로 표변했어.

내 생각에는 그 시점에 '선구' 내부에서 쿠데타 같은 게 일어났어. 그리고 거기에 후카다가 휘말렸을 게야. 전에도 말했지만 후카다는 종교적인 성향이라고는 털끝만큼도 없어. 철두철미 유물론자야. 자신이 설립한 공동체가 종교단체로 노선을 변경하려는 것을 목도하고도 두 손 놓고 있을 사람이 아니지. 전력을 다해 그런 흐름을 저지하려고 했을 게야. 아마도 그때 그는 결국 '선구' 내부의 주도권 다툼에서 패했던 게 아닐까."

덴고는 거기에 대해 생각해보았다. "말씀은 알겠습니다만, 만일 그렇다면 후카다 씨를 '선구'에서 추방하면 끝날 일이 아닐까요? '여명'과 평화적으로 결별했을 때처럼요. 굳이 그를 감금할 필요는 없을 텐데요."

"맞는 말이야. 일반적으로 생각한다면, 사람을 감금하는 번거로운 짓을 할 필요는 없겠지. 하지만 후카다가 '선구'의 비밀 같은 것을 쥐고 있었다면 어떨까. 세상에 밝혀지면 크게 불리할 종류의 비밀을 말이야. 그래서 단순히 후카다를 축출하는 것만으로 넘어갈 수 없었는지도 모르네.

후카다는 처음 공동체를 설립한 자로서 오랜 세월 실질적인 지도자 역할을 해왔어. 거기서 지금까지 어떤 일이 있었는지 낱낱이 목격했겠지. 어쩌면 지나치게 많은 것을 알고 있는 사람이었을 게야. 게다가 후카다는 사회적으로도 상당히 이름이 알려져 있어. 후카다 다모쓰라는 이름은 그 시대의 하나의 현상으로 통하고, 아직도 어떤 자리에서는 카리스마적인 기능을 하고 있어. 후카다가 '선구' 밖으로 튀어나온다면 그 발언과 행동은 싫더라도 사람들의 이목을 끌게 돼.

그렇다면 후카다 부부가 혹시 이탈을 원한다 해도 '선구' 측으로서는 간단히 두 사람을 놓아줄 수 없었겠지."

"그래서 그의 딸 후카에리를 작가로서 센세이셔널하게 데뷔시키고 「공기 번데기」를 베스트셀러에 올려 세상의 관심을 끌어서, 그 교착상태를 측면에서 뒤흔들어볼 생각이시군요."

"지난 칠 년은 충분히 긴 세월이었네. 그동안 별별 짓을 다 해봤어. 하지만 아무것도 밝혀지지 않았지. 이제는 과감한 수단을 쓰지 않을 수 없어. 그러지 않고서는 수수께끼는 영원히 풀리지 않을 게야."

"후카에리를 미끼 삼아 큰 호랑이를 산 속에서 불러내려고 하시는군요."

"무엇이 나올지는 아무도 모르네. 반드시 호랑이가 나온다고 할 수는 없어."

"하지만 이야기 흐름상, 선생님은 뭔가 폭력적인 사태를 염두에 두신 것처럼 보이는데요."

"그럴 가능성이 없지 않지." 선생은 사려 깊게 대답했다. "자네도 아마 잘 알 게야. 폐쇄적인 동질 집단에서는 다양한 일이 일어날 수 있어."

무거운 침묵이 흘렀다. 그 침묵을 깨고 후카에리가 입을 열었다.

"리틀 피플이 왔기 때문이에요." 그녀는 작은 소리로 말했다.

덴고는 선생 옆에 앉은 후카에리의 얼굴을 보았다. 그녀의 얼굴은 항상 그렇듯이 표정이라는 게 결여되어 있었다.

"리틀 피플이 찾아왔고, 그래서 '선구' 내부의 뭔가가 바뀌었다는 거니?" 덴고는 후카에리에게 물었다.

후카에리는 그 질문에는 대답하지 않았다. 블라우스 맨 위 단추를 손가락으로 만지작거리고 있었다.

에비스노 선생이 후카에리의 침묵을 감싸주듯이 입을 열었다. "에리가 묘사한 그 리틀 피플이 무엇을 의미하는지, 나는 모르네. 에리도 리틀 피플이 무엇인지 언어로 설명하지 못해. 혹은 설명할 생각이 없는 모양이야. 하지만 어쨌든 농업 코뮌 '선구'가 종교단체로 급격히 방향을 전환할 때, 리틀 피플이 뭔가 큰 역할을 했다는 것만은 분명한 거 같아."

"혹은 리틀 피플적인 어떤 것이." 덴고는 말했다.

"맞는 말일세." 선생은 말했다. "그것이 리틀 피플인지, 혹은 리틀 피플적인 어떤 것인지는 나도 모르겠어. 하지만 적어도 에리는 소설 「공기 번데기」에 리틀 피플을 등장시킴으로써 뭔가 중요한 사실을 말하려고 하는 것 같아."

선생은 잠시 자신의 두 손을 바라보다가 이윽고 얼굴을 들고 말했다.

"자네도 잘 알겠지만, 조지 오웰은 소설 『1984년』에서 빅 브라더라는 독재자를 등장시켰어. 물론 스탈린주의를 우화적으로 그린 것이지. 그리고 빅 브라더라는 용어는 그 이후 일종의 사회적 아이콘이 되었네. 그건 오웰의 공적이겠지. 그리고 바로 지금, 실제 1984년에 빅 브라더는 너무도 유명하고 너무도 빤히 보이는 존재가 되고 말았어. 만일 지금 우리 사회에 빅 브라더가 출현한다면 우리는 그 인물을 가리키며 이렇게 말하겠지. '조심해라. 저자는 빅 브라더다!' 하고. 다시 말해 실제 이 세계에는 더이상 빅 브라더가 나설 자리는 없네. 그 대신 이 리틀 피플이라는 것이 등장했어. 상당히 흥미로운 언어적 대비라고 생각지 않나?"

선생은 덴고의 얼굴을 지그시 쳐다보며 웃음 비슷한 것을 떠올렸다.

"리틀 피플은 눈에 보이지 않는 존재야. 그것이 선한 것인지 악한 것인지, 실체가 있는지 없는지, 그것조차 우리는 알지 못하지. 하지만 그건 분명하게 우리의 발밑을 서서히 무너뜨리고 있어." 선생은 거기서 잠시 틈을 두었다. "후카다 부부에게, 또한 에리에게 무슨 일이 일어났는지 알기 위해서는 리틀 피플이 무엇인지를 먼저 알아내야 해."

"그러니까, 선생님은 리틀 피플을 불러내시려는 건가요?" 덴고는 물었다.

"실체가 있는지 없는지도 모르는 것을 불러낸다. 과연 우리가 그럴 수 있을까?" 선생은 말했다. 웃음이 아직도 입가에 머물러 있었다. "자네가 말한 '큰 호랑이'가 더 현실적일 텐데 말이야."

"어떻든 에리를 미끼로 삼는다는 건 달라지지 않습니다."

"아니, 미끼라는 말은 적절하다고 할 수 없어. 소용돌이를 일으킨다는 게 오히려 가깝겠지. 이윽고 주변의 것들이 서서히 그 소용돌이에 휘말릴 게야. 나는 그것을 기다리고 있어."

선생은 손끝을 천천히 허공에서 회전시켰다. 그리고 말을 이어갔다.

"그 소용돌이의 중심에 있는 건 에리야. 소용돌이의 중심에 있는 것은 움직일 필요가 없어. 움직이는 건 그 주위의 모든 것이지."

덴고는 조용히 선생의 말을 듣고 있었다.

"자네의 과격한 비유를 그대로 빌리자면 에리뿐만 아니라 우리 모두가 미끼라고 하는 게 옳을 게야." 그리고 선생은 눈을 가늘게 하고 덴고의 얼굴을 보았다. "자네까지 포함해서."

"저는 그저 「공기 번데기」의 개작을 맡았을 뿐입니다. 말하자면 밑바닥 기술자인 셈이죠. 고마쓰 씨가 맨 처음 제게 말했던 게 그것이었어요."

"그랬군."

"하지만 중간부터 이야기가 조금씩 달라졌습니다." 덴고는 말했다. "그건 즉 고마쓰 씨의 원래 계획을 선생님이 수정하셨다는 건가요?"

"아니, 수정할 마음은 없어. 고마쓰는 그 나름대로 계획이 있고, 나는 나대로 계획한 게 있지. 현재로서는 그 두 계획의 방향이 일치하고 있어."

"두 분의 계획이 상승하는 형태로 진행되는 셈이군요."

"그렇다고 할 수도 있겠지."

"목적지가 다른 두 사람이 같은 말을 타고 달린다. 어느 지점까지는 같은 길이지만 그다음 일은 알 수 없다……"

"자네는 글쟁이답게 표현이 제법이야."

덴고는 한숨을 내쉬었다. "제 생각에는 전망이 그리 밝지만은 않습니다. 하지만 이미 뒤로 물러설 수는 없을 것 같군요."

"혹시 뒤로 물러서더라도 원래 자리로 돌아가기는 어렵겠지." 선생은 말했다.

대화는 거기서 끝났다. 덴고도 더이상 할말이 생각나지 않았다.

에비스노 선생은 먼저 자리에서 일어섰다. 근처에서 누군가를 만날 일이 있다고 했다. 후카에리는 남았다. 덴고와 후카에리는 잠시 둘이 마주앉아 침묵하고 있었다.

"배고프지 않아?" 덴고가 물었다.

"별로." 후카에리는 말했다.

찻집이 붐비기 시작해서 두 사람은 누가 먼저랄 것도 없이 자연스럽게 자리에서 일어섰다. 그리고 정처도 없이 한참이나 신주쿠 거리를 걸었다. 어느새 여섯시 가까운 시각이어서 수많은 사람들이 역을 향해 빠른 걸음으로 흘러갔지만 하늘은 아직 환했다. 초여름 햇살이 도시를 감싸고 있었다. 지하 찻집에서 나왔더니 그 환한 빛이 묘하게 인공적으로 느껴졌다.

"어디 갈 데 있어?" 덴고가 물었다.

"갈 데 없어요." 후카에리는 말했다.

"집까지 바래다줄까?" 덴고가 말했다. "그러니까, 시나노마치의 맨션까지 말이야. 오늘은 거기서 자고 가는 거지?"

"거기는 안 가요." 후카에리는 말했다.

"어째서?"

그녀는 거기에는 대답하지 않았다.

"그 집에는 가지 않는 게 좋을 것 같다는 얘기야?" 덴고는 물어보았다.

후카에리는 말없이 고개를 끄덕였다.

어째서 그 집에는 가지 않는 게 좋겠다고 생각하는지 물어보고 싶었지만, 어차피 제대로 된 대답은 나오지 않을 거라는 생각이 들었다.

"그럼 선생 댁으로 가려고?"

"후타마타오는 너무 멀어요."

"따로 또 갈 곳이 있어?"

"당신 집에서 자도 돼요." 후카에리는 말했다.

"그건 좀 안 좋을지도 모르겠는데." 덴고는 신중하게 단어를 고르며 대답했다. "집도 좁고, 나 혼자 살고 있고, 에비스노 선생님도 아마 허락을 안 하실 거야."

"선생님은 그런 거 신경 안 써요." 후카에리는 말했다. 그리고 어깨를 움츠리는 듯한 몸짓을 해 보였다. "나도 신경 안 써요."

"나는 신경이 쓰일 거 같은데." 덴고는 말했다.

"왜요."

"그러니까……" 하고 말했지만 그다음 말이 이어지지 않았다. 자신이 무슨 말을 하려고 했는지 덴고는 생각이 나지 않았다. 후카에리와 대화할 때면 이따금 이렇게 된다. 자신이 어떤 맥락에서 이야기를 했는지, 문득 흐름을 잃어버린다. 갑작스레 강한 바람이 불어와 연주하던 악보를 날려버리듯이.

후카에리는 오른손을 내밀어 가만히 위로하듯이 덴고의 왼손을 잡았다.

"당신은 잘 몰라요." 그녀는 말했다.

"이를테면 어떤 것을?"

"우리는 하나가 되었어요."

"하나가 되었다고?" 덴고는 놀라서 물었다.

"책을 함께 썼어요."

덴고는 손바닥에 후카에리의 손가락 힘을 느꼈다. 강하지는 않지만 균일하고 확실한 힘이었다.

"그래. 우리는 「공기 번데기」를 함께 썼어. 호랑이에게 잡아먹힐 때도 함께일 거야."

"호랑이는 안 나와요." 후카에리는 드물게도 진지한 목소리로 말했다.

"그거 다행이네." 덴고는 말했다. 하지만 그 말이 딱히 행복한 기분을 가져다주지는 못했다. 호랑이는 안 나올지 모르지만, 그 대신 대관절 어떤 것이 튀어나올지 모른다.

두 사람은 신주쿠 역의 차표 판매소 앞에 섰다. 후카에리는 덴고의 손을 잡은 채 그의 얼굴을 쳐다보고 있었다. 사람들이 빠른 걸음으로 두 사람 주위를 강물처럼 지나쳐갔다.

"그래, 우리집에서 자고 싶으면 그렇게 해." 덴고는 체념하고 말했다. "나는 소파에서 자면 되니까."

"고마워요." 후카에리는 말했다.

그녀에게 감사의 말을 들은 건 이게 처음이라고 덴고는 생각했다. 아니, 어쩌면 처음이 아닌지도 모른다. 하지만 전에 그 말을 들은 게 언제였는지, 아무래도 생각이 나지 않았다.

제*19*장 아오마메

Q
비밀을 함께 나누는 여자들

"리틀 피플?" 아오마메는 소녀의 얼굴을 들여다보며 친근한 목소리로 물었다. "쓰바사, 리틀 피플이 누구니?"

하지만 그 말만 얼핏 던져놓고 쓰바사의 입은 다시 굳게 닫히고 눈동자도 전처럼 깊이를 잃었다. 그 한마디를 한 것만으로도 에너지의 대부분을 써버린 것처럼.

"네가 아는 사람이야?" 아오마메는 물었다.

역시 대답은 없었다.

"이 아이는 그 말을 지금까지 몇 차례나 했습니다." 노부인은 말했다. "리틀 피플. 무슨 말인지는 모르겠지만."

리틀 피플이라는 말은 불길한 울림을 품고 있었다. 아오마메의 귀는 그 희미한 울림을 먼 곳의 천둥소리를 들을 때처럼 감지할 수 있었다.

아오마메는 노부인에게 물었다. "그 리틀 피플이 쓰바사의 몸에

해를 가한 걸까요?"

노부인은 고개를 저었다. "모르겠어요. 하지만 그것이 무엇이건 리틀 피플이라는 것이 이 아이에게 중요한 의미라는 건 틀림이 없겠지요."

소녀는 테이블 위에 자그마한 두 손을 나란히 얹고 자세를 바꾸지도 않고 흐릿한 눈으로 허공의 한 점을 응시하고 있었다.

아오마메는 노부인에게 물었다. "대체 무슨 일이 있었죠?"

노부인은 담담한 어조로 말했다. "성폭행의 흔적을 뚜렷하게 볼 수 있었어요. 그것도 수없이 반복된 흔적이에요. 외음부와 질에는 심하게 찢긴 상처들이 있고, 자궁 내부에도 상처가 있었어요. 미처 성숙하지 않은 조그만 자궁에 성인 남성의 딱딱한 성기가 삽입되었기 때문이지요. 그로 인해 난자의 착상부가 심하게 파열되었습니다. 성장하더라도 임신은 불가능할 거라고 의사는 진단하고 있어요."

노부인은 반쯤은 의도적으로 소녀 앞에서 그런 생생한 표현을 하는 것처럼 보였다. 쓰바사는 그런 말을 조용히 듣고만 있었다. 그 표정에서 변화라고 할 만한 것은 찾아볼 수 없었다. 이따금 입술이 작은 움직임을 보였지만 거기에서 소리가 되어 나오는 일은 없었다. 그녀는 어디 먼 곳의 낯선 사람에 대한 이야기에 반쯤 의례적으로 귀를 기울이고 있는 것처럼 보였다.

"그뿐만이 아니에요." 노부인은 조용히 말을 이었다. "혹시 치료를 받고 자궁의 기능이 회복된다 해도 이 아이는 아마 앞으로 어느 누구와도 성행위를 원하는 일이 없을 거예요. 이만큼 심한 손상을 입은 걸 보면 삽입은 상당한 통증을 수반했을 것이고, 그것이 수없이 거듭되었겠지요. 그 아픔의 기억이 쉽게 지워질 리 없습니다. 내 말, 이해하겠지요?"

아오마메는 고개를 끄덕였다. 그녀의 두 손은 무릎 위에서 단단히 깍지를 끼었다.

"이 아이 안에 준비되어 있는 난자는 갈 곳을 잃은 것이지요. 그것은……" 노부인은 쓰바사를 잠깐 바라보고 나서 말을 이었다. "이제 쓸모없는 것이 되었어요."

쓰바사가 이 이야기를 어디까지 이해하는지, 아오마메는 알 수 없었다. 하지만 무엇을 이해하고 있건 그녀의 살아 있는 감정은 어딘가 다른 곳에 가 있었다. 적어도 지금 이 자리에는 없다. 그 마음은 다른 어딘가, 자물쇠가 채워진 작고 컴컴한 방에 갇혀버린 것 같았다.

노부인은 말을 이었다. "임신하고 아기를 낳는 것이 여성의 유일한 삶의 보람이라는 건 아니에요. 어떠한 인생을 선택하느냐는 각자의 자유겠지요. 하지만 한 여성이 여성으로서 당연히 가져야 할 타고난 권리를 누군가가 폭력으로 일찌감치 빼앗아갔다는 건 아무리 생각해도 용서하기 어려운 일입니다."

아오마메는 말없이 고개를 끄덕였다.

"참으로 용서하기 어려운 일이지요." 노부인은 다시 한번 말했다. 그녀의 목소리가 희미하게 떨리는 것을 아오마메는 느꼈다. 감정을 억누르기가 점점 힘들어 보였다. "이 아이는 어딘가에서 홀로 도망쳐나왔습니다. 어떻게 도망쳐나왔는지는 모르겠어요. 하지만 여기 말고는 갈 곳도 없는 아이예요. 여기 말고는 어느 곳도 이 아이에게는 안전하다고 할 수 없기 때문이지요."

"이 아이의 부모는 어디 있죠?"

노부인은 몹시 언짢은 얼굴로 테이블을 손톱 끝으로 가볍게 두드렸다. "이 아이의 부모가 어디 있는지는 알고 있습니다. 하지만 그런 참혹한 짓을 용인해준 게 바로 이 아이의 부모예요. 이 아이는 친부모의 품에서 도망쳐나온 셈이지요."

"그러니까, 부모가 자신의 친딸이 누군가에게 성폭행당하는 것을 허락했다는 말씀이세요?"

"허락뿐만이 아니에요. 장려하기까지 했어요."

"어떻게 그런 짓을……" 아오마메는 말했다. 그다음 말이 제대로 이어지지 않았다.

노부인은 고개를 저었다. "참으로 끔찍한 이야기지요. 어떻게도 용서할 수 없는 일입니다. 하지만 거기에는 일반 상식으로는 설명할 수 없는 사정이 있었어요. 단순한 가정폭력 같은 것과는 달라요. 이건 반드시 경찰에 신고해야 한다고 의사는 말하더군요. 하지만 나는 신고하지 말아달라고 부탁했어요. 각별하게 지내온 분이었기 때문에 가까스로 설득할 수 있었지요."

"어째서요?" 아오마메는 물었다. "어째서 경찰에 신고하지 않으셨어요?"

"이 아이가 당한 일은 명백히 인륜을 저버린 행위이고 사회적으로도 간과할 수 없는 일입니다. 무거운 형사죄로 처벌하는 게 마땅한 비열한 범죄지요." 노부인은 단어를 신중하게 고르며 말했다. "하지만 지금 여기서 경찰에 신고해봤자 그들이 대체 어떤 조치를 취할 수 있을까요? 지금 보는 대로 이 아이는 거의 말을 하지 못해요. 무슨 일을 당했는지, 자신의 몸에 무슨 일이 일어났는지, 제대로 설명도 못 하겠지요. 혹시 설명한다고 해도 그게 사실이라고 증명할 방도가 없어요. 만일 경찰 손에 이 아이를 넘긴다면 그대로 부모에게 돌려보내질 가능성이 높아요. 경찰로서는 달리 보낼 곳도 없고, 어떻든 부모는 친권을 갖고 있으니까요. 이 아이가 그렇게 부모에게로 돌아가면 아마 또다시 같은 일이 반복되겠지요. 절대로 그렇게 만들 수는 없습니다."

아오마메는 수긍했다.

"이 아이는 내 손으로 키울 겁니다." 노부인은 단호하게 말했다. "어디에도 내주지 않아요. 부모가 찾아오건 누가 찾아오건 내줄 마음이 없습니다. 어딘가에 감춰두고 내가 키우겠어요."

아오마메는 잠시 노부인과 소녀를 번갈아 바라보았다.

"이 아이에게 성폭행을 가한 남자가 누군지는 알 수 있나요? 한 사람 짓인가요?" 아오마메는 물었다.

"알고 있습니다. 한 사람이에요."

"하지만 그 사람을 고소하는 건 불가능하군요."

"그자는 강한 영향력을 갖고 있어요." 노부인은 말했다. "대단히 강하고 직접적인 영향력을 갖고 있지요. 이 아이의 부모는 그 영향력 아래에 있었어요. 그리고 지금도 그렇지요. 그들은 그자의 명령에 따라 움직이는 사람들이에요. 인격이나 판단능력을 갖지 못한 사람들이에요. 그들에게는 그자가 하는 말만이 절대적으로 옳은 것이지요. 그래서 제 친딸을 그에게 바쳐야 한다는 말을 들으면 그것을 거스르지 못해요. 그자가 하는 말을 고스란히 받아들여 희희낙락 딸을 바쳤어요. 거기서 무슨 일이 일어날지 뻔히 알면서도."

노부인의 말을 이해하기까지 잠시 시간이 걸렸다. 아오마메는 한참 머리를 굴려 상황을 정리했다.

"그건 무슨 특수한 단체인가요?"

"그래요. 편협하고 병든 정신을 공유하는 특수한 단체지요."

"사이비 종교 같은?" 아오마메는 물었다.

노부인은 고개를 끄덕였다. "그렇답니다. 그것도 지극히 악질적이고 위험한 종교단체예요."

그럴 것이다. 이건 광신적인 사이비 종교가 아니고서는 있을 수 없는 일이다. 명령받은 대로 움직이는 사람들. 인격이나 판단능력을 갖지 못한 사람들. 이것과 똑같은 일이 내 몸에 일어났어도 이상할 거 없었다, 아오마메는 입술을 깨물며 생각했다.

물론 '증인회' 내부에서 성폭행 같은 일이 일어난 적은 없었다. 적어도 그녀의 몸에는 성적인 종류의 위협은 없었다. 주위의 '형제자매'는 모두 온화하고 성실한 사람들이었다. 신앙에 대해 진지하게 생각하고 그 교리를—어떤 경우에는 목숨을 걸고—존중하며 살아가는 사람들이었다. 하지만 올바른 동기가 언제나 올바른 결과를 몰고 온다고 할 수는 없다. 그리고 성폭행이라는 것은 반드시 육체만을 표적으로 삼는 것은 아니다. 폭력이 언제나 눈에 보이는 형태를 취한다고 할 수 없고, 반드시 피를 흘리는 것만이 상처라고는 할 수 없듯이.

쓰바사는 아오마메에게 같은 나이 때의 자신의 모습을 떠올리게 했다. 나는 내 의지로 어떻게든 그곳에서 빠져나올 수 있었다. 하지만 이 아이는, 이토록 심각한 고통을 받은 이 아이는 더이상 돌이킬 수 없을지도 모른다. 두 번 다시 자연스러운 마음을 회복할 수 없을지도 모른다. 그렇게 생각하니 아오마메는 가슴이 격렬하게 아려왔다. 아오마메가 쓰바사 안에서 찾아낸 것은 그랬을지도 모르는 자기 자신의 모습이었다.

"아오마메 씨." 노부인은 비밀을 털어놓듯이 말했다. "지금이니까 하는 말이지만, 나는 실례인 줄 알면서도 당신의 신원조사를 했었답니다."

그 말에 아오마메는 문득 정신을 차리고 노부인의 얼굴을 보았다.

노부인은 말했다. "처음 이곳에서 당신을 만나고 이야기를 나눈 바로 뒤였어요. 불쾌하게 생각하지 않았으면 좋겠군요."

"아뇨, 불쾌하게 생각하지 않아요." 아오마메는 말했다. "제 신원을 조사하신 것은 현재 입장에서 당연하신 일입니다. 우리가 하는 일은 평범한 일이 아니니까요."

"그렇답니다. 우리는 몹시 미묘하고 가느다란 외줄 위를 걷고 있어요. 그렇기 때문에 우리는 서로를 신뢰하지 않으면 안 됩니다. 하지만 상대가 누구건, 잘 알지 못하는 상태에서 그 사람을 신뢰할 수는 없겠지요. 그래서 당신에 관한 모든 것을 조사하라고 지시했습니다. 현재부터 한참 과거까지. 물론 거의 모든 것이라는 뜻이에요. 한 사람에 대해 모든 것을 완전히 알아낸다는 건 어느 누구도 불가능한 일이지요. 아마 신이라도."

"악마라도." 아오마메는 말했다.

"악마라도." 노부인은 되풀이했다. 그리고 희미한 미소를 지었다. "당신이 소녀시절에 종교와 관련해 마음에 큰 상처를 입었다는 걸 알아요. 당신 부모님은 열성적인 '증인회' 신자였고 지금도 그렇지요. 그리고 당신이 신앙을 버린 것을 결코 용서하지 않아요. 그것이 지금도 당신을 괴롭히고 있지요."

아오마메는 말없이 고개를 끄덕였다.

노부인은 말을 이었다. "내 솔직한 의견을 말하자면 '증인회'는 제대로 된 종교라고 할 수 없습니다. 만일 당신이 어린아이일 때 큰 부상을 입었거나 수술이 필요한 병에 걸렸다면 그대로 목숨을 잃었을지 몰라요. 성서 원문을 곧이곧대로 해석하는 교리를 내세워 생명 유지에 필요한 수술까지 부정하는 종교는 컬트 이외의 어떤 것도 아닙니다. 그것은 일정한 선을 뛰어넘은 도그마의 남용이에요."

아오마메는 고개를 끄덕였다. 수혈 거부의 교리는 '증인회' 어린이들에게 가장 먼저 머릿속에 주입되는 일이다. 신의 가르침에 어긋나는 수혈을 해서 지옥에 떨어지기보다는 청정한 몸과 영혼인 채로 죽어 낙원에 가는 것이 훨씬 더 행복하다. 아이들에게 그렇게 가르친다. 거기에 타협의 여지는 없다. 지옥에 떨어지느냐 낙원에 가느냐, 길은 그 둘 중 하나뿐이다. 아이들은 아직 비판 능력을 갖추고 있지 않다. 그러한 논리가 사회통념상으로, 혹은 과학적으로 올바른 것인지 아닌지 알지 못한다. 아이들은 부모에게서 배운 것을 그대로 믿는 수밖에 없다. 만일 내가 어린아이였을 때 수혈이 꼭 필요한 상황이 닥쳤다면, 나는 부모의 지시대로 수혈을 거부하고 그대로 죽는 길을 택했을 것이다. 그리고 낙원인지 어딘지 영문 모를 곳으로 실려갔으리라.

"그 교단은 유명한 곳인가요?" 아오마메는 물었다.

"'선구'라고 하는 곳이에요. 당신도 이름 정도는 들어봤을 거예요. 한때는 거의 매일같이 신문에 이름이 오르내렸으니."

아오마메는 그런 이름은 들은 기억이 없었다. 하지만 별말 없이 애매하게 고개를 끄덕였다. 그렇게 해두는 게 좋을 것 같았기 때문이다. 그녀는 자신이 본래의 1984년이 아니라 몇 가지가 변경된 1Q84년이라는 세계에서 살고 있다는 것을 어렴풋이 자각하고 있었다. 아직은 가설에 지나지 않지만, 그것은 하루하루 리얼리티를 더해간다. 그리고 자신이 알지 못하는 정보가 그 새로운 세계에는 아직 많은 듯했다. 그녀는 더욱더 조심스러운 태도를 취할 필요가 있었다.

노부인은 이야기를 계속했다. "'선구'는 원래 작은 농업 코뮌으로 시작했습니다. 도시에서 도피한 신좌익 그룹이 그곳의 핵심이었어요. 하지만 어느 시점부터 갑자기 방향을 전환해서 종교단체로 바뀌었습니다. 그 전향의 이유나 경위는 잘 알려져 있지 않아요. 그것도 참 기묘한 이야기지요. 하지만 어떻든 대부분의 멤버들이 그 종교단체에 그대로 남았던 모양이에요. 지금은 종교법인으로 인증을 받았지만, 교단의 실체는 거의 세상에 드러나지 않았습니다. 기본적으로는 불교의 밀교 쪽에 속한다는데, 아마도 교리는 종이로 만든 연극 소품 같은 것이겠지요. 하지만 교단은 급속히 신자가 불어나서 점점 규모가 커져가고 있어요. 지난번의 그 엄청난 사건과 분명히 관련이 있었는데도 교단 이미지는 전혀 피해를 입지 않았다는군요. 깜짝 놀랄 만큼 영리하게 대처했기 때문이에요. 오히려 큰 홍보효과를 거두었을 정도지요."

노부인은 잠시 한숨을 돌리고 나서 다시 말을 이었다.

"세상에는 거의 알려지지 않았지만, 이 교단에는 '리더'라고 불리는 교주가 있어요. 그자는 특수한 능력을 가진 것으로 간주되고 있지요. 그 능력을 사용하여 때로는 난치병을 치료하고 미래를 예언하고 다양한 초자연적 현상을 일으키기도 한다는군요. 물론 모두 잘 짜맞춘 사기극이 틀림없겠지만, 아무튼 그런 것 때문에도 사람들이 빠져들게 된다고 합니다."

"초자연적 현상?"

노부인은 아름다운 선을 이룬 양쪽 눈썹을 좁혔다. "그것이 어떤 의미인지 구체적인 것까지는 모르겠어요. 솔직히 말해 나는 그런 오컬트적인 현상에는 전혀 흥미가 없습니다. 옛날부터 그 비슷한 사기 행위는 세계 곳곳에서 반복되어왔지요. 수법은 언제나 똑같아요. 그런데도 그런 비열한 사기는 시들 줄을 모릅니다. 세상의 대다수 사람들이 진실을 믿는 것이 아니라, 진실이었으면 하고 바라는 것을 믿기 때문이에요. 그런 사람들은 두 눈을 아무리 크고 똑똑하게 뜨고 있어도 실은 아무것도 보지 못해요. 그런 사람들을 상대로 사기를 치는 건 어린아이의 손목을 비트는 일만큼이나 간단하지요."

"선구." 아오마메는 입 밖에 내어 말해보았다. 무슨 특급열차 이름 같다고 그녀는 생각했다. 어떻든 종교단체 이름 같진 않다.

'선구'라는 이름을 듣자마자 그곳에 감춰진 특별한 여운에 반응하듯이 쓰바사가 일순 눈을 떨어뜨렸다. 하지만 곧바로 다시 눈을 들고 전과 똑같이 표정 없는 얼굴로 돌아왔다. 그녀 안에서 문득 작은 소용돌이가 일어났다가 금세 가라앉은 것처럼 보였다.

"그 '선구'라는 교단의 교주가 쓰바사를 성폭행했습니다." 노부인은 말했다. "영적인 깨달음을 부여한다는 구실을 붙여 그것을 강요했어요. 초경을 맞기 전에 그 의식을 거쳐야 한다고 부모에게 통고한 것이지요. 아직 더럽혀진 적이 없는 소녀에게만 순수한 영적인 깨달음을 부여할 수 있다, 그 과정에서 발생하는 격렬한 아픔은 한 단계 위로 상승하기 위한 피할 수 없는 관문이다, 라고 했답니다. 그리고 부모는 그 말을 고스란히 믿었어요. 인간이 어디까지 어리석을 수 있는지, 실로 놀라울 뿐이지요. 쓰바사의 경우만이 아니에요. 우리가 얻은 정보에 의하면 교단 내의 다른 소녀들에게도 똑같은 짓을 저질러왔어요. 교주는 비뚤어진 성적 기호를 가진 변태일 뿐이에요. 의심의 여지가 없습니다. 교단이니 교리는 그런 개인적인 욕구를 감추기 위한 편의적인 의상에 지나지 않아요."

"그 교주는 이름이 뭐죠?"

"유감스럽지만 아직 이름까지는 알지 못해요. 그저 '리더'라고 불릴 뿐이에요. 어떤 사람인지, 어떤 이력을 가졌고 어떻게 생겼는지도 밝혀지지 않았어요. 아무리 찾아봐도 정보가 나오지 않아요. 완전히 차단되어 있습니다. 야마나시 현 산 속의 교단본부에 틀어박혀서 사람들 앞에는 거의 나서지 않아요. 교단 안에서도 그를 만날 수 있는 사람은 극소수예요. 항상 어두운 장소에 머물고 거기서 늘 명상을 한다고 하더군요."

"그 인물을 그대로 둘 수 없다는 거군요."

노부인은 쓰바사를 잠시 바라보고, 그리고 천천히 고개를 끄덕였다. "더이상의 희생자가 나와서는 안 되지요. 그렇게 생각하지 않나요?"

"어떻게든 손을 써야겠지요."

노부인은 손을 내밀어 쓰바사의 손 위에 얹었다. 한참 동안 침묵 속에 몸을 담갔다. 그리고 입을 열었나. "그렇습니다."

"그 사람이 그런 변태적인 행위를 거듭한다는 건 틀림이 없나요?" 아오마메는 노부인에게 물었다.

노부인은 고개를 끄덕였다. "소녀들에 대한 성폭행이 조직적으로 이루어진다는 확실한 증거를 갖고 있어요."

"정말로 그렇다면 이건 분명 용서하기 어려운 일이에요." 아오마메는 조용한 목소리로 말했다. "말씀하신 대로 더이상의 희생자가 나와서는 안 되죠."

노부인의 마음속에서 몇 가지 상념이 뒤엉켜 서로 다투는 것 같았다. 그리고 노부인은 말했다.

"그 리더라는 인물에 대해 우리는 좀더 상세히, 좀더 깊이 알아볼 필요가 있어요. 애매한 점을 그대로 넘어갈 수는 없지요. 어떻든 사람의 목숨이 걸린 일이니."

"그 사람은 거의 모습을 드러내지 않는다고요?"

"그래요. 또한 경호도 삼엄합니다."

아오마메는 눈을 가느스름하게 하고 양복장 서랍에 챙겨둔 특제 아이스픽을 머릿속에 떠올렸다. 그 날카롭게 솟은 바늘 끝을. "어려운 일거리가 될 것 같군요." 그녀는 말했다.

"특별히 어려운 일거리지요." 노부인은 말했다. 그리고 쓰바사의 손에 얹었던 손을 내리고 가운뎃손가락으로 가볍게 미간을 짚었다. 그것은 노부인이—그리 자주 있는 일은 아니지만—미처 생각이 정리되지 않아 고민하고 있다는 표시였다.

아오마메는 말했다. "저 혼자 야마나시 현 산 속까지 찾아가 경비가 삼엄한 교단 안에 숨어들어 그 리더를 처리하고 조용히 빠져나온다는 건 현실적으로 꽤 어려울 것 같은데요. 닌자 영화라면 또 모르지만."

"당신에게 그렇게 무리한 부탁을 할 생각은 없답니다." 노부인은 진지한 목소리로 말했다. 그러고는 문득 그것이 농담이라는 것을 깨달은 듯 입가에 엷은 미소를 띠었다. "저런, 그런 건 논외지요."

"그리고 또 한 가지, 마음에 걸리는 게 있습니다." 아오마메는 노부인의 눈을 바라보며 말했다. "리틀 피플 말이에요. 리틀 피플이란 게 대체 뭔지. 그들이 쓰바사에게 대체 어떤 짓을 했는지. 리틀 피플에 대한 그런 정보도 어쩌면 꼭 필요할 것 같아요."

노부인은 손끝으로 미간을 짚은 채 말했다. "나도 그건 마음에 걸려요. 이 아이는 거의 입을 열지 않지만, 아까도 보았듯이 리틀 피플이라는 말은 몇 번이나 했어요. 아마도 뭔가 중요한 의미를 가진 말이겠지요. 하지만 리틀 피플이 무엇인지는 가르쳐주지 않아요. 그 이야기가 나오면 굳게 입을 닫아버립니다. 조금 더 시간을 주세요. 그것에 대해서도 조사해보지요."

"'선구'에 대해 좀더 상세한 정보를 얻을 방법이 있으신가요?"

노부인은 온화한 웃음을 지었다. "형체가 있는 것 중에 돈으로 살 수 없는 건 아무것도 없답니다. 그리고 나는 돈을 치를 준비가 되어 있어요. 특히 이번 일에 관해서는 시간은 좀 걸릴지도 모르겠으나, 필요한 정보는 반드시 입수하지요."

하지만 아무리 돈이 많아도 살 수 없는 것이 있다, 고 아오마메는 생각했다. 이를테면 달.

아오마메는 화제를 바꾸었다. "정말 쓰바사를 맡아 키울 생각이신가요?"

"물론 진심이지요. 정식으로 양녀 수속을 밟을 생각이에요."

"잘 아시겠지만 법률적인 수속이 간단하지는 않을 거예요. 사정이 사정이니만큼."

"물론 각오하고 있어요." 노부인은 말했다. "모든 수단을 동원할 거예요. 내가 할 수 있는 일은 무엇이든 다 할 생각이랍니다. 이 아이는 어느 누구의 손에도 넘겨주지 않아요."

노부인의 목소리에는 통절한 여운이 섞여 있었다. 그녀가 아오마메 앞에서 이렇게 자신의 감정을 드러낸 일은 한 번도 없었다. 아오마메는 그것이 조금 걱정스러웠다. 노부인은 아오마메의 표정에서 그런 의구심을 읽어낸 모양이었다.

그녀는 비밀을 털어놓듯이 목소리를 낮추어 말했다. "이건 아무에게도 말한 적 없는 얘기예요. 지금까지 내 가슴속에만 담아두었지요. 입 밖에 내기가 너무도 괴로웠기 때문이에요. 사실을 말하자면, 자살할 당시 내 딸은 임신중이었어요. 여섯 달째였지요. 아마 그 남자의 아이는 낳고 싶지 않았던 게지요. 그래서 태아를 길동무 삼아 목숨을 끊고 말았습니다. 만일 무사히 태어났다면 이 아이와 비슷한 또래가 되었겠지요. 그때 나는 소중한 두 목숨을 한꺼번에 잃은 거예요."

"힘드셨겠어요." 아오마메는 말했다.

"하지만 안심하세요. 그런 개인적인 사정이 내 판단력을 흐리게 하는 일은 없습니다. 당신을 헛되이 위험에 노출시키지는 않아요. 당신도 내게 소중한 딸입니다. 우리는 이미 한가족이에요."

아오마메는 말없이 고개를 끄덕였다.

"혈연보다 더 소중한 인연이 있답니다." 노부인은 조용한 목소리로 말했다.

아오마메는 다시 고개를 끄덕였다.

"그자는 무슨 일이 있어도 말살해야 합니다." 노부인은 자신에게 들려주듯이 말했다. 그러고는 아오마메의 얼굴을 보았다. "되도록 빠른 기회에 다른 세계로 보내버릴 필요가 있어요. 그자가 또다른 누군가를 상처입히기 전에."

아오마메는 테이블 맞은편에 앉은 쓰바사의 얼굴을 바라보았다. 그 눈동자는 어디에도 초점이 맺혀 있지 않았다. 소녀가 바라보는 것은 가상의 한 점에 지나지 않았다. 아오마메의 눈에 소녀는 마치 무언가가 빠져나가고 남은 빈 허물처럼 보였다.

"하지만 그와 동시에, 절대로 일을 서둘러서는 안 되지요." 노부인은 말했다. "우리는 주의 깊고 인내심 있게 움직여야 합니다."

아오마메는 노부인과 쓰바사라는 소녀를 방에 남겨두고 혼자서 세이프하우스를 나왔다. 쓰바사가 잠들 때까지 곁에 있겠노라고 노부인은 말했다. 1층 홀에서는 네 명의 여자들이 둥근 테이블에 둘러앉아 이마를 맞대고 작은 소리로 소곤소곤 이야기를 나누고 있었다. 아오마메의 눈에 그것은 현실의 풍경으로 보이지 않았다. 그녀들은 가상의 그림에서 구도를 취하고 있는 것처럼 보였다. 그림 제목은

'비밀을 함께 나누는 여자들'쯤 될까. 아오마메가 그 앞을 지나가도 그녀들이 만들어낸 구도는 변화를 보이지 않았다.

아오마메는 현관을 나서서 몸을 숙이고 잠시 독일 셰퍼드를 쓰다듬어주었다. 개는 반갑게 꼬리를 흔들었다. 그녀는 개를 만날 때마다 신기하다는 생각이 든다. 개는 왜 이토록 무조건적으로 행복해할 수 있는 걸까. 아오마메는 태어나서 지금껏 개도 고양이도 새도 전혀 키워본 일이 없다. 화분 하나 사들인 적이 없다. 그리고 그녀는 문득 생각나 하늘을 올려다보았다. 하지만 하늘에는 장마가 임박한 듯한 냄새를 풍기는 미끈한 회색구름이 뒤덮여 있어서 달은 보이지 않았다. 바람 없는 조용한 밤이었다. 구름 속에 달빛의 기척이 희미하게 엿보였지만, 달이 몇 개인지까지는 알 수 없었다.

전철역까지 걸어가면서 아오마메는 세계의 기묘함에 대해 생각했다. 노부인의 말처럼 만일 우리가 단순히 유전자의 탈것에 지나지 않는다면, 어째서 우리 인간 중 적지 않은 자들이 그토록 기묘한 형태의 인생을 살아가는 걸까. 우리가 심플한 인생을 심플하게 살고, 쓸데없는 건 생각하지 않고, 그저 생명유지와 생식에만 힘을 쏟으면, DNA를 전달한다는 그들의 목적은 충분히 달성될 게 아닌가. 인간들이 복잡하게 굴절된, 때로는 너무나 이상하다고밖에는 생각할 수 없는 종류의 삶을 사는 것이, 유전자에게 과연 어떤 메리트가 있다는 것일까.

초경 전의 소녀를 범하는 것에서 희열을 느끼는 남자, 기골이 장대한 게이 경호원, 수혈을 거부하며 스스로 죽어가는 신앙심 깊은 사람들, 임신 육 개월에 수면제를 먹고 자살하는 여자, 문제 있는 사내들의 뒷덜미에 날카로운 침을 꽂아 살해하는 여자, 여자를 증오하는 남자들, 남자를 증오하는 여자들. 그런 사람들이 이 세계에 존재하는 것이 과연 유전자에게 어떤 이익을 가져다주는 것일까. 유전자들은 그런 굴절된 에피소드를 컬러풀한 자극으로서 실컷 즐기고, 혹은 뭔가 또다른 목적을 위해 이용하는 것일까.

아오마메는 알지 못한다. 그녀가 아는 것은 자신은 이제 또다른 인생을 선택할 수는 없다는 것 정도다. 무엇이 어찌 되었든 나는 이 인생을 살아나가는 수밖에 없다. 반품하고 새 것으로 바꿔달라고 할 수는 없다. 그것이 아무리 기묘한 것일지라도, 일그러진 것일지라도, 그것이 나라는 탈것의 존재방식이다.

노부인과 쓰바사가 부디 행복해지면 좋겠다고, 아오마메는 걸으면서 생각했다. 만일 두 사람이 정말 행복해질 수만 있다면 자신이 희생되어도 상관없다는 생각까지 했다. 내게는 딱히 이렇다 할 미래 따위는 없으니까. 하지만 솔직히 그녀들이 앞으로 평온하고도 만족스러운 인생을—혹은 적어도 평범한 인생을—살아갈 수 있으리라고는 생각되지 않았다. 우리는 크건 작건 같은 부류야, 아오마메는 생각했다. 우리는 인생의 도정에서 저마다 너무 무거운 것을 짊어지고 말았다. 노부인이 말했듯이 우리는 한 가족 같은 것이다. 깊은 마음의 상처라는 공통 항목을 지니고, 어떤 결손을 끌어안고, 끝없는 싸움을 계속하는 확대가족.

그런 생각을 하는 사이에 문득 자신이 남자의 몸을 강하게 원한다는 것을 아오마메는 깨달았다. 정말이지 하필 왜 이런 때에 남자 생각이 나는 거야. 그녀는 고개를 내저었다. 이 성적인 흥분이 정신적인 긴장 때문에 몰려온 것인지, 아니면 그녀 안에 비축된 난자가 발하는 자연스러운 부름인지, 유선자의 굴절된 꿍꿍이인지, 아오마메는 판단이 되지 않았다. 하지만 그 욕망은 상당히 뿌리 깊은 것 같았다. 아유미라면 분명 "한바탕 신나게 뒹굴고 싶어"라고 표현할 대목이리라. 어쩌지, 하고 아오마메는 궁리했다. 항상 가는 바에 들러 적당한 남자를 찾아보는 것도 좋다. 롯폰기까지는 전철로 한 정거장이다. 하지만 아오마메는 오늘 너무나 지쳐 있다. 게다가 남자를 침대로 이끌 만한 차림새도 아니다. 화장도 안 하고 운동화에 스포츠클럽 비닐백을 들었다. 집에 돌아가 레드와인 한 병 따고 자위나 하고 자자, 고 그녀는 생각했다. 그게 가장 좋아. 그리고 달에 대해 고민하는 건 이제 관두자.

히로오에서 지유가오카까지 전철 맞은편 자리에 앉은 남자는 얼핏 보기에도 아오마메 취향이었다. 아마도 사십대 중반, 계란형 얼굴에 이마의 머리선이 약간 뒤로 물러났다. 두상도 나쁘지 않다. 뺨의 혈색이 좋고, 세련된 느낌의 가느다란 검은 테 안경을 쓰고 있다. 옷차림도 감각이 있다. 여름용 얇은 면 재킷에 흰 폴로셔츠, 가죽 서류가방을 무릎 위에 얹었다. 구두는 갈색 로퍼였다. 샐러리맨으로 보이지만 규칙이 딱딱한 회사는 아닌 것 같다. 출판사 편집자거나 작은 건축사무소에서 일하는 건축사, 혹은 어패럴 관련. 아마 대충 그 정도일 것이다. 그는 커버를 씌운 문고본을 몹시 열중해서 읽고 있었다.

가능하다면 아오마메는 지금 저 남자와 어딘가에 들어가 거친 섹스를 하고 싶었다. 그 남자의 딱딱해진 페니스를 자신이 움켜쥐고 있는 장면을 상상했다. 피의 흐름이 멈춰버릴 만큼 그것을 꽉 움켜쥐고 싶었다. 그리고 또다른 손으로는 두 개의 고환을 다정하게 마사지하는 것이다. 그녀는 무릎 위의 두 손이 근질거렸다. 모르는 사이에 손가락을 오므렸다 폈다 했다. 호흡을 할 때마다 어깨가 오르내렸다. 혀끝으로 자신의 입술을 천천히 핥았다.

하지만 그녀는 지유가오카 역에서 내려야 했다. 그 남자는 자신이 에로틱한 상상의 대상이 되었다는 건 꿈에도 알지 못한 채, 어디까지 가는지는 모르겠으나 그대로 자리에 앉아 계속 문고본만 읽었다. 맞은편 자리에 어떤 여자가 앉아 있건 말건 전혀 아무 관심도 없는 모양이다. 전철에서 내릴 때, 아오마메는 그 별볼일 없는 문고본을 쥐어뜯고 싶은 충동에 휩싸였다. 하지만 물론 생각만으로 그쳤다.

밤 한시, 아오마메는 침대에서 깊은 잠에 빠져 있었다. 그녀는 성적인 꿈을 꾸었다. 꿈속에서 그녀는 자몽 같은 크기와 모양의 아름다운 유방을 한 쌍 갖고 있다. 젖꼭지는 단단하고 큼직했다. 그녀는 그 젖가슴을 남자의 하반신에 대고 눌렀다. 옷은 발밑에 벗어던져버리고, 그녀는 벌거벗은 몸으로 다리를 벌린 채 잠들어 있다. 잠든 아오마메는 알 도리가 없지만, 하늘에는 그때도 두 개의 달이 나란히 떠 있었다. 하나는 옛날부터 있던 큰 달, 또 하나는 새로운 자그마한 달이다.

쓰바사와 노부인은 같은 방에서 잠이 들었다. 쓰바사는 체크무늬

새 파자마를 입고 침대 위에서 몸을 작게 오그리고 잠들었다. 노부인은 옷을 입은 채 독서용 의자에 몸을 기대고 잠이 들었다. 그녀의 무릎에는 담요가 덮여 있었다. 쓰바사가 잠이 들면 돌아갈 생각이었는데, 그만 그녀도 함께 잠이 들어버렸다. 높직한 주택지 안쪽 깊숙한 곳에 자리잡은 2층 건물 주위는 고요히 가라앉아 있다. 먼 도로에서 속도를 올리며 지나가는 오토바이의 날카로운 배기음이며 구급차 사이렌이 이따금 들려올 뿐이다. 독일 셰퍼드도 현관문 앞에 웅크리고 잠들었다. 창문에는 커튼이 드리워졌지만 수은등 불빛이 그것을 하얗게 물들이고 있었다. 구름이 드문드문 끊기기 시작하고 나란히 떠 있는 두 개의 달이 이따금 구름 틈새로 얼굴을 내보였다. 온 세상의 바다가 그 조류의 흐름을 조정하고 있었다.

쓰바사는 뺨을 베개에 꼭 붙이고 입을 가볍게 벌린 채 잠들었다. 숨결은 더할 나위 없이 조용하고 몸은 거의 움직이지 않는다. 이따금 어깨 끝이 살짝 경련하듯이 파르르 떨릴 뿐이다. 앞머리가 눈 위를 가렸다.

이윽고 그녀의 입이 천천히 열리고 거기에서 리틀 피플이 차례차례 나온다. 그들은 주위를 살피며 조심스럽게 한 사람, 또 한 사람 모습을 드러낸다. 노부인이 눈을 뜬다면 그들의 모습을 볼 수 있을 테지만 그녀는 깊이 잠들어 있다. 한참 동안 눈을 뜨지 않을 것이다. 리틀 피플은 그것을 알고 있다. 리틀 피플의 수는 모두 합해 다섯 명이었다. 쓰바사의 입에서 나올 때는 그녀의 새끼손가락만한 크기였지만, 완전히 밖으로 나오자 접이식 도구를 펼칠 때처럼 몸을 움찔움찔 틀어 30센티미터 정도의 크기가 되었다. 모두 아무런 특징 없이 비슷한 옷을 입고 있다. 얼굴 생김새도 특징이 없어서 한 사람 한 사람을 분간하는 건 불가능하다.

그들은 침대에서 바닥으로 살그머니 내려서서 침대 밑에서 고기만두 정도 크기의 물체를 끌어냈다. 그리고 그 주위에 둥그렇게 원을 그리고 모두 함께 그것을 열심히 만지작거리기 시작했다. 하얗고 탄력이 뛰어난 것이다. 그들은 허공에 손을 뻗어 거기에서 익숙한 손놀림으로 희고 반투명한 실을 잡아내고, 그 실을 사용해 말랑말랑한 물체를 조금씩 크게 만들어갔다. 그 실에는 적당한 점도가 있는 것처럼 보인다. 그들의 키는 어느새 60센티미터 가까이가 되었다. 리틀 피플은 자신의 키를 필요에 따라 자유롭게 바꿀 수 있다.

작업은 몇 시간째 이어지고, 다섯 명의 리틀 피플은 말 한마디 나누지 않고 일에 열중했다. 그들의 팀워크는 긴밀하고도 빈틈이 없었다. 쓰바사와 노부인은 그동안 몸 한번 움직이지 않고 깊이 잠들어 있었다. 세이프하우스의 다른 여성들도 모두 저마다의 침상에서 여느 때처럼 깊은 잠에 빠져 있었다. 독일 셰퍼드는 무슨 꿈이라도 꾸었는지 잔디 위에 몸을 웅크린 채 무의식의 깊은 안쪽에서 미약한 소리를 냈다.

머리 위에서는 두 개의 달이 약속이라도 한 듯 기묘한 빛으로 세계를 비추고 있었다.

제20장 덴고

Q

가엾은 길랴크 인

덴고는 잠들지 못했다. 후카에리는 그의 침대에서 그의 파자마를 입고 깊이 잠들어 있었다. 덴고는 작은 소파에 간단히 잘 준비를 했지만(곧잘 그 소파에서 낮잠을 자기 때문에 그리 불편하지는 않다), 누운 뒤에도 전혀 잠이 올 기미가 없어서 주방 테이블에 앉아 쓰고 있는 장편소설의 다음 부분을 썼다. 워드프로세서는 침실에 있었기 때문에 리포트 용지에 볼펜으로 썼다. 그래도 그는 그리 불편을 느끼지 않았다. 쓰는 속도나 기록의 보존에 관해서라면 워드프로세서는 분명 편리한 도구지만, 손을 움직여 종이에 글을 쓰는 고전적인 행위를 그는 사랑했다.

덴고가 한밤중에 소설을 쓰는 건 드문 일이다. 그는 바깥이 환할 때, 사람들이 일상적으로 바깥을 돌아다니는 때에 일하는 것을 좋아했다. 주위가 어둠에 잠겨 깊은 고요 속에 빠져 있는 시간에 글을 쓰면 문장은 이따금 지나치게 농밀해진다. 밤에 쓴 부분은 한낮의 환한

빛 속에서 다시 처음부터 고쳐 써야 할 때가 많았다. 그런 수고를 들이느니 처음부터 환한 시간에 글을 쓰는 게 낫다.

하지만 오랜만에 한밤중에 볼펜을 들고 글을 쓰고 있자니 머리가 부드럽게 회전했다. 상상력이 팔다리를 펴고 이야기가 자유롭게 움직였다. 하나의 아이디어가 또다른 아이디어로 흐르듯이 이어져나갔다. 그 흐름이 끊기는 일은 거의 없었다. 볼펜 끝은 쉼 없이 흰 종이 위에 고집스런 소리를 내며 자리를 옮겨갔다. 팔이 아파오면 볼펜을 내려놓고 피아니스트가 가상의 음계를 연습하듯이 오른손 손가락을 허공에서 움직였다. 시곗바늘은 한시 반을 가리키고 있었다. 신기할 만큼 바깥 소리가 들리지 않았다. 도시의 상공을 뒤덮은 두툼한 솜 같은 구름이 쓸데없는 소리들을 흡수해버린 모양이다.

그는 다시 볼펜을 손에 들고 리포트 용지에 언어들을 써내려갔다. 문장을 쓰던 도중에 문득 생각이 났다. 내일은 연상의 걸프렌드가 오는 날이다. 그녀는 항상 금요일 오전 열한시 전후에 찾아온다. 그전에 후카에리를 어딘가로 보내야 한다. 후카에리가 향수나 코롱을 사용하지 않는 게 다행이었다. 만일 누군가의 향기가 침대에 남아 있다면 연상의 걸프렌드는 금세 그것을 눈치 챌 것이다. 덴고는 그녀가 주의 깊고 질투심 강한 성격이라는 것을 잘 알고 있다. 자신이 남편과 이따금 섹스를 하는 것과 상관없이, 덴고가 다른 여자와 어울리면 진지하게 화를 냈다.

"부부 사이의 섹스하고는 좀 다르지." 그녀는 설명했다. "그건 개별회계 같은 거야."

"개별회계?"

"항목이 다르다는 얘기야."

"마음의 다른 부분을 사용한다는 건가?"

"그렇지. 사용하는 육체의 장소는 똑같아도 마음은 구분해서 쓰는 거야. 그러니까 그건 괜찮아. 성숙한 여성으로서 나는 그게 가능해. 하지만 네가 다른 여자애와 자는 건 용서 못 해."

"그런 거 안 했어." 덴고는 말했다.

"네가 다른 여자애하고 섹스를 하지 않았다고 해도." 걸프렌드는 말했다. "그럴 가능성이 있다는 생각만 해도 모욕당하는 느낌이 들어."

"그저 가능성이 있다는 것만으로도?" 덴고는 놀라서 물었다.

"너는 여자의 마음을 잘 모르는 거 같아. 소설을 쓴다는 사람이."

"그건 상당히 불공평한 것 같은데."

"그럴지도 모르지. 하지만 그 보상은 내가 꼭 해줄게." 그녀는 말했다. 그건 거짓말이 아니었다.

덴고는 그 연상의 걸프렌드와의 관계에 만족했다. 그녀는 일반적인 의미에서 미인이라고 하기는 어려웠다. 어느 쪽인가 하면 독특한 부류의 얼굴이다. 못생겼다고 느끼는 사람도 더러 있을지 모른다. 하지만 덴고는 왠지 그녀의 얼굴이 처음부터 마음에 들었다. 그녀는 또한 성적 파트너로서도 불만스러운 점이 전혀 없었다. 그리고 덴고에게 그리 많은 것을 요구하지 않았다. 일주일에 한 번, 서너 시간을 함께 보내며 정성들인 섹스를 하는 것. 가능하면 두 번 하는 것. 다른 여자에게는 접근하지 않는 것. 덴고에게 요구되는 건 기본적으로 그것뿐이다. 그녀는 자신의 가정을 소중히 여겼고, 덴고 때문에 그것을 파괴할 마음은 없었다. 다만 남편과의 섹스에서 충분한 만족을 얻을 수 없을 뿐이다. 두 사람의 이해관계는 대강 일치하고 있었다.

덴고는 다른 여자에게 딱히 욕망을 느끼지 않았다. 그가 원하는 것은 무엇보다 자유롭고 평온한 시간이었다. 정기적인 섹스의 기회가 확보된다면 더이상 여자에게 원할 것이 없었다. 비슷한 나이의 여자를 사귀고 사랑에 빠지고 성적인 관계를 갖고, 그것이 필연적으로 몰고 올 책임을 떠안는 건 그가 그리 환영하는 바가 아니었다. 거쳐야 할 몇몇 심리적인 단계, 가능성을 은근슬쩍 내비치기, 피하기 힘든 기대치의 충돌…… 그런 일련의 번거로운 것들은 가능하면 떠맡고 싶지 않았다.

책무라는 관념은 항상 덴고를 겁에 질리게 하고 꽁무니를 빼게 만들었다. 그는 지금까지 책무가 수반되는 입장을 교묘히 피해가면서 인생을 살아왔다. 복잡한 인간관계에 뒤엉키는 일 없이, 규칙에 얽매이는 일은 가급적 피하고, 빌리지도 빌려주지도 않고, 혼자 자유롭게, 아주 조용하게 살아가는 것. 그것이 그가 일관되게 추구해온 것이다. 그러기 위해서는 웬만한 불편은 참아낼 용의도 있었다.

책무에서 달아나기 위해 인생의 이른 단계에서부터 덴고는 자신을 눈에 띄지 않게 하는 방법을 몸에 익혔다. 남들 앞에서는 능력을 최소한으로 줄여서 내놓고, 개인적인 의견은 입에 올리지 않고, 전면에 나서기를 피하면서 자신의 존재감을 되도록 희박하게 하려 노력했다. 그는 아주 어릴 때부터 어느 누구에게도 기대지 않고 오로지 자기 혼자 힘으로 살아가야 하는 상황을 만났다. 하지만 어린아이에게는 현실적인 힘이 없다. 그래서 세찬 바람이 불기 시작하면 뒤편

그늘에 한껏 몸을 낮추고, 뭔가를 단단히 붙잡아 날려가지 않도록 해야 했다. 그런 계산을 언제나 머릿속에 넣어두고 살아야 했다. 디킨스의 소설에 나오는 고아들처럼.

지금까지는 모든 일이 대략 순조롭게 풀려왔다고 할 수 있다. 그는 줄곧 온갖 책무를 피해왔다. 대학에 남지도 않고 정식으로 취직도 하지 않고 결혼도 안 한 채, 비교적 자유로운 직업과 만족할 만한(그리고 요구는 적은) 성적 파트너를 찾아냈고, 넉넉한 여가를 이용해 소설도 썼다. 문학의 길에서 고마쓰라는 멘토를 만났고 그 덕분에 정기적인 문필 일거리도 받을 수 있었다. 그가 쓴 소설은 아직 햇빛을 보지 못했지만 현재로서는 살아가기에 경제적으로 힘이 들 정도는 아니다. 친한 친구도 없고 약속을 기다리는 애인도 없다. 지금까지 열 명 남짓한 여자들을 사귀고 성적인 관계를 가졌지만, 그중 누구와도 오래가지는 못했다. 하지만 적어도 그는 자유로웠다.

그런데 후카에리의 「공기 번데기」 원고를 손에 든 이후로 덴고의 그런 평온한 생활에 몇 가지 균열이 보이기 시작했다. 우선 그는 고마쓰가 세운 위험한 계획에 거의 반강제로 말려들었다. 아름다운 소녀는 개인적으로 그의 마음을 기묘한 각도에서 뒤흔들었다. 그리고 「공기 번데기」의 개작 작업은 덴고 안에 뭔가 내적인 변화를 일으켰다. 그 바람에 그는 자신의 소설을 쓰고 싶다는 강한 의욕에 내몰리게 되었다. 그건 물론 좋은 변화다. 하지만 그와 동시에 덴고가 지금까지 유지해온 거의 완벽한 자기충족의 생활 사이클에 어떤 변경이 요구되는 것도 사실이었다.

어쨌든 내일은 금요일이다. 걸프렌드가 찾아온다. 그때까지 후카에리를 어디론가 보내야 한다.

후카에리가 깨어난 것은 새벽 두시가 넘어서였다. 그녀는 파자마 차림으로 문을 열고 주방으로 나왔다. 그리고 큰 컵에 수돗물을 받아 마셨다. 그러고는 눈을 비비며 덴고의 맞은편 자리에 앉았다.

"내가 방해하고 있어요." 후카에리는 항상 그렇듯이 물음표 없는 의문형으로 물었다.

"괜찮아. 별로 방해될 거 없어."

"뭘 쓰고 있어요."

덴고는 리포트 용지를 덮고 볼펜을 내려놓았다.

"별거 아냐." 덴고는 말했다. "이제 슬슬 끝내려던 참이야."

"잠깐 같이 있어도 돼요." 그녀는 물었다.

"괜찮아. 나는 와인을 좀 마실 건데, 너도 뭐 마실래?"

소녀는 고개를 저었다. 아무것도 필요 없다는 뜻이다. "여기 잠깐 앉아 있고 싶어요."

"좋아. 나도 아직 졸리지 않으니까."

덴고의 파자마는 후카에리에게 너무 커서 그녀는 소매와 바짓단을 크게 접어올리고 입었다. 몸을 숙이자 옷깃 사이로 봉긋한 젖가슴이 살짝 보였다. 자신의 파자마를 입은 후카에리의 모습을 보고 있으려니 덴고는 묘하게 숨이 가빠왔다. 그는 냉장고를 열고 병 바닥에 조금 남아 있던 와인을 잔에 따랐다.

"배는 안 고파?" 덴고는 물었다. 집에 돌아오는 길에 두 사람은 고엔지 역 근처 작은 레스토랑에 들어가 스파게티를 먹었다. 많은 양은 아니었고 그로부터 꽤 시간이 지났다. "샌드위치 같은 간단한 거라면 해줄 수 있는데."

"배 안 고파요. 그보다 당신이 쓴 길 읽어줘요."

"내가 지금 쓴 것을?"

"그래요."

덴고는 볼펜을 들어 손가락 사이에 끼우고 빙글빙글 돌렸다. 그것은 그의 커다란 손 안에서 무척 작게 보였다. "끝까지 다 쓰고 완벽하게 수정한 다음이 아니면 아무에게도 원고를 보여주지 않아. 그게 내 징크스야."

"징크스."

"개인적인 규칙 같은 거."

후카에리는 잠시 덴고의 얼굴을 보았다. 그러고는 파자마 옷깃을 여몄다. "그럼 다른 책을 읽어줘요."

"책을 읽어주면 잠이 와?"

"응."

"그래서 에비스노 선생님에게 자주 책을 읽어달라고 했구나."

"선생님은 항상 새벽까지 깨어 있으니까."

"『헤이케 이야기』도 선생님이 읽어주셨어?"

후카에리는 고개를 저었다. "그건 테이프로 들었어요."

"그래서 외웠구나. 하지만 테이프 숫자가 엄청 많았을 텐데."

후카에리는 두 손으로 카세트테이프를 쌓아올린 분량을 보여주었다. "아주 길어요."

"기자회견에서는 어떤 부분을 암송했지?"

"낙향하는 요시쓰네."

"다이라 일문을 멸망시킨 뒤 미나모토 요시쓰네가 요리토모에게 쫓겨 교토를 떠나는 장면. 승리를 거둔 일족 내부에서 골육상쟁이 시작되지."

"맞아요."

"그밖에 또 어떤 부분을 암송할 수 있지?"

"듣고 싶은 데를 말해요."

덴고는 『헤이케 이야기』에 어떤 에피소드가 있었는지 생각해보았다. 엄청나게 긴 이야기이니 에피소드는 무수히 많다. "단노우라 해전." 덴고는 떠오르는 대로 말했다.

후카에리는 이십 초쯤 말없이 신경을 집중했다. 그러고는 암송을 시작했다.

미나모토 가의 군사들, 그새 다이라 가의 배에 우르르 옮겨왔으니
뱃사람도 사공도 더러는 활을 맞고 더러는 칼에 찔려
배의 향방을 잡지 못한 채 뱃바닥에 엎어지고 쓰러졌더라.
신중납언 도모모리, 작은 배를 타고 천황의 배로 건너가
"우리 세상은 여기까지오이다. 보기 사나운 것들일랑
모두 바다에 던져넣으소서" 하고 고물로 이물로 내달리며 쓸고 닦고
티끌을 주우며 몸소 소제(掃除)하였더라.
시녀들이 "신중납언 나리, 싸움은 어찌 되었소, 어찌" 하고 제가끔 물어대니

"이제 곧 진기한 간토(關東) 사내를 보게 될 것이오" 하며
껄껄껄 웃는지라 "어찌하여 이 판국에 농담을 하시오" 하고
소리소리 외쳐 부르짖더라.

이위 마마는 이 꼴을 보시고 평소에 각오하신 일인지라
먹빛 겹옷을 둘러쓰고 명주 너른바지 좌우로 걷어 꽂고
보물 구슬 옆구리에 끼고 보검을 허리에 차고 주상을 품에 안더니
"내 비록 여자의 몸이나 원수의 손에 떨어질 수는 없소.
필히 주상과 함께 가리다. 충성으로 생각코자 하는 이들은
서둘러 내 뒤를 따르시오" 하며 뱃전으로 걸어나가더라.

주상 올해 겨우 여덟 살이 되셨으나
그 연세 또래보다 한층 점잖으시어
용모 미려함이 주위조차 환하게 비추더라.
머리채는 검게 늘어져 허리까지 출렁이는구나.
망연자실 어찌할 줄 모르는 기색으로
"아마(尼)님, 나를 어디로 데려가려 하시오" 하고 여쭈시는지라
어리신 왕을 마주보며 눈물을 억누르고 말씀하시기를
"왕께서는 아직 알지 못하시오이까.
전세에 십선(十善) 계율을 지키신 공덕이 있어
금세에 만승천자로 태어나셨으나 악연이 원인으로
이미 그 운도 다하셨나이다.
우선 동쪽을 향하시어

이세(伊勢) 대신궁에 작별의 말씀 올리시고
그런 후에 서방정토의 마중을 받잡자 생각하시어
서쪽을 향하시고 염불을 올리소서.
이 나라는 속산변토(粟散邊土)로 마음도 불편하실 것이니
극락정토 좋은 곳에 함께 가시지요"
하고 울며울며 말씀을 올리시니,
산비둘기빛 어의(御衣)에 머리는 좌우로 갈라 빗어올리고
눈물로 얼굴을 적시며 작고 어여쁜 손을 합장하시고
우선 동쪽을 우러러 절하여
이세 대신궁에 작별의 말씀 올리시고
그후에 서쪽으로 향하여 염불을 외셨는지라,

이위 마마는 그대로 주상을 품에 안고 말씀하시기를 "바다 물결 아래에도 왕궁이 있나이다" 하고

위로하시고 천길 물 속으로 가라앉으시었다.

눈을 감고 그녀의 이야기를 듣고 있으려니 그야말로 눈 먼 비파법사(琵琶法師)의 음성에 귀를 기울이는 듯한 맛이 느껴졌다. 『헤이케 이야기』가 원래는 구전 서사시였다는 것을 덴고는 새삼 깨달았다. 후카에리의 평소 말투는 밋밋함 그 자체여서 강세와 억양을 거의 느낄 수 없었는데, 암송을 시작하자 그 목소리는 놀랄 만큼 힘차고 풍성하고 다양한 색조를 띠었다. 마치 무언가가 그녀에게 빙의한 듯한 느낌마저 들었다. 1185년 간몬 해협의 장렬하고 처절한 해상전투 장면이 거기에 선명하게 되살아났다. 다이라 가문의 패배가 이미 확실

해지자, 다이라 기요모리의 아내 도키코는 어린 안토쿠 천황을 안고 물에 뛰어든다. 시녀들도 간토 군사의 손에 떨어지는 것을 피해 그 뒤를 따른다. 신중납언 도모모리는 비통한 마음을 억눌러 감추고 시녀들에게 농담처럼 자해를 촉구한 것이다. 이대로 있으면 그대들은 생지옥을 맛보게 되리다. 여기서 스스로 목숨을 끊는 것이 낫소.

"좀더 계속해요." 후카에리가 물었다.

"아니, 그 정도면 됐어. 고마워." 덴고는 반쯤 넋이 나간 표정으로 말했다.

신문기자들이 할말을 잃었던 상황이 충분히 이해가 되었다. "어떻게 그런 긴 문장을 기억할 수 있지?"

"테이프로 몇 번이나 들었어요."

"테이프로 몇 번이나 들어도 보통사람은 도저히 외우지 못해." 덴고는 말했다.

그러고는 그는 문득 생각했다. 이 소녀는 책을 읽지 못하는 대신 귀로 들은 것을 그대로 기억하는 능력이 남다르게 발달한 건 아닐까. 서번트 증후군인 아이들이 엄청난 시각정보를 순식간에 고스란히 머릿속에 저장하는 것처럼.

"책을 읽어줘요." 후카에리는 말했다.

"어떤 책이 좋을까?"

"선생님과 아까 이야기했던 책 있어요." 후카에리는 물었다. "빅 브라더가 나오는 책."

"『1984년』? 그건 여기에 없어."

"어떤 이야기."

덴고는 머릿속에서 소설의 줄거리를 더듬었다. "한참 오래전에 학교 도서관에서 한번 읽어본 정도라서 자세한 건 기억나지 않지만, 아무튼 그 책이 출판된 게 1949년이니까 그 시점에서 1984년은 먼 미래였어."

"1984년은 올해인데."

"그래, 올해가 정확히 그 1984년이지. 미래도 언젠가는 현실이 돼. 그리고 그건 또 금세 과거가 되지. 조지 오웰은 소설에서 미래를 전체주의의 지배를 받는 암울한 사회로 묘사했어. 사람들은 빅 브라더라는 독재자에 의해 엄격한 관리를 받아. 정보는 제한되고 역사는 쉴새없이 고쳐 쓰여. 주인공은 관청에 근무하는데, 아마 언어를 새로 바꾸는 부서에서 일하는 사람일 거야. 새로운 역사가 만들어지면 예전의 역사는 모조리 폐기되고 말아. 그에 따라 언어도 바뀌어서 현재 사용하는 언어의 뜻도 바뀌게 돼. 역사가 너무 자주 바뀌는 바람에 나중에는 무엇이 진실이고 무엇이 거짓인지 아무도 알 수 없게 돼. 누가 적이고 누가 한편인지도 알 수 없는 거지. 그런 얘기야."

"역사를 고쳐 쓴다."

"올바른 역사를 박탈하는 것은 인격의 일부를 빼앗는 것과 똑같은 일이지. 그건 범죄야."

후카에리는 잠시 그에 대해 생각하고 있었다.

"우리의 기억은 개인적인 기억과 집단의 기억이 합쳐져 만들어지는 거야." 덴고는 말했다. "그 두 가지 기억은 서로 밀접하게 얽혀 있지. 그리고 역사라는 건 집단의 기억을 말하는 거야. 그것을 빼앗으면, 혹은 고쳐 쓰면 우리는 정당한 인격을 유지할 수 없어."

"당신도 고쳐 썼어."

덴고는 웃으며 와인을 한 모금 마셨다. "나는 네 소설에 편의적으로 손을 본 것뿐이야. 역사를 날조하는 것과는 한참 다른 이야기지."

"그런데 그 빅 브라더 책은 지금 이 집에는 없어요." 그녀는 물었다.

"유감스럽지만. 그래서 읽어줄 수 없어."

"다른 책이라도 좋아요."

덴고는 책장 앞으로 가서 책들을 살펴보았다. 지금까지 많은 책을 읽어왔지만 소장하고 있는 책은 많지 않다. 덴고는 어떤 물건이든 자신의 거처에 쌓아두는 걸 그리 좋아하지 않았다. 다 읽은 책은 특별한 것을 빼고는 헌책방에 가져갔다. 되도록 곧 읽을 책만 사고 소중한 책은 곱씹어 읽어서 머릿속에 새겨넣었다. 그밖의 필요한 책은 근처 도서관에서 빌려다 읽었다.

읽어줄 책을 고르는 데 시간이 걸렸다. 소리 내어 읽는 일에는 익숙하지 않아서 어떤 책이 낭독하기에 적합한지 가늠하기가 어려웠다. 한참을 망설인 끝에 바로 지난주에 읽은 안톤 체호프의 『사할린 섬』을 꺼냈다. 마침 흥미로운 페이지들에 포스트잇을 붙여두어서 적당한 부분만 골라 읽을 수 있다.

소리 내어 읽기 전에 덴고는 그 책에 대해 간단히 설명했다. 1890년 체호프가 사할린을 여행했을 때 그는 아직 서른 살이었다. 톨스토이나 도스토옙스키보다 한 세대 아래, 젊은 신인작가로서 높은 평가를 받으며 수도 모스크바에서 화려한 삶을 살던 도시인 체호프가, 어째서 황량한 땅 끝 사할린 섬이라는 곳에 혼자 찾아갔고 그곳에 오래도록 체재할 결심을 했는지, 정확한 이유는 아무도 알지 못한다. 사할린은 주로 유형지로 개발된 땅이어서 일반인들에게는 불길함과 비참함의 상징일 뿐이었다. 게다가 당시에는 아직 시베리아 철도가 없었기 때문에 그는 마차를 타고 4천여 킬로미터나 되는 극한의 땅을 달려야 했다. 그 여정에서 겪은 고통은 원래부터 튼튼한 편이 아니던 체호프의 몸을 용서 없이 파고들었다. 또한 체호프가 팔 개월여에 걸친 극동여행을 마치고 그 성과물로서 출간한 『사할린 섬』이라는 작품은 수많은 독자를 당황하게 하는 것이었다. 문학적인 요소를 최대한 억제한 그것은 차라리 실무적인 조사보고서나 지역 풍물지에 가까웠기 때문이다. "체호프는 작가로서 중요한 시기에 쓸데없이 왜 그런 의미 없는 짓을 했을까?" 주위 사람들은 수군거렸다. 비평가 중에는 "사회성을 노린 단순한 매명 행위"라고 결론짓는 자도 있었다. "더이상 쓸 이야기가 없어서 소잿거리를 찾아 거기까지 갔을 것"이라는 의견도 있었다. 덴고는 책에 첨부된 지도를 후카에리에게 보여주며 사할린의 위치를 가르쳐주었다.

"체호프는 왜 사할린에 갔어요." 후카에리가 물었다.

"그 점에 대해 내가 어떻게 생각하느냐는 거지?"

"그래요. 당신은 그 책을 읽었어요."

"읽었지."

"어떻게 생각했어요."

"체호프 스스로도 정확한 이유는 알지 못했을 거야." 덴고는 말했다. "어쩌면 그저 단순히 그곳에 가보고 싶었던 거 아닐까? 지도에서 사할린 섬의 모양을 바라보다가 한번 가보고 싶은 마음이 뭉클뭉클 솟아났다든가. 나도 그 비슷한 경험이 있어. 지도를 들여다보면 무슨 일이 있어도 여기는 꼭 가봐야겠다 싶은 장소가 있으니까. 그리고 왠지 몰라도 대개의 경우 그런 장소는 멀고 험한 곳이야. 그곳에는 어떤 풍경이 있는지, 그곳에서는 어떤 일이 일어나는지, 아무튼 그런 게 못 견디게 알고 싶어져. 그건 홍역 같은 거야. 그래서 남에게 그 열정이 어디서 나왔는지를 구체적으로 설명할 수는 없어. 순수한 의미에서의 호기심. 설명할 수 없는 인스피레이션. 물론 그 당시 모스크바에서 사할린까지 여행한다는 건 상상도 못 할 만큼 힘겨운 일이었으니까, 체호프의 경우에는 단지 그런 것 말고 다른 이유도 있었겠지만."

"이를테면."

"체호프는 소설가이면서 동시에 의사였어. 그래서 그는 한 사람의 과학자로서 러시아라는 거대한 국가의 환부 같은 곳을 자신의 눈으로 검증해보고 싶었는지도 모르지. 자신이 도시에서 안온하게 살아가는 인기 작가라는 사실에 체호프는 뭔가 불편한 감정을 품고 있었어. 모스크바의 문단 분위기가 지겹기도 했고, 걸핏하면 서로 물고 뜯는 잘난 문학 동료들과도 어울릴 수가 없었지. 본성이 심술궂은 비평가들에게는 혐오감밖에는 느끼지 못했고. 체호프에게 사할린 여행은 그런 문학적인 때를 씻어내기 위한 일종의 순례 행위였는지도 몰라. 그리고 사할린 섬은 많은 의미에서 그를 압도했어. 그렇기 때문에 체호프는 사할린 여행을 소재로 삼은 문학작품은 단 한 편도 쓰지 않았던 게 아닐까? 그건 쉽게 소설의 소재로 삼을 수 있을 만큼 어중간한 것이 아니었으니까. 그리고 그 환부는 말하자면 그의 몸의 일부가 되었어. 어쩌면 그것이 그가 원하던 것이었는지도 모르지."

"그 책은 재미있어요." 후카에리는 물었다.

"나는 재미있게 읽었어. 실무적인 수학이며 통계가 줄줄이 나오고, 아까도 말했지만 문학적인 색채는 적어. 체호프의 과학자로서의 측면이 짙게 드러나 있지. 하지만 나는 거기서 체호프의 순수한 결의를 느낄 수 있었어. 그리고 이따금 그런 실무적인 기술에 섞여 나오는 인물 관찰이나 풍경 묘사가 아주 인상적이야. 사실만 늘어놓은 실무적인 문장도 그리 나쁘지 않아. 경우에 따라서는 상당히 멋있지. 이를테면 길랴크 인에 대해 서술한 부분도 그렇고."

"길랴크 인." 후카에리는 물었다.

"길랴크 인은 러시아가 사할린을 식민지로 삼기 훨씬 이전부터 그곳에서 살아온 원주민이야. 원래는 섬 남쪽에 살았는데, 일본 홋카이도에서 올라온 아이누 인에게 밀려서 중부로 옮겨갔어. 아이누 인도 일본인에게 밀려서 홋카이도에서 그쪽으로 옮겨갔던 거지만. 체호프는 사할린이 러시아화하면서 급속히 사라져가는 길랴크 인의 생활문화를 바로 곁에서 관찰하고, 그 모습을 조금이라도 정확히 글로 남기려고 노력했어."

덴고는 길랴크 인에 대한 페이지를 펼쳐 읽었다. 후카에리가 이해하기 쉽도록 경우에 따라서는 문장을 적당히 생략하거나 바꿔가면서 읽었다.

길랴크 인은 땅딸막하고 탄탄한 체격으로 중키보다 더 작은 편이다. 만일 그들이 키가 컸다면 울창한 밀림에서 비좁다는 느낌에 시달렸을 것이다. 뼈가 굵고, 근육이 밀착되어 있는 말단부위의 뼈, 등뼈,

결절 등 모든 부분이 뚜렷하게 발달한 것이 특징이다. 이런 사실은 강하고 늠름한 근육, 끊임없이 긴장해야 하는 자연과의 투쟁을 떠올리게 한다. 신체는 시나치게 마른 근육질로, 피하지방이 없다. 뚱뚱하게 살찐 길랴크 인은 찾아볼 수 없는 것이다. 명백히 모든 지방분이 체온유지를 위해 소비되고 있다. 낮은 기온과 극단적인 습기에 의해 상실되는 몫을 보충하기 위해 사할린의 인간은 그만큼의 체온을 체내에서 만들어내지 않으면 안 된다. 그렇게 생각하면 길랴크 인이 음식에서 어째서 그토록 많은 지방분을 원하는지 이해할 수 있을 것이다. 기름기 많은 바다표범 고기, 연어, 용상어와 고래의 비계, 피가 뚝뚝 듣는 살코기 등, 이런 모든 것을 날것 그대로 먹거나 말려서 먹고, 또한 대부분의 경우 냉동해서 넉넉히 먹는다. 이런 거친 음식을 먹기 위해 교근(咬筋)의 밀착된 부분이 특히 발달하였고 치아는 모두 심하게 마모되어 있다. 주로 육식을 하지만 때때로 집에서 식사하거나 술 파티를 할 때만은 고기와 생선에 더하여 만주(滿洲) 마늘이나 딸기가 곁들여진다. 네벨스코이 장군의 증언에 의하면 길랴크 인은 농업을 크나큰 죄악으로 간주하여 땅을 파헤치거나 식물을 심으려고 하면 그 인간은 반드시 죽는 것으로 믿고 있다. 하지만 러시아인이 전해준 빵은 특별히 맛있는 음식으로서 기꺼이 먹고, 요즘은 알렉산드롭스크, 루이콥스코에에서 큼직한 둥근 빵을 옆구리에 끼고 돌아다니는 길랴크 인을 만나는 것도 드문 일이 아니다.

덴고는 거기서 읽기를 멈추고 잠시 한숨을 돌렸다. 가만히 귀를 기울이고 있는 후카에리의 얼굴에서 느낌을 읽어내기는 어려웠다.

"어때, 좀더 읽을까? 아니면 다른 책으로 할까?" 그는 물었다.

"길랴크 인에 대해 좀더 알고 싶어요."

"그럼 계속 읽을게."

"침대에 들어가도 괜찮아요." 후카에리는 물었다.

"그래." 덴고는 말했다.

그리고 두 사람은 침실로 옮겼다. 후카에리는 침대로 파고들었고 덴고는 의자를 가져와 그 곁에 앉았다. 그리고 그다음을 읽기 시작했다.

길랴크 인은 절대 얼굴을 씻지 않기 때문에 인류학자들조차 그들의 본디 얼굴이 어떤 색인지 단언하지 못한다. 속옷도 빨지 않고, 모피 옷이나 신발은 마치 방금 죽은 개에게서 벗겨낸 것 같은 모습이다. 길랴크 인 자체도 구역질이 날 만큼 지독한 악취를 풍기며, 그들의 주거지가 근처에 있으면 말린 생선이며 썩은 생선뼈 등의 불쾌한, 때로는 견딜 수 없는 냄새로 금세 알아볼 수 있다. 어떤 집이나 반으로 가른 생선을 자리가 비좁을 만큼 널어놓은 건조장이 옆에 있고, 그것을 멀리서 바라보면, 특히 햇빛에 드러났을 때는 마치 산호의 실처럼 보인다. 크루젠슈테른은 이러한 건조장 근처에서 3센티미터쯤의 두께로 온통 지면을 뒤덮은 엄청난 수의 구더기를 발견했다.

"크루젠슈테른."

"초기의 탐험가일 거야. 체호프는 학구적인 사람이라 사할린에 대해 기술한 책들을 모조리 독파했어."

"계속 읽어줘요."

겨울이 되면 오두막집은 창문에서 흘러나오는 맵싸한 연기가 자욱하게 피어오르고, 거기에 더해 길랴크 인들은 아내와 아이들에 이르기까지 모두 담배를 피운다. 길랴크 인의 질병이나 사망률에 대해서는 아직 밝혀진 게 없지만, 이러한 불건전한 위생환경이 그들의 건강에 악영향을 미칠 수밖에 없다는 점은 고민해볼 필요가 있다. 어쩌면 키가 작은 것도, 얼굴이 부어 있는 것도, 움직임에 생기가 없이 나른해 보이는 것도 이러한 위생환경이 원인인지 모른다.

"가엾은 길랴크 인." 후카에리는 말했다.

길랴크 인의 성격에 대해서는 다양한 책의 저자들이 각양각색의 해석을 내렸지만 단 한 가지, 즉 그들이 결코 호전적이지 않으며 말다툼이나 싸움을 즐기지 않고, 어떤 이웃과도 평화롭게 어울려 사는 민족이라는 점은 모두 일치한다. 새로운 사람이 찾아오면 그들은 자신의 미래에 대한 불안 때문에 의심스러운 눈빛으로 바라보기는 하나, 조금의 저항도 없이 매번 친절하게 맞아들인다. 가령 그들이 사할린을 무척 음울한 느낌으로 묘사해서 이민족이 그 거짓말을 듣고 자신들의 섬에서 나가줄 것이라고 생각한다면, 그것이 바로 최대한의 저항인 것이다. 크루젠슈테른 일행과는 포옹을 나눌 만큼 친한 사이여서 L. I. 슈렌크가 병에 걸렸을 때는 그 소식이 즉각 길랴크 인들 사이에 퍼졌고 진심 어린 큰 슬픔을 불러일으켰다. 그들이 거짓말을 하는 것은 물건을 사고팔 때, 혹은 의심스러운 인물이나 그들이 생각하기에 위험인물로 보이는 사람과 이야기할 때뿐인데, 그런 때에도 거짓말을 하기 전에 미리 서로 눈짓을 나누는 모습 등은 참으로 어린애처럼 순수하다. 그런 때를 제외한 일반 상황에서는 어떠한 거짓말이나 허풍도 그들에게는 더없이 역겨운 일이다.

"멋있는 길랴크 인." 후카에리는 말했다.

길랴크 인은 자신이 받은 부탁을 성실하게 지킨다. 지금까지 길랴크 인이 중간에 우편물을 내버리거나 타인의 물품을 써버린 일은 단 한 번도 없었다. 그들은 용감하고 이해력이 뛰어나고 명랑하며 친해지기 쉽고, 유력자나 큰 부자와 함께 있어도 전혀 기가 죽지 않는다. 자신의 상위의 어떠한 권력도 인정하지 않는다. 그들 사이에서는 윗사람이니 아랫사람이니 하는 개념조차 없는 것처럼 보인다. 자주 회자되고 또한 글로 쓰이기도 하는 것이지만, 길랴크 인 사이에서는 가부장제 역시 전혀 존중되지 않는다. 아버지는 자신이 아들보다 윗사람이라고 생각하지 않으며 아들도 아버지를 일절 공경하지 않고 모두 자기 편한 대로 살아간다. 늙은 어머니도 집안에서 코흘리개 어린 소녀 이상의 권력을 갖고 있지 않다. 보슈냐크가 글로 남긴 바에 따르면, 아들이 친어머니를 발로 차서 집 밖으로 쫓아내고, 더구나 어느 누구도 그런 아들에 대해 이의를 제기하는 일이 없는 장면을 몇 번이나 목격했다고 한다. 가족 내에서 남자는 모두 동격이다. 만일 길랴크 인에게 보드카를 대접할 일이 있다면 반드시 가장 어린 사내

아이에게도 권해야 한다.

한편 가족 중 여성은 할머니이건 어머니이건 혹은 젖먹이 아기이건 모두 똑같이 아무런 권리도 갖지 못한다. 내버리거나 팔아넘기거나 개처럼 걷어차도 상관이 없는 존재로서 마치 상품이나 가축처럼 냉랭한 대우를 받는다. 길랴크 인은 개를 귀여워하는 일은 있어도 여성에게는 절대로 웃는 얼굴을 보이지 않는다. 결혼 따위는 시시한 일이며, 한마디로 말하자면 술자리보다 중요하지 않은 일이라고 여긴다. 따라서 결혼식에서는 종교적이거나 미신적인 행사는 일절 행하지 않는다. 처녀를 창이나 작은 배, 하다못해 개와 맞바꾸고, 그 처녀를 자신의 오두막에 떠메고 와서 곰 모피 위에서 함께 잔다…… 그것으로 결혼식은 끝이다. 일부다처가 인정되지만, 아무리 봐도 여성 쪽이 남성보다 더 많은데도 불구하고 널리 보급되는 데는 이르지 않았다. 하등동물이나 상품을 대할 때와 똑같은 수준의 여성 멸시는, 길랴크 인들 사이에서는 노예제도라고 하기에도 과분할 만큼 심한 수준이다. 그들 사이에서 여성은 명백히 담배나 면포와 마찬가지로 거래의 대상이다. 스웨덴의 작가 스트린드베리는 여성 따위는 노예가 되어 남자의 변덕스러움에 봉사하면 그것으로 족하다고 말했다. 그는 여성 혐오자로 유명하지만, 본질적으로는 길랴크 인과 동일한 사상의 소유자인 것이다. 그가 혹시 북부 사할린을 찾는다면 길랴크 인들은 틀림없이 반갑게 포옹하며 맞아줄 것이다.

덴고는 거기서 잠깐 쉬었다. 후카에리는 아무런 느낌도 말하지 않고 그저 침묵하고 있었다. 덴고는 다시 이어서 읽었다.

그들이 사는 곳에는 법정 따위는 없고, 재판이 무슨 뜻인지도 알지 못한다. 그들이 지금에 이르러서도 여전히 도로의 쓰임새를 전혀 이해하지 못하고 있다는 사례 한 가지만 보더라도 그들이 우리를 이해하는 것이 얼마나 어려운 일인지 알 수 있다. 도로를 이미 깔아놓은 곳에서조차 길랴크 인은 여전히 밀림을 헤집고 다닌다. 그들이 온 가족과 개까지 모두 함께 줄지어 도로 바로 옆 진흙탕을 온갖 고생을 하며 지나가는 것을 자주 볼 수 있다.

후카에리는 눈을 감고 매우 조용히 숨을 쉬고 있었다. 덴고는 잠시 그녀의 얼굴을 지켜보았다. 하지만 그녀가 잠이 들었는지 아닌지 덴고는 판단할 수 없었다. 그래서 다른 페이지를 펴고 낭독을 계속하기로 했다. 만일 잠이 들었다면 좀더 깊이 잠들 수 있게 해주려는 마음도 있었고, 체호프의 문장을 좀더 소리 내어 읽어보고 싶은 마음도 있었다.

나이바 강의 하구에는 예전에 나이부치 감시소가 있었다. 이 감시소가 건설된 것은 1866년이다. 미트리가 이곳에 왔을 무렵에는 사람이 사는 집과 빈집을 합해 18채의 건물과 작은 예배당, 식료품점이 있었다. 1871년에 방문한 어느 기자의 글에 의하면 이곳에는 사관후보생의 지휘 아래 20인의 병사가 있었다고 한다. 어느 숙소에서 한 병사의 늘씬하고 아름다운 아내가 갓 낳은 달걀과 검은 빵을 기자에게 대접하면서 이곳에서의 생활이 아주 좋다고 자랑하였으나, 설탕이 엄청나게 비싼 것에 대해서만은 불평을 했다고 한다. 이제 그런 숙소는 흔적도 없고, 주변의 황량하기 이를 데 없는 풍경을 바라보노라면 병사의 키 큰 아름다운 아내는 옛 신화 속 이야기 같다는 생각이 든다. 이곳에는 현재 새 건물 한 채를 짓고 있을 뿐이다. 아마도 감시초소나 숙소일 것이다. 보기에도 차가울 듯한 탁한 바다가 울부짖고 한 척이 넘는 흰 파도가 모래밭에 부서진다. 흡사 절망에 갇혀 "신이여, 어찌하여 우리를 만드셨습니까" 하고 외치는 듯한 풍경이다. 이곳은 이미 태평양인 것이다. 이 나이부치 해안에서는 건축 현장에 메아리치는 도형수들의 도끼질 소리가 들려오긴 하지만, 아득히 저 맞은편에 있을 것으로 상상되는 해안은 아메리카 대륙이다. 왼편으로는 안개에 사로잡힌 사할린 곶이 보이고 오른편 역시 곶이다…… 주위는 인적도 없고 새 한 마리 파리 한 마리 보이지 않는다. 이런 곳에서 파도는 대체 누구를 위해 울부짖는 것일까, 어느 누가 밤마다 그 소리를 들을까, 저 파도는 무엇을 원하는 것인가, 그리고 또한 내가 떠난 뒤에 파도는 누구를 위해 한없이 울부짖을 것인가…… 그것조차 알 수 없어진다. 이 해안에 서면 사상이 아니라 깊은 사색의 포로가 된다. 왠지 두렵다. 하지만 그와 동시에 이곳에 한없이 우두커니 서서 파도의 단조로운 움직임을 바라보고 무시무시한 그 부르짖음을 듣고 싶은 마음도 든다.

후카에리는 완전히 잠이 든 모양이었다. 귀를 기울이자 조용한 숨소리가 들려왔다. 덴고는 책을 덮어 침대 옆 작은 테이블 위에 놓았다. 그리고 의자에서 일어나 침실의 불을 껐다. 마지막으로 다시 한

번 후카에리의 얼굴을 보았다. 그녀는 천장을 바라보며 입을 꽉 다물고 온화하게 잠들어 있었다. 덴고는 문을 닫고 주방으로 돌아왔다.

하지만 그는 더이상 자기 글을 쓸 수 없었다. 체호프가 묘사한 황량하기 짝이 없는 사할린의 바닷가 풍경이 그의 머릿속에 뚜렷하게 자리를 잡았다. 덴고는 체호프가 들은 그 파도 소리를 들을 수 있었다. 눈을 감자 덴고는 인적 없는 오호츠크 해의 찬 바닷가에 홀로 서서 깊은 사색의 포로가 되어 있었다. 체호프의 어디에도 둘 데 없는 우울한 사색을 공유할 수 있었다. 그 땅 끝의 대지에서 그가 느낀 것은 압도적인 무력감이었으리라. 19세기 말에 러시아 작가로 산다는 것은 아마도 달아날 곳 없는 통렬한 숙명을 등에 짊어지는 것과 같은 의미였을 것이다. 그들이 러시아에서 도망치려고 하면 할수록 러시아는 그들을 제 몸뚱이 안으로 삼켜버렸다.

덴고는 와인 잔을 물에 헹궈 엎어놓고 욕실에서 이를 닦고 주방 불을 끄고 소파에 누워 담요를 덮었다. 귓속에는 아직도 바다 울음소리가 커다랗게 울렸다. 하지만 이윽고 의식은 희미해지고 그는 깊은 잠 속으로 빨려들었다.

눈을 뜬 것은 아침 여덟시 반이었다. 후카에리의 모습은 보이지 않았다. 그가 빌려준 파자마는 둘둘 말려 욕실 세탁기 안에 내던져져 있었다. 손목과 발목 부분은 접힌 채였다. 주방 테이블에 그녀가 적어두고 간 쪽지가 있었다. 메모지에 볼펜으로 '길랴크 인은 지금 어떻게 지내고 있을까요. 집에 갈게요'라고 적혀 있었다. 글씨는 작고 딱딱하게 각이 져서 어딘지 부자연스럽게 보였다. 조개껍데기를 모아 바닷가 모래밭에 만들어놓은 글자를 상공에서 바라보는 듯한 느낌이다. 그는 메모지를 접어 책상 서랍에 챙겨넣었다. 열한시에 찾아올 걸프렌드의 눈에 띄었다가는 분명 한바탕 소동이 벌어질 것이다.

덴고는 침대를 정리하고 체호프의 역작을 책장에 다시 꽂았다. 그러고는 커피를 내리고 토스트를 구웠다. 아침을 먹으며 자신의 가슴속에 뭔가 묵직한 것이 똬리를 틀었다는 것을 깨달았다. 그것이 무엇인지 알기까지 한참이나 시간이 걸렸다. 그것은 후카에리의 잠든 얼굴이었다.

나는 그 아이를 사랑하는 걸까. 아니, 그럴 리 없다, 고 덴고는 자신을 타일렀다. 다만 그녀 안의 무언가가 우연히 내 마음을 물리적으로 뒤흔들 뿐이다. 하지만 그렇다면 왜 그녀가 입었던 파자마에 이토록 신경이 쓰이는 걸까? 어째서 (깊이 의식하지도 않고서) 손에 들고 그 냄새를 맡고 만 걸까?

의문이 너무나 많다. 체호프는 말했다. '소설가는 문제를 해결하는 사람이 아니다. 문제를 제기하는 사람일 뿐이다'라고. 대단한 명언이다. 체호프는 작품뿐만 아니라 자기 자신의 인생에도 똑같은 태도로 임했다. 그곳에 문제제기는 있었지만 해결은 없었다. 자신이 불치의 폐병을 앓고 있다는 걸 알면서도(의사였으니 몰랐을 리 없다) 그 사실을 애써 무시했고, 자신이 죽어간다는 것을 실제로 죽음의 침상에 누울 때까지 믿지 않았다. 그는 심한 각혈을 하며 젊은 나이에 죽어갔다.

덴고는 고개를 젓고 테이블에서 일어섰다. 오늘은 걸프렌드가 오는 날이다. 이제 빨래를 하고 청소도 해야 한다. 생각은 그다음에 하자.

제21장 아오마메

Q

아무리 먼 곳으로 가려고 해도

아오마메는 구립 도서관에 가서, 지난번과 같은 절차를 밟아 책상 위에 신문 축쇄판을 펼쳤다. 3년 전 가을에 야마나시 현에서 일어난 과격파와 경찰대 사이의 총격전에 대해 다시 한번 조사하기 위해서였다. 노부인이 말한 종교단체 '선구'의 본부는 야마나시 현 산 속에 있다. 그리고 총격전이 일어난 것도 야마나시 현 산 속이었다. 단순한 우연의 일치인지도 모른다. 하지만 우연의 일치라는 게 아오마메는 아무래도 마음에 들지 않았다. 그 두 가지 사건 사이에 뭔가 관련이 있을지도 모른다. 노부인이 '그 엄청난 사건'이라고 표현한 것도 둘 사이의 관련성을 시사하는 듯한 말이었다.

총격전이 일어난 것은 3년 전인 1981년(아오마메의 가설에 의하면 '1Q84년의 3년 전'이다) 10월 19일이다. 총격전의 내용에 대해서는 지난번 도서관에 왔을 때 보도기사를 통해 이미 대략적인 정보를 얻었다. 그래서 이번에는 그 부분은 대충 건너뛰고 나중에 나온 관련기사나 사건을 다양한 각도에서 분석한 기사를 중심으로 읽어 보기로 했다.

첫 총격전에서는 중국제 칼라시니코프 자동소총에 의해 세 명의 경찰이 사망하고 두 명이 중경상을 입었다. 그뒤 과격파 그룹은 무장한 채 산 속으로 도망쳤고, 무장경찰대에 의해 대대적인 수색작전이 이루어졌다. 그와 동시에 완전무장한 자위대 공수부대가 헬리콥터로 투입되었다. 그 결과, 과격파 세 명이 투항을 거부한 채 사살되고 두 명은 중상을 입었으며(그중 한 명은 사흘 후에 병원에서 사망했다. 또 한 명의 중상자가 어떻게 되었는지는 나와 있지 않았다) 네 명은 부상 없이, 혹은 경상을 입은 상태로 체포되었다. 이번 수색작전에서는 자위대원과 경찰대 모두 고성능 방탄조끼를 착용했기 때문에 별다른 피해는 입지 않았다. 경찰 한 명이 추적중에 절벽에서 미끄러져 다리가 부러진 것뿐이었다. 과격파 중 한 사람만은 끝내 행방불명인 채로 나타나지 않았다. 그 사람은 대대적인 수색에도 불구하고 어딘가로 사라진 모양이었다.

총격전의 충격이 일단락되자 각 신문은 이 과격파의 성립과정에 대해 상세히 보도하기 시작했다. 그들은 1970년 전후 학생운동의 부산물이었다. 멤버의 반 이상이 도쿄대의 야스다 강당 혹은 니혼 대학 점거에 관여한 전력이 있었다. 그들의 '성채'가 기동대의 무력행사에 의해 몰락한 뒤, 대학에서 쫓겨나거나 혹은 대학 캠퍼스 중심의 정치활동이 막다른 길에 봉착했다는 것을 감지한 학생들과 일부 교수는 분파를 뛰어넘어 서로 합류하여 야마나시 현에 농장을 마련하고 코뮌 활동을 개시했다. 처음에는 농업 중심의 코뮌 집합체 '다카

시마 학원'에 참가했으나 그곳 생활에 만족하지 못하고 멤버를 재편성하여 독립, 산 속의 폐촌을 파격적인 저가로 매입해 그곳에서 농업을 영위하게 되었다. 초기에는 큰 고충을 겪은 모양이지만, 이윽고 유기농법을 사용한 농산품이 도심에서 조용한 붐을 일으켜 야채 통신판매사업이 좋은 결과를 낳았다. 그런 순풍을 타고 그들의 농원은 점점 더 순조롭게 발전하고 서서히 규모를 확대해갔다. 어쨌거나 그들은 성실하고 근면한 사람들이고 지도자를 중심으로 강하게 뭉친 효율적인 조직이었다. 그 코뮌의 이름이 바로 '선구'였다.

아오마메는 얼굴을 찌푸리며 생침을 꿀꺽 삼켰다. 목구멍에서 큰 소리가 났다. 그리고 그녀는 손에 든 볼펜으로 책상을 톡톡 쳤다.

그녀는 기사를 계속 읽어 내려갔다.

하지만 경영이 안정되는 한편으로 '선구' 내부에서는 점차 분열이 명확한 형태를 드러내기 시작했다. 마르크시즘을 바탕으로 게릴라적인 혁명운동을 지속적으로 추구하려는 과격한 '무투파'와, 현재의 일본에서 폭력혁명은 현실적인 선택이 아니라는 사실을 받아들이고 그 바탕 위에서 자본주의 정신을 부정하고 대지와 함께 살아가는 자연적인 생활을 추구하려는 비교적 온건한 '코뮌파'로 그룹이 크게 양분된 것이다. 그리고 1976년에는 수적으로 우세하던 코뮌파가 무투파를 '선구'에서 방출하는 사태에 이르렀다.

하지만 그렇다고 '선구'가 힘으로 무투파를 몰아낸 것은 아니다. 신문기사에 의하면 그들은 무투파에게 새로운 땅과 적정한 자금을 제공하고 원만하게 '떠나주기를 부탁'했다고 한다. 무투파는 그 협상에 응하여 새로운 땅에 그들만의 코뮌 '여명'을 세웠다. 그리고 어느 시점부터 그들은 고성능 무기를 입수한 모양이었다. 그 루트와 자금 내용에 대해서는 차후 수사로 해명되길 기대하고 있었다.

다른 쪽의 농업 코뮌 '선구'가 언제 어떻게 종교단체로 방향을 전환했는지, 그 계기는 무엇이었는지, 그것은 경찰도 언론도 제대로 파악하지 못한 듯했다. 하지만 '무투파'를 별다른 트러블 없이 털어낸 코뮌 '선구'는 그 전후부터 종교적인 경향이 급속히 짙어져서 1979년에는 종교법인으로 인증을 받기에 이르렀다. 그리고 주변 토지를 차례차례 매입하고 농지와 시설을 확장해나갔다. 교단시설 주위에는 높은 담장을 둘러치고, 외부 사람들은 일절 출입할 수 없게 되었다. '수행에 방해가 되기 때문'이라는 것이 이유였다. 그런 활동자금이 어디서 유입되었는지, 어떻게 그토록 단시일 내에 종교법인의 인증을 받을 수 있었는지, 그것도 분명하게 밝혀지지 않은 부분이었다.

새로운 땅으로 옮긴 과격파 그룹 '여명'은 농업과 병행해 부지 내에서 비밀 무장투쟁 훈련에 주력했다. 그 과정에서 인근 농민들과 몇 차례 분쟁이 일어났다. 그중 한 가지는 '여명'의 부지 내에 흐르는 작은 하천의 이권을 둘러싼 다툼이었다. 그 하천은 옛날부터 지역의 공동 농업용수로 사용되어왔으나 '여명'은 인근 주민의 부지 내 출입을 거부했다. 분쟁은 몇 년에 걸쳐 계속되어 그들이 둘러친 철조망 담장에 대해 불만사항을 신고한 주민이 '여명'의 멤버들에게 심하게 구타를 당하는 사건이 발생하기에 이르렀다. 야마나시 현경은 상해사건으로 수사영장을 발부받아 현장조사를 위해 '여명'으로 향했다. 그리고 거기에서 생각지도 못한 총격전이 벌어졌던 것이다.

산 속에서의 격렬한 총격전 끝에 '여명'이 사실상 괴멸한 후, 종교단체 '선구'는 즉각 공식성명을 발표했다. 비즈니스 정장을 차려입은 젊고 핸섬한 교단 대변인이 기자회견을 열고 성명서를 읽었다. 논지는 명확했다. '여명'과 '선구'는 과거에는 어떠했든 간에 현재는 아무런 관계가 없다. 분리 이후에는 업무 연락 외에는 거의 왕래가 없었다. '선구'는 농업에 매진하고 법률을 준수하며 평화로운 정신세계를 희구하는 공동체이며, 과격한 혁명사상을 추구하는 '여명'의 구성원과는 더이상 행동을 같이할 수 없다는 결론에 이르러 원만하게 결별하였다. 그뒤 '선구'는 종교단체로서 법인 인증도 받았다. 이같은 유혈사건이 발생한 것은 참으로 불행한 일이 아닐 수 없으며, 순직한 경찰관 여러분과 그 유가족에게 심심한 애도의 뜻을 표한다. 어떤 형태로든 교단 '선구'는 이번 사건에는 관여한 바가 없다. 그러나 '여명'의 모태가 '선구'라는 것은 부정하기 어려운 사실이며, 만일 이번 사건과 관련하여 어떤 형태로든 당국의 조사가 필요하다면 불필요한 오해를 부르지 않기 위해서도 교단 '선구'는 기꺼이 그것을 받아들일 용의가 있다. 당 교단은 사회를 향해 활짝 열린 합법적인 단체이며 감춰야 할 일은 아무것도 없다. 공개해야 할 정보가 있다면 가능한 한 요청에 응하고자 한다.

며칠 뒤, 그 성명에 답하듯이 야마나시 현경이 수사영장을 들고 '선구' 교단 내에 들어가 하루 종일 광대한 부지를 돌며 시설 내부며 각종 서류를 꼼꼼히 조사했다. 몇몇 간부들도 조사를 받았다. 표면적으로는 결별했다지만 분리 후에도 양자 사이에 교류가 계속되었고, '선구'가 물밑에서 '여명'의 활동에 관여했을 것이라는 의혹을 수사

당국은 품고 있었다. 하지만 그럴싸한 증거는 하나도 발견되지 않았다. 아름다운 잡목림 속의 오솔길을 누비듯이 수행을 위한 목조건물이 곳곳에 서 있고, 그곳에서 많은 사람들이 검소한 수행복을 입고 명상이며 엄격한 수행에 힘을 쏟고 있었다. 한편에서는 신자들에 의한 농경 작업이 이루어지고 있었다. 손질이 잘된 농기구며 중장비가 갖춰져 있을 뿐, 무기로 보이는 것은 전혀 발견되지 않았고, 폭력을 시사하는 것도 일절 눈에 띄지 않았다. 모든 것은 청결하고 질서정연했다. 아담한 식당, 숙박시설, 간단한(하지만 기능적인) 의료시설도 있었다. 2층 건물의 도서관에는 수많은 경전이며 불교서적이 정리되어 있고 전문가들의 연구와 번역이 진행되고 있었다. 종교시설이라기보다 오히려 자그마한 사립대학 캠퍼스처럼 보였다. 경찰은 김이 빠져 거의 맨손으로 물러나왔다.

그 며칠 뒤에는 신문이며 텔레비전 취재기자들이 교단에 초대되었지만, 그들이 그곳에서 목격한 것은 경찰들이 본 것과 대강 비슷한 풍경이었다. 흔해빠진 보도 투어가 아니라, 기자들은 따라다니는 사람들 없이 부지 내의 원하는 장소를 돌아다니며 누구와도 자유롭게 인터뷰하고 그것을 기사로 쓸 수 있었다. 다만 신자의 프라이버시 보호를 위해 교단의 허가를 받은 영상과 사진만을 사용한다는 약정이 미디어 측과 교단 사이에 맺어졌다. 수행복 차림을 한 수명의 교단 간부가 넓은 집회용 회관에서 기자들의 질문에 답하고, 교단의 성립과정이며 교리, 운영방침에 대해 설명했다. 말투는 정중하고 꾸밈없었다. 종교단체에서 흔히 보이는 선전은 일절 배제되었다. 그들은 종교단체의 간부라기보다 프레젠테이션이 몸에 밴 광고회사의 우수

사원처럼 보였다. 그저 입고 있는 옷이 다를 뿐이다.

우리는 명확한 교리를 가지고 있지 않다, 라고 그들은 설명했다. 성문화된 매뉴얼 같은 건 우리에게 필요하지 않다. 우리가 행하는 것은 초기 불교의 원리 연구이며, 거기에서 이루어졌던 다양한 수행의 실천이다. 그같은 구체적인 실천을 통해 자의적이 아닌, 보다 유동적인 종교적 각성을 얻는 것이 우리가 지향하는 바이다. 개개인의 그러한 자발적 각성이 집합적으로 우리의 교리를 만들어낸다고 생각하면 된다. 교리가 있어서 각성이 있는 것이 아니라, 우선 개개인의 각성이 있고 그 속에서 결과적으로 우리의 규칙을 결정하기 위한 교의가 자연발생적으로 생겨난다. 그것이 우리의 기본적인 방침이다. 그런 의미에서 우리는 기성 종교와는 구성이 크게 다르다.

자금은 현재로서는 수많은 다른 종교단체들과 마찬가지로 신자의 자발적인 기부에 일부 의지하고 있다. 하지만 최종적으로는 기부에 안이하게 의지하는 것이 아니라 농업을 중심으로 한 자급자족의 검소한 생활을 확립하는 것을 목표로 하고 있다. 그같은 '만족할 줄 아는' 생활 속에서 육체를 청정하게 하고 정신을 연마함으로써 영혼의 평온을 얻는 것을 지향한다. 경쟁사회의 물질주의에 허망함을 느낀 사람들이 보다 깊이 있는 다른 좌표를 찾아 속속 교단의 문을 두드리고 있다. 고등교육을 받고 전문직으로 사회적 지위를 누렸던 사람들도 적지 않다. 우리는 세상의 이른바 '신흥종교'와는 선을 긋고 있다. 사람들의 현세적인 고뇌를 안이하게 받아들여 일괄적으로 도와주는 식의 '패스트푸드' 종교단체가 아니며, 그런 방향을 목표로 하는 것도 아니다. 약자의 구제는 물론 중요한 일이지만 스스로를 구제하고 자 하는 의식이 높은 사람들에게 적합한 장소와 적절한 도움을 부여하는, 이른바 종교의 '대학원'에 해당하는 시설이라고 생각하면 가장 근접한 판단일 것이다.

'여명' 멤버들과 우리는 운영방침에 관해 어느 시점부터 큰 의견 차이가 발생하여 한때는 대립하기도 했다. 하지만 협의 끝에 온건한 합의점에 도달했고, 분리하여 각자 다른 길을 걷게 되었다. 그들도 그들 나름대로 순수하게 금욕적인 이상을 추구했지만, 결과적으로 그러한 참사에 이른 것은 비극이라고밖에 달리 말할 도리가 없다. 그들이 교조주의에 빠져 살아 있는 현실사회와의 접점을 상실했던 것이 가장 큰 원인일 것이다. 이번 사건을 계기로 우리도 보다 엄격하게 스스로를 규율하고 동시에 앞으로도 계속 외부를 향하여 창을 활짝 여는 단체로서 운영해나가야 한다는 것을 깊이 명심하고 있다. 폭력은 결코 문제를 해결하지 못한다. 우리는 종교를 강제하는 단체가 아니라는 것을 알아주길 바란다. 신자가 되라고 강권하는 일도 없고, 다른 종교를 공격하는 일도 없다. 우리가 행하는 것은 개개인의 각성이며 정신적 세계의 추구를 원하는 이들에게 적절하고도 효과적인 공동체 환경을 제공하는 일이다.

언론 관계자는 대부분 이 교단에 대해 호의적인 인상을 품고 귀로에 올랐다. 신자들은 남녀 모두 호리호리하게 말랐고 나이도 비교적 젊었으며(이따금 고령자도 보였지만), 아름답고 맑은 눈을 갖고 있었다. 한결같이 공손하고 예의바른 말투였다. 신자들은 자신의 과거에 대해 많은 말을 하지 않았지만 대부분 분명 고등교육을 받은 듯했다. 제공된 점심은(신자가 평소에 먹는 것과 거의 동일한 것이라고 했다) 검소했지만, 교단 농지에서 방금 수확한 신선한 재료를 써서 그런대로 맛있었다.

그런 탓에 많은 미디어는 '여명'으로 옮겨간 일부 혁명그룹을, 정신적인 가치를 추구하는 방향으로 발전하던 '선구'에서 필연적으로 튕겨져나간 '못된 자식' 같은 존재로 정의했다. 80년대의 일본에서 마르크시즘에 바탕을 둔 혁명사상 따위는 이미 시대에 한참 뒤떨어진 물건이었다. 1970년 전후에 래디컬하게 정치를 지향했던 청년들은 이제는 여러 기업에 취직해 경제라는 전쟁터의 최일선에서 분투하고 있다. 혹은 현실사회의 부산함과 경쟁 같은 것과는 거리를 두고 각자의 자리에서 개인적인 가치추구에 진력하고 있다. 어떻든 세상의 흐름이 일변하여 정치의 계절은 머나먼 과거의 것이 되었다. '여명' 사건은 피비린내 나는 지극히 불행한 사건이었지만, 긴 안목에서 보면 과거의 망령이 어쩌다 얼굴을 내민 철지난 돌발적인 에피소드에 지나지 않는다. 그곳에서는 한 시대의 막이 내려졌다는 의미 외에는 아무것도 찾을 수 없다. 그것이 언론의 일반적인 논조였다. '선구'는 새로운 세계에 대한 하나의 유망한 선택지로 간주되었다. 그에 반해 '여명'에는 애초부터 미래가 없었다.

아오마메는 볼펜을 내려놓고 심호흡을 했다. 그리고 쓰바사의 한없이 무표정한, 깊이를 잃은 두 눈동자를 떠올렸다. 그 눈동자는 아오마메를 보고 있었다. 하지만 동시에 아무것도 보고 있지 않았다. 그곳에는 무언가 소중한 것이 누락되어 있었다.

그리 간단한 일이 아니야, 아오마메는 생각했다. '선구'의 실태는 신문에 실린 것처럼 깨끗하지 않다. 그 깊숙한 안쪽에는 어두운 부분이 숨겨져 있다. 노부인의 말에 의하면 '리더'라고 칭하는 인물은 십대가 될까 말까 한 소녀들을 성폭행하고 그것을 종교적인 행위라고 주장하고 있다. 언론 관계자들은 그런 건 알지 못한다. 그들은 그곳에서 반나절을 보냈을 뿐이다. 정연한 수행시설을 안내받고, 신선한 야채로 만든 점심을 대접받고, 영혼의 각성에 대한 아름다운 설명을 듣고, 그걸로 만족해서 돌아온 것이다. 안쪽에서 실제로 벌어지는 일은 그들의 눈에 띄지 않는다.

도서관을 나선 아오마메는 찻집에 들어가 커피를 주문했다. 가게 전화로 아유미의 직장에 전화를 했다. 이곳이라면 언제 걸어도 된다고 했던 번호다. 동료가 받아서 그녀는 근무중이지만 앞으로 두 시간쯤이면 서에 돌아올 예정이라고 말했다. 아오마메는 이름을 알리지 않고 "다시 전화하겠습니다"라고만 말했다.

집에 돌아와 두 시간 뒤에 아오마메는 다시 그 번호로 전화를 걸었다. 아유미가 전화를 받았다.

"아, 아오마메 씨. 잘 지내?"

"잘 지내지. 너는?"

"나도 괜찮아. 단 한 가지, 좋은 남자를 구경도 못 할 뿐이지. 아오마메 씨는?"

"비슷해." 아오마메는 말했다.

"이거 안 되겠네." 아유미는 말했다. "우리처럼 매력적인 젊은 여성들이 풍부하고 건강한 성욕을 주체하지 못해 불만이라니, 잘못돼도 한참 잘못됐어. 어떻게든 해결해야 돼."

"그렇긴 한데…… 그렇게 큰 소리로 말해도 괜찮아? 근무중이잖아. 옆에 다른 사람 없어?"

"괜찮아. 무슨 말이든 마음 놓고 해." 아유미는 말했다.

"만일 가능하다면 말인데, 너한테 부탁할 게 있어. 달리 말할 사람이 생각나지 않아서."

"좋아. 도움이 될지는 모르겠지만 일단 말해봐."

"'선구'라는 종교단체 알아? 야마나시 현의 산 속에 본부가 있는데."

"'선구'라." 아유미는 말했다. 그리고 십여 초쯤 기억을 더듬었다. "응, 알 거 같아. 아마 야마나시 총격전을 일으킨 '여명'이라는 과격파 그룹이 이전에 속해 있던 종교 코뮌 비슷한 곳이지? 서로 총질을 해서 현경 경찰 세 명이 사망했지. 가엾게도. 하지만 '선구'는 그 사건에는 관여하지 않았어. 사건 직후에 교단에 수사가 들어갔지만 완전히 깨끗했지. 그런데 그게 왜?"

"'선구'가 그 총격 사건 뒤에 뭔가 다른 사건을 일으킨 적은 없는지 알고 싶어. 형사 사건이든 민사 사건이든. 그런데 나 같은 일반 시민은 조사할 방법이 없잖아. 신문 축쇄판을 빠짐없이 읽어볼 수도 없고. 하지만 경찰이라면 어떤 방법으로든 그런 걸 알아볼 수 있지 않을까 해서."

"그거야 간단하지. 컴퓨터로 검색해보면 금세 알아……라고 말하면 좋겠지만, 유감스럽게도 일본 경찰의 컴퓨터 시스템은 아직 거기까지 발전하지 못했어. 실용화될 때까지 앞으로 몇 년은 걸릴 거야. 그러니까 현재로서는 그런 걸 알고 싶다면 야마나시 현경에 의뢰해서 관련자료 복사본을 우편으로 보내달라고 해야 돼. 그러려면 우선 이쪽에서 자료청구 신청서류를 작성하여 상사의 허가를 받아야 해. 물론 이유 같은 것도 명기해야지. 여기도 일단은 관공서거든. 다들 일을 필요 이상으로 복잡하게 만들어서 월급을 받아먹는 데야."

"그래." 아오마메는 말했다. 그리고 한숨을 쉬었다. "그럼 아웃이네."

"그런데 왜 그런 걸 알려고 해? 아는 사람이 '선구'와 관련된 사건에 휘말리기라도 했어?"

아오마메는 어떻게 할까 망설였지만 솔직히 말하기로 했다. "그 비슷한 일. 성폭행과 관련된 거야. 지금 단계에서 아직 자세한 얘기는 할 수 없지만, 아동 성폭행이야. 종교를 빙자해서 내부에서 그런 일이 조직적으로 이루어지고 있다는 정보가 있어."

아유미가 가볍게 미간을 찌푸리는 기척이 전화기로 느껴졌다. "흠, 아동 성폭행이라. 그건 좀 용서 못 하겠네."

"물론 용서 못 하지." 아오마메는 말했다.

"아동이라면 몇 살 정도야?"

"열 살이거나 그 이하. 적어도 초경 전의 여자아이들."

아유미는 전화에 대고 잠시 아무 말도 못한 채 침묵했다. 그러고는 밋밋한 목소리로 말했다. "알았어. 그런 거라면 한번 방법을 생각해볼게. 이삼 일쯤 시간 줄래?"

"그래. 연락해줘."

그다음 잠시 실없는 수다를 떤 뒤에 "자, 또 일하러 가야겠다"고 아유미는 말했다.

전화를 끊고 아오마메는 창가의 독서용 의자에 앉아 잠시 자신의 오른손을 바라보았다. 가늘고 긴 손가락과 짧게 깎은 손톱. 손톱은 손질이 잘되었지만 매니큐어는 바르지 않았다. 손톱을 보고 있으니 자신이라는 존재가 찰나의 위태로운 것에 지나지 않는다는 생각이 강하게 들었다. 손톱 모양 하나도 내 스스로 정한 것이 아니다. 누군가가 마음대로 정했고, 나는 그것을 아무 말 없이 받아들인 것뿐이다. 좋아하건 말건 상관없이. 대체 누가 내 손톱 모양을 이렇게 만들기로 결정했을까.

노부인은 지난번에 아오마메에게 "당신의 부모님은 열성적인 '증인회' 신자였고, 지금도 그렇죠"라고 말했다. 그렇다면 그 사람들은 지금도 예전처럼 선교활동에 열과 성을 다하고 있는 것이리라. 아오마메에게는 네 살 위의 오빠가 있다. 어른스러운 오빠였다. 그녀가 마음을 정하고 집을 나올 때도 그는 부모의 말을 따라 신앙을 지키며 살았다. 지금은 어떻게 지내고 있을까. 하지만 아오마메는 딱히 가족의 소식을 알고 싶지 않았다. 그들은 아오마메에게 이미 끝나버린 인생의 한 부분이었다. 인연의 끈은 진작 끊겨버린 것이다.

그녀는 오랫동안 열 살 이전에 일어났던 일을 모조리 잊어버리려고 노력했다. 내 인생은 실제로는 열 살부터 시작된 것이다. 그 이전의 일은 모두 비참한 꿈 같은 것에 지나지 않는다. 그런 기억은 어딘가에 내다버리자. 하지만 아무리 노력해도 걸핏하면 그녀의 마음은 그 비참한 꿈의 세계로 다시 끌려갔다. 자신이 손에 들고 있는 것의 대부분은 그 어두운 토양에 뿌리를 내리고 거기에서 양분을 얻고 있는 것 같았다. 아무리 먼 곳으로 가려고 해도 결국은 이곳에 돌아와야 하는구나, 하고 아오미메는 생각했다.

나는 그 '리더'를 저쪽 세계로 이동시켜야 한다, 아오마메는 마음을 정했다. 나 자신을 위해서라도.

사흘 뒤 밤에 아유미에게서 전화가 걸려왔다.

"몇 가지 사실을 알아냈어." 그녀는 말했다.

"'선구' 얘기지?"

"응. 이래저래 생각을 쥐어짜봤더니 동기녀석 중에 삼촌이 야마나시 현경에 있는 애가 있더라고. 그것도 꽤 높은 직위야. 그래서 그애에게 부탁했지. 우리 친척 중에 어린애 하나가 그 교단에 들어가려고 난리를 쳐서 골머리를 앓고 있다는 식으로 둘러댔어. 그래서 '선구'에 대한 정보를 수집하고 있다, 미안하지만 부탁한다고 말이지. 내가요, 그런 연기도 척척 잘하거든."

"고마워, 정말." 아오마메는 말했다.

"그래서 그애가 야마나시 현경의 삼촌에게 전화해서 사정을 얘기했고, 삼촌은 그런 거라면 도와주겠다고 '선구' 쪽 조사를 담당했던 사람을 소개해줬어. 그렇게 해서 내가 그 사람과 직접 전화로 얘기할 수 있게 된 거지."

"훌륭해."

"응, 그때 꽤 길게 통화하면서 '선구'에 대해 여러 정보를 들었는데, 이미 신문 같은 데 나온 건 아오마메 씨도 다 알 테니까 지금은 그렇지 않은 부분, 즉 일반인에게는 별로 알려지지 않은 부분에 대한 걸 말해줄게. 그러면 될까?"

"물론이야."

"우선 첫째로 '선구'는 지금까지 몇 차례 법적인 문제를 일으켰어. 민사소송 몇 건이 걸려 있어. 대부분 토지매매에 관한 분쟁이야. 이 교단은 어지간히 자금력이 탄탄한지 인근 토지를 살살이 사들이고 있어. 하긴 시골이니까 땅값이 싼 편이긴 하지만, 그렇다 쳐도 좀 심할 정도야. 그리고 그 매입방식이 약간 무리한 경우가 많아. 유령회사를 세워놓고 거기를 방패막이 삼아서, 교단이 관련되었다는 것을 숨기고 부동산을 죄다 사들이고 있어. 그래서 땅주인이나 지방자치단체와 자주 분쟁을 일으키지. 영락없이 전문투기꾼 수법이야. 하지만 현 시점에서는 모두 민사소송이고 경찰이 관여할 만한 사건은 없었어. 아주 아슬아슬한 선이긴 한데, 아직 공식적으로 드러난 범죄는 없는 셈이야. 경우에 따라서는 사기단이나 정치계 쪽이 얽혀 있는지도 모르겠어. 정치계 쪽에 줄을 대고 있으면 경찰은 대충 넘어가는 경우가 있거든. 문제가 한참 더 커져서 검찰이 나선다면 이야기가 달라지지만."

"'선구'는 경제활동에 관해서는 겉보기만큼 깨끗하지 않다는 거네."

"일반 신자까지는 모르겠지만, 부동산 매매 기록을 더듬어본 한에서는 자금운용을 담당하는 간부들은 그다지 깨끗하다고 할 수 없어. 아무리 호의적으로 봐줘도 순수한 정신성의 추구를 위해 자금을 사용하고 있다고 인정하기는 어려워. 게다가 이자들은 야마나시 현뿐만 아니라 도쿄와 오사카 중심부에도 토지며 건물들을 확보하고 있어. 모두 금싸라기 땅들이야. 시부야, 미나미아오야마, 쇼토…… 이 교단은 아무래도 전국적인 규모의 확장을 계획하고 있는 거 같아. 혹시 부동산 쪽으로 사업을 바꾸려는 게 아니라면 말이지."

"자연 속에서 청정하고 엄격한 수행을 궁극의 목적으로 삼는다는 종교단체가 어째서 도심에 진출하려는 거지?"

"그리고 그런 큰돈들은 대체 어디에서 나오는 걸까?" 아유미는 의문을 드러냈다. "무와 당근을 재배해서 판매하는 것만으로는 그런 자금을 조달할 수 있을 리 없는데 말이야."

"신자들에게서 기부금이랍시고 뽑아내는 거 아닐까."

"그런 것도 있겠지만, 그것만으로는 턱없이 부족해. 분명 어딘가에 덩치 큰 자금루트가 있을 거야. 그리고 그밖에도 마음에 걸리는 정보를 찾아냈어. 아오마메 씨가 흥미를 가질 만한 거. 교단 안에는 신자의 자녀들이 상당히 많고, 기본적으로는 그 지역 초등학교에 다니는데, 대부분이 학교에 잠깐 다니다가 금세 관둔대. 학교 측에서는 의무교육이니까 꼭 등교해야 한다고 강하게 요구하지만, 교단에서는 아이들이 도저히 학교에 가기 싫어한다며 상대를 안 해주나봐. 그런 아이들에게는 자기들이 직접 교육을 하고 있으니까 학업 면에서는 걱정할 거 없다고 주장한대."

아오마메는 자신의 초등학교 시절을 떠올렸다. 교단 아이들이 학교에 가기 싫어하는 심정은 그녀도 이해할 수 있었다. 학교에 가도 이질적인 존재로 따돌림을 당하거나 무시를 당할 뿐이니까.

"교단이 있는 지역의 학교는 아무래도 다니기 껄끄러울 거야." 아오마메는 말했다. "게다가 요즘에는 등교 거부하는 아이들이 한둘이 아니고."

"하지만 그 아이들을 담당했던 교사의 말에 의하면, 교단 아이들 대부분은 남자애든 여자애든 정신적인 장애를 안고 있는 것으로 보였대. 처음에는 극히 평범하고 밝은 성격의 아이들이 고학년으로 올라갈수록 점점 말수가 줄어들고 표정이 없어지고, 그러다가 극단적으로 무감각해지고, 결국 학교에 나오지 않는다는 거야. '선구'에서 학교를 다니는 많은 아이들이 거의 똑같은 단계를 거치고 똑같은 증상을 보였대. 그래서 선생님들이 의구심을 품고 걱정하는 거지. 학교에 나타나지도 않고 교단 내부에 틀어박혀버린 아이들이 그뒤에 어떤 상태에 처해 있을지. 건강하게 잘 지내고 있을지. 하지만 아이들을 만날 수가 없대. 일반인의 시설 출입은 거부하고 있으니까."

쓰바사와 똑같은 증상이다. 극단적으로 감정이 없고, 무표정하고, 거의 입을 열지 않는 아이들.

"아오마메 씨는 '선구' 내부에서 아동학대가 벌어지고 있다고 상상하는 거지? 조직적으로 말이야. 그리고 그 학대에는 아마 성폭행도 포함되어 있을 거라고."

"하지만 구체적 증거가 없는 일반 시민의 상상만으로는 경찰이 움직여주지 않겠지?"

"응. 일단 경찰이라는 데는 도무지 융통성이 없는 조직이거든. 윗자리에 앉은 자들의 머릿속에는 자신의 경력 관리밖에 없어. 개중에 그렇지 않은 사람들도 있지, 하지만 대개는 무사안일하게 출세해서 퇴직 후에 관변단체나 민간기업에 낙하산으로 자리 얻을 궁리나 하는 게 인생의 목적이야. 그러니 위험한 일이나 뜨거운 문젯거리에는 애초부터 손을 대려 하지 않아. 그 사람들은 아마 피자도 다 식어버린 다음에 먹을걸. 실제로 성폭행 피해자가 이름을 밝히고 재판에서 논리정연하게 증언한다면 이야기가 달라지겠지만, 그러기는 어렵겠지?"

"응. 어려울 거야." 아오마메는 말했다. "아무튼 고마워. 네가 일러준 정보가 큰 도움이 됐어. 나중에 꼭 보답할게."

"그건 됐고, 가까운 시일 내에 둘이 롯폰기쯤에서 한 판 신나게 놀아줘야지. 서로 귀찮은 일은 싹 잊어버리고."

"좋아." 아오마메는 말했다.

"음, 그렇게 나오셔야지." 아유미는 말했다. "그런데 아오마메 씨는 수갑 플레이 같은 거에 관심 있어?"

"아마 없을걸." 아오마메는 말했다. 수갑 플레이?

"그래? 아쉽다." 아유미는 안타깝다는 듯이 말했다.

제22장 덴고

Q
시간이 일그러진 모양으로 흐를 수 있다는 것

덴고는 자신의 뇌에 대해 생각했다. 뇌에 대해서는 생각해야 할 것들이 아주 많다.

인간의 뇌는 최근 이백오십만 년 동안 그 크기가 약 네 배로 증가했다. 무게만으로 보면 뇌는 인간의 몸무게의 2퍼센트를 차지할 뿐이지만, 그런데도 불구하고 신체의 총 에너지의 약 40퍼센트를 소비한다(그가 지난번에 읽은 책에 그렇게 적혀 있었다). 뇌라는 기관의 그러한 비약적인 확대에 의해 인간이 획득할 수 있었던 것은 시간과 공간과 가능성의 관념이다.

시간과 공간과 가능성의 관념.

시간이 일그러진 모양으로 흐를 수 있다는 것을 덴고는 알고 있다. 시간 그 자체는 균일한 성분을 가졌지만, 그것은 일단 소비되면 일그러진 것으로 변해버린다. 어떤 시간은 지독히 무겁고 길며 어떤 시간은 가볍고 짧다. 그리고 때때로 전후가 바뀌거나 심할 때는 완전히 소멸되기도 한다. 있을 리 없는 것이 덧붙여지기도 한다. 인간은 아마도 시간을 그처럼 제멋대로 조정하면서 자신의 존재의의 또한 조정하는 것이리라. 다르게 말하면, 그같은 작업이 더해짐으로써 가까스로 멀쩡한 정신을 유지할 수 있는 것이다. 만일 자신이 어렵사리 지나온 시간을 순서대로 고스란히 균일하게 받아들여야 한다면 인간의 신경은 도저히 그것을 견뎌내지 못할 게 틀림없다. 그런 인생은 아마도 고문이나 다름없으리라. 덴고는 그렇게 생각했다.

인간은 뇌의 확대에 의해 시간성이라는 관념을 획득할 수 있었고, 동시에 그것을 변경하고 조정해가는 방법 또한 몸에 익혔다. 인간은 시간을 쉴새없이 소비하면서 그것과 병행하여 의식에 의해 조정된 시간을 쉴새없이 재생산한다. 이건 보통 작업이 아니다. 뇌가 신체의 총 에너지의 40퍼센트를 소비한다고 일컬어지는 것도 무리는 아니다.

한 살 반이나 기껏 두 살이었을 때의 기억은 정말로 내가 목격한 것일까, 덴고는 이따금 생각한다. 어머니가 속옷 차림으로 아버지가 아닌 남자에게 젖꼭지를 빨리고 있는 광경. 어머니의 팔은 남자의 몸을 휘감고 있다. 한두 살 젖먹이 아기가 그렇게까지 구분할 수 있을까. 그런 광경을 생생하게 세부까지 기억할 수 있을까. 그것은 훗날, 덴고가 자신의 몸을 보호하기 위해 적당히 만들어낸 가짜 기억이 아닐까.

그건 있을 법한 일이다. 덴고 자신이 아버지라고 칭하는 인물의 생물학적인 자식이 아니라는 것을 증명하기 위해 그의 뇌는 어느 시점에서 다른 남자(친아버지일 가능성이 있는)의 기억을 무의식중에 만들어냈던 것이다. 그리고 '아버지라고 칭하는 인물'을 긴밀한 핏

줄의 서클에서 배제하려고 했다. 어딘가에 살아 있을 터인 어머니와 진짜 아버지라는 가설적 존재를 자신 속에 설정하면서, 숨막히는 한정된 인생에 새로운 문을 달려고 한 것이다.

하지만 그 기억에는 생생한 현실감이 수반되어 있다. 분명한 감촉이 있고 무게가 있고 냄새가 있고 깊이가 있었다. 그것은 폐선에 달라붙은 굴처럼 그의 의식의 벽에 강력하고 단단하게 달라붙어 있었다. 아무리 떼어내려 해도, 씻어내려 해도 그것을 제거하는 건 불가능했다. 그런 기억이 자신의 의식이 필요에 따라 만들어낸, 그저 헛된 가짜라고는 덴고는 도저히 생각할 수 없었다. 가공의 것으로 하기에는 너무도 지나치게 리얼하고 지나치게 강고하다.

그것이 진짜의, 실제의 기억이라고 생각해보자.

아기였던 덴고는 그 정경을 목격하고 분명 두려웠을 게 틀림없다. 자신에게 주어져야 마땅할 젖가슴을 누군가 다른 사람이 빨고 있다. 자기보다 크고 강해 보이는 누군가가. 그리고 어머니의 뇌리에서 자신의 존재가, 가령 일시적이라고 해도 사라지고 없는 것처럼 보인다. 그것은 아직 연약한 그의 생존을 근본부터 위협하는 상황이다. 그때의 근원적인 공포가 의식의 인화지에 강렬하게 찍혀버렸는지도 모른다.

그리고 그 공포의 기억은 예상치 못한 때에 느닷없이 되살아나 둑을 무너뜨리고 밀려드는 홍수처럼 그를 덮쳤다. 패닉과도 같은 상태를 그에게 몰고 왔다. 그것은 그에게 말을 걸고 또한 생각나게 했다. 너는 어디에 가건, 무엇을 하건 이 수압에서 끝내 도망칠 수 없다. 이 기억은 너라는 인간을 규정하고, 너의 인생의 형태를 만들고, 너를 어느 정해진 장소로 밀어내려고 한다. 아무리 발버둥쳐도 네가 이 힘에서 도망칠 수는 없다, 라고.

그리고 덴고는 문득 생각했다. 후카에리가 입었던 파자마를 세탁기에서 집어올려 코에 내고 냄새를 맡았을 때, 나는 어쩌면 거기에서 어머니의 냄새를 원했는지도 모른다. 그런 마음이 들었다. 하지만 왜 하필 열일곱 살 소녀의 몸냄새에서 떠나버린 어머니의 이미지를 원하는 것일까. 그밖에도 그걸 바랄 좀더 알맞은 곳이 있을 터이다. 이를테면 연상의 걸프렌드의 몸.

덴고의 걸프렌드는 그보다 열 살이 많고, 그가 기억하는 어머니의 것에 가까운, 모양 좋은 커다란 유방을 갖고 있다. 하얀 슬립도 비슷했다. 하지만 덴고는 왠지 그녀에게서는 어머니의 이미지를 추구하지 않는다. 그녀의 몸냄새에 흥미를 가진 적도 없다. 그녀는 아주 효과적으로 덴고 안에서 일주일분의 성욕을 뽑아갔다. 덴고도 그녀에게 (대부분의 경우) 성적인 만족을 줄 수 있었다. 그것은 물론 중요한 성취였다. 하지만 두 사람의 관계에는 그 이상의 깊은 의미는 포함되어 있지 않았다.

그녀가 성행위의 대부분을 리드했다. 덴고는 거의 아무것도 생각하지 않고 그녀가 지시하는 대로 행동했다. 무엇을 선택할 필요도, 판단할 필요도 없었다. 그에게 요구되는 것은 두 가지뿐이었다. 페니스를 발기한 상태로 유지할 것, 사정의 타이밍에서 실수하지 말 것. "아직 안 돼. 조금만 더 참아"라고 말하면 온 힘을 다해 참았다. "자, 지금이야. 빨리, 빨리 해"라고 귓가에 속삭이면 그 지점에서 적확하게, 되도록 강하게 사정했다. 그렇게 하면 그녀는 덴고를 칭찬해주었다. 빰을 다정하게 쓰다듬으며 덴고, 자기는 정말 대단해, 라고 말해 주었다. 그리고 적확성의 추구는 덴고가 천성적으로 잘하는 것 중 하나였다. 올바른 구두점을 찍거나 최단거리의 수식을 찾아내는 것도 거기에 포함된다.

하지만 자신보다 연하의 여자와 섹스를 할 때는 그렇게 되지 않는다. 처음부터 끝날 때까지 그가 온갖 것을 생각하고 다양한 선택을 하고 판단을 내려야만 한다. 그건 덴고의 마음을 불편하게 만들었다. 다양한 책임이 그의 양 어깨를 짓눌렀다. 거친 바다로 작은 배를 타고 나간 선장이 된 듯한 기분이다. 노를 잡고 돛의 상태를 점검하고 기압이며 풍향을 머릿속에 넣어두어야 한다. 자신을 규율하고 선원들의 신뢰를 얻어야 한다. 세세한 실수나 아주 작은 착오가 참사로 연결될 수 있다. 그건 섹스라기보다 오히려 임무수행에 가까운 것이었다. 그 결과 그는 긴장해서 사정 타이밍을 맞추지 못하거나 혹은 필요한 때에 발기하지 못했다. 그러고는 자신에 대해 점점 더 회의를 품게 된다.

하지만 연상의 걸프렌드와의 사이에서는 그같은 착오는 일어나지 않는다. 그녀는 덴고의 성적인 능력을 높이 평가해주었다. 항상 그를 칭찬하고 격려해주었다. 덴고가 한 차례 너무 일찍 사정해버린 뒤로는 흰 슬립 차림은 조심스럽게 피했다. 슬립뿐만 아니라 흰 속옷을 입는 것까지 피했다.

그날도 그녀는 위아래 검은 속옷을 입고 있었다. 그리고 공들여서 그에게 펠라티오를 했다. 그리고 그의 페니스의 단단함과 고환의 부드러움을 마음껏 즐겼다. 검은 레이스 브래지어에 감싸인 그녀의 유방이 입의 움직임에 맞추어 오르락내리락하는 것을 덴고는 볼 수 있었다. 그는 너무 이른 사정을 피하기 위해 눈을 감고 길랴크 인에 대해 생각했다.

그들이 사는 곳에는 법정 따위는 없고, 재판이 무슨 뜻인지도 알지 못한다. 그들이 지금에 이르러서도 여전히 도로의 쓰임새를 전혀 이해하지 못하고 있다는 한 가지 사례만 보더라도 그들이 우리를 이해하는 것이 얼마나 어려운 일인지 알 수 있다. 도로를 이미 깔아놓은 곳에서조차 길랴크 인은 여전히 밀림을 헤집고 다닌다. 그들이 온 가족과 개까지 모두 함께 줄지어 도로 바로 옆 진흙탕을 온갖 고생을 하며 지나가는 것을 자주 볼 수 있다.

거친 옷으로 몸을 감싼 길랴크 인들이 대열을 지어, 여자들과 개까지 함께 도로 옆 밀림 속을 말없이 걸어가는 광경을 상상했다. 그들의 시간과 공간과 가능성의 관념 속에는 도로라는 것은 존재하지 않는다. 설혹 불편하기는 하더라도, 그들은 도로를 걸어가는 것보다 밀림 속을 은밀히 헤치고 갈 때 그들 자신의 존재의의를 보다 명확히 포착할 수 있는 것이리라.

가엾은 길랴크 인, 이라고 후카에리는 말했다.

덴고는 후카에리의 잠든 얼굴을 머릿속에 떠올렸다. 후카에리는 지나치게 큰 덴고의 파자마를 입고 잤다. 지나치게 긴 소매와 바짓단은 접어올렸다. 그는 그것을 세탁기에서 집어올려 코에 대고 냄새를 맡는다.

그런 생각을 해서는 안 돼, 덴고는 퍼뜩 정신을 차렸다. 하지만 이미 때는 늦었다.

덴고는 걸프렌드의 입 안에 세차게 몇 번이고 사정했다. 그녀는 그것을 마지막까지 입 안에 받았고, 그러고는 침대에서 내려와 욕실로 갔다. 그녀가 수도꼭지를 틀어 물을 내리고 입을 헹구는 소리가 들려왔다. 그리고 아무 일도 없었다는 듯이 침대로 돌아왔다.

"미안해." 덴고는 사과했다.

"참을 수 없었구나?" 걸프렌드는 말했다. 그리고 손끝으로 덴고의 코를 쓰다듬었다. "괜찮아. 근데 그렇게 좋았어?"

"무척." 그는 말했다. "잠깐만 기다려줘. 또 할 수 있을 거야."

"기대할게." 그녀는 말했다. 그리고 덴고의 벗은 가슴에 뺨을 댔다. 눈을 감고 그대로 가만히 있었다. 그녀의 조용한 콧숨을 덴고는 젖꼭지에 느낄 수 있었다.

"자기 가슴을 바라보고 만지면서 내가 항상 어떤 걸 떠올릴 거 같아?" 그녀는 덴고에게 물었다.

"모르겠네."

"구로사와 아키라 감독의 영화에 나오는 성문(城門)."

"성문." 덴고는 그녀의 등을 쓰다듬으며 따라했다.

"있잖아, 〈거미의 성〉이라든가 〈숨겨진 요새의 세 악인〉이라든가, 그런 옛날 흑백영화에 거대하고 튼튼한 성문이 나오지? 크고 넓적한 징 같은 게 잔뜩 박혀 있는 거. 항상 그게 생각나. 탄탄하고 두툼하고."

"나는 징 같은 건 박혀 있지 않은데." 덴고는 말했다.

"그래? 난 몰랐네." 그녀가 말했다.

후카에리의 「공기 번데기」는 단행본 출간 2주 만에 베스트셀러 목록에 진입하고, 3주째에는 문학 부문 톱으로 뛰어올랐다. 덴고는 학원 교직원 대기실에 놓인 몇몇 신문을 통해 그 책이 베스트셀러가 되어가는 과정을 지켜보았다. 신문광고도 두 번 실렸다. 광고에는 책표지 사진과 나란히 후카에리의 스냅 사진이 작게 곁들여져 있었다. 눈에 익은 찰싹 달라붙은 얇은 여름 스웨터, 아름다운 모양의 가슴(아마 기자회견 때 촬영한 것이리라). 어깨까지 수직으로 뻗은 긴 머리, 정면으로 빤히 쳐다보는 검고 신비한 두 눈동자. 그 눈은 카메라렌즈를 통해 인간이 마음속에 은밀히 품고 있는 무언가를, 평소에는 그런 것을 품고 있다고 본인도 의식하지 못하는 무언가를 솔직하게 응시하는 것처럼 보인다. 중립적으로, 하지만 다정하게. 그 열일곱 살 소녀의 망설임 없는 시선은 그것을 받는 자의 경계심을 풀어버리고, 그와 동시에 얼마간 겸연쩍은 기분이 들게 했다. 자그마한 흑백사진이기는 하지만, 사진만으로도 책을 사볼까 하고 생각하는 사람들이 적지 않을 것이다.

출간 며칠 뒤에 고마쓰가 「공기 번데기」 두 권을 우편으로 보내줬지만, 덴고는 책을 펼쳐보지도 않았다. 그곳에 인쇄되어 있는 문장은 분명 자신이 쓴 것이고, 자신이 쓴 문장이 단행본 형태로 출간된 것은 물론 처음이었다. 하지만 그것을 손에 들고 읽어보고 싶은 마음은 나지 않았다. 훑어볼 마음조차 나지 않았다. 책을 처음 보고서도 기쁜 마음은 들지 않았다. 그가 쓴 문장이기는 해도 그 이야기는 어디까지나 후카에리의 것이다. 그녀의 의식 속에서 탄생한 이야기다. 그가 맡은 어둠 속의 기술자로서의 작은 역할은 이미 종료되었고, 그 작품이 앞으로 어떤 운명을 더듬어가든 그건 덴고와는 관계없는 일이었다. 또한 관련을 가져서도 안 될 일이었다. 그는 그 두 권의 책을 비닐포장도 뜯지 않고 책장의 눈에 띄지 않는 곳에 밀어넣었다.

후카에리가 자고 간 날 밤 이후로 덴고의 인생은 한동안 아무 일 없이 온화하게 흘러갔다. 비가 자주 내렸지만 덴고는 날씨에는 거의 관심을 기울이지 않았다. 날씨 문제는 덴고의 중요사항 리스트의 한참 아래쪽에 밀려나 있었다. 그 이후로 후카에리에게서는 전혀 연락이 없었다. 연락이 없는 것은 아마 특별한 문제가 없다는 뜻이리라.

소설 집필을 하루하루 지속하는 한편, 진즉에 의뢰가 들어온 잡지용 짧은 원고 몇 꼭지를 썼다. 누구라도 할 수 있는 무기명 삯일이었지만, 그래도 기분전환이 되기도 하고 들인 수고에 비해 보수도 나쁘지 않았다. 그리고 항상 하던 대로 일주일에 세 번은 입시학원에 나가 수학강의를 했다. 그는 여러 번거로운 일들을—주로 「공기 번데기」와 후카에리에 관한—잊기 위해 예전보다 더욱 깊숙이 수학의 세계로 파고들었다. 일단 수학의 세계에 들어가면 뇌의 회로는 (작은 소리를 내면서) 전환되었다. 그의 입은 다른 종류의 언어를 발하고 그의 몸은 다른 종류의 근육을 쓰기 시작했다. 목소리 톤도 변하고 얼굴 모습도 조금 변했다. 덴고는 그런 전환의 감촉을 좋아했다. 하나의 방에서 다른 방으로 옮겨간 듯한, 혹은 하나의 구두에서 다른 구두로 갈아신은 듯한 감각이 거기에는 있었다.

수학의 세계에 들어서면 그는 일상생활 속에 있을 때보다, 혹은 소설을 쓰고 있을 때보다 기분을 한 단계 느슨하게 풀어놓을 수 있었고 웅변적이 되기도 했다. 하지만 그와 동시에 자신이 얼마간 편의적인 인간이 된 듯한 마음도 들었다. 어느 쪽이 본래 자신의 모습인지 판단이 되지 않는다. 하지만 그는 몹시 자연스럽게, 딱히 의식하는 일도 없이 그 전환을 행할 수 있었다. 그러한 전환 작업이 많건 적건 자신에게 꼭 필요하다는 것도 알고 있었다.

수학강사로서 그는 교단에 서서 수학이라는 것이 얼마나 탐욕스럽게 논리성을 원하는지를 학생들의 머릿속에 철저히 주입시켰다. 수학의 영역에서는 증명할 수 없는 일에는 아무런 의미도 없으며, 일단 증명만 할 수 있으면 세계의 수수께끼는 부드러운 굴조개처럼 인간의 손 안에 잡히는 것이다. 강의는 어느 때보다 열기를 띠고, 학생들은 그 웅변에 저절로 흠뻑 빠져들었다. 그는 수학 문제 푸는 법을 실제적으로 유효하게 가르쳐주는 동시에 그 설문 속에 감춰진 로맨스를 화려하게 펼쳐보였다. 덴고는 교실을 둘러볼 때마다 열일고여덟 살의 소녀들 몇몇이 경의에 가득 찬 눈빛으로 자신을 물끄러미 바라본다는 것을 알았다. 그는 자신이 수학이라는 채널을 통해 그녀들을 유혹한다는 것을 알았다. 그의 달변은 일종의 지적인 전희였다. 함수가 등을 쓰다듬고 정리가 따스한 숨을 귀에 불어넣는다. 하지만 후카에리를 만난 뒤부터는 덴고가 그런 소녀들에 대해 성적인 흥미를 품는 일은 더이상 없었다. 그녀들이 입었던 파자마 냄새를 맡고 싶다고도 생각하지 않았다.

후카에리는 분명 특별한 존재라고 덴고는 새삼 생각했다. 다른 소녀들과 비교하는 일 따위, 불가능하다. 그녀는 틀림없이 내게 뭔가 의미를 갖고 있다. 그녀는, 뭐라고 하면 좋을까, 나를 향한 하나의 총체적인 메시지인 것이다. 그렇건만 어떻게도 그 메시지를 독해할 수가 없다.

하지만 후카에리와 관련되는 일은 이제 그만두는 게 좋다, 는 것이 그의 이성이 가 닿은 명쾌한 결론이었다. 서점 앞 진열대에 쌓인 「공기 번데기」며 무슨 생각을 하는지 알 수 없는 에비스노 선생, 불온한 수수께끼로 가득 찬 종교단체도 되도록 멀리하는 게 좋다. 고마쓰와도, 적어도 당분간은 거리를 유지하는 게 좋다. 그러지 않으면 그는 점점 더 혼란스러운 곳으로 실려갈 것이다. 논리라고는 한 조각도 없는 그런 위험한 한귀퉁이로 떠밀려 꼼짝달싹하지 못하는 상황에 몰리고 말 것이다.

하지만 지금 이 단계에서 그 복잡하기 짝이 없는 음모에서 몸을 빼는 게 간단하지 않다는 건 덴고도 잘 알고 있었다. 그는 이미 거기에 관여해버렸다. 히치콕 감독 영화의 주인공들처럼 알지 못하는 사이에 어떤 음모에 휘말린 게 아니다. 어느 정도 리스크가 포함되어 있다는 것을 잘 알면서도 그 스스로 휘말려든 것이다. 그 장치는 이미 내달리기 시작했다. 일단 가속이 붙어 달려가는 것을 이제는 멈추게 할 수도 없다. 그리고 덴고는 의심의 여지 없이 그 장치의 한 개의 톱니바퀴가 되어 있었다. 그것도 주요한 톱니바퀴. 그는 그 장치의 나지막한 울림을 귀로 듣고, 집요한 활동을 몸속에서 감지할 수 있었다.

고마쓰가 전화를 걸어온 것은 「공기 번데기」가 2주 연속 문학 부문 베스트셀러 1위에 오른 며칠 뒤였다. 한밤중, 열한시 넘어서 전화 벨이 울렸다. 덴고는 이미 파자마로 갈아입고 침대에 들어가 있었다. 엎드린 자세로 한참 책을 읽고 이제 슬슬 베갯머리의 불을 끄고 잠을 자려던 참이었다. 벨이 울리는 꼴로 보아 상대가 고마쓰라는 건 즉각 짐작했다. 제대로 설명은 할 수 없으나 고마쓰가 걸어오는 전화는 언제라도 그의 전화라는 것을 안다. 벨이 울리는 낌새부터가 특이한 것이다. 문장에 문체가 있듯이 그가 걸어오는 전화는 독특한 방식으로 벨이 울린다.

덴고는 침대에서 내려와 주방으로 가서 수화기를 들었다. 사실은 그러고 싶지 않았다. 이대로 조용히 자버리고 싶었다. 이리오모테 살쾡이라든가 파나마 운하라든가 오존층이라든가 마쓰오 바쇼라든가, 뭐든 좋으니 아무튼 여기서 가능한 한 멀리 있는 것에 대한 꿈이나 꾸고 싶었다. 하지만 지금 전화를 받지 않으면 십오 분이나 삼십 분 뒤에 다시 벨이 울려댈 것이다. 고마쓰에게는 시간관념이라는 것이 거의 없다. 일상적인 삶을 살아가는 인간에 대한 배려나 염려 따위 애초에 없다. 차라리 지금 전화를 받는 게 그나마 낫다.

"여어 덴고, 벌써 자고 있었어?" 고마쓰는 늘 그렇듯이 느긋한 목소리로 운을 뗐다.

"자려던 참이에요." 덴고는 말했다.

"거 미안하게 됐네." 고마쓰는 별로 미안한 것 같지 않게 말했다. "「공기 번데기」의 판매가 꽤 호조를 보인다는 소식을 잠깐 전해주고 싶어서."

"다행이군요."

"핫케이크처럼 만드는 족족 마구 팔리고 있어. 제작이 미처 따라가질 못해서 가엾게도 제본소는 밤낮없이 일하고 있다니까. 물론 상당한 부수가 팔리리라는 건 미리 예상했었어. 열일곱 살 미소녀가 쓴 소설이라고. 화제가 될 만하지. 팔릴 만한 요소는 죄다 갖췄으니까."

"겨울잠에서 깨어난 곰 같은 서른 살짜리 학원강사가 쓴 소설하고는 사정이 다르니까요."

"그렇지, 바로 그거야. 그렇긴 한데 오락성이 풍부한 소설이라고 하기는 어려워. 섹스 장면도 없고 눈물을 흘릴 만한 감동적인 장면도 없어. 그래서 나도 이렇게까지 엄청나게 팔릴 줄은 상상 못 했어."

고마쓰는 덴고의 반응을 살피듯이 거기서 잠시 뜸을 들였다. 덴고가 아무 말도 하지 않자 그는 그대로 이야기를 계속했다.

"게다가 단순히 많이 팔리는 것만이 아니야. 평가 역시 아주 좋아. 그렇고 그런 애송이가 어쩌다가 생각난 아이디어 하나로 써낸 화제성 강하고 경박한 소설과는 애초에 물건이 달라. 뭐니 뭐니 해도 내용이 아주 뛰어나. 물론 덴고의 정확하고 탄탄한 문장력이 그것을 가능케 한 것이지. 아, 그건 참으로 완벽한 작업이었어."

가능케 했다. 덴고는 고마쓰의 칭찬을 한 귀로 흘려들으며 손끝으로 관자놀이를 가볍게 눌렀다. 고마쓰가 덴고에게 대놓고 칭찬할 때, 그다음에는 반드시 그리 바람직하지 않은 소식이 기다리고 있다.

덴고는 말했다. "그래서요, 고마쓰 씨, 나쁜 뉴스는 뭡니까?"

"엇, 나쁜 뉴스가 있다는 건 어떻게 알았지?"

"이 시간에 고마쓰 씨가 저한테 전화를 했잖아요. 나쁜 뉴스가 없을 리 없죠."

"흠, 그렇군." 고마쓰는 감탄한 듯이 말했다. "아닌 게 아니라 맞는 말이야. 덴고는 역시 감이 좋아."

그런 건 감이 아니다, 그저 하찮은 경험칙이다, 라고 덴고는 생각했다. 하지만 아무 말도 하지 않고 상대가 어떻게 나올지 기다렸다.

"그래, 유감스럽지만 그리 좋지 않은 뉴스가 한 가지 있어." 고마쓰는 말했다. 그리고 그야말로 의미심장하게 뜸을 들였다. 그의 두 눈이 어둠 속에서 몽구스의 눈동자처럼 반짝 빛을 내는 광경이 전화상으로도 충분히 상상이 되었다.

"아마도 그건 「공기 번데기」의 작가에 관한 것이겠군요." 덴고는 말했다.

"그렇지. 후카에리에 관한 거야. 아주 조금 일이 난처하게 됐어. 사실을 말하자면, 그녀의 행방을 벌써 한참이나 알지 못하고 있어."

덴고의 손가락은 계속해서 관자놀이를 누르고 있었다. "한참이나라니, 언제부터요?"

"사흘 전 수요일 아침, 그애는 오쿠타마의 집에서 도쿄로 나갔어. 에비스노 선생이 그녀를 배웅했지. 어디에 간다는 말은 없었어. 나중에 전화가 걸려와서 오늘은 산 속 집에는 돌아가지 않고 시나노마치 맨션에서 자겠다고 말했대. 맨션에는 그날, 에비스노 선생의 딸도 함께 머물기로 했었지. 하지만 후카에리는 아무리 시간이 흘러도 맨션으로 오지 않았어. 그 이후로 연락이 끊겼다, 그거야."

덴고는 최근 사흘간의 기억을 더듬었다. 하지만 짚이는 점은 없었다.

"그렇게 후카에리는 행방이 묘연한 상태야. 그래서 혹시 자네에게는 연락이 있었나 하고."

"저한테도 연락이 없었어요." 덴고는 말했다. 그녀가 덴고의 집에서 하룻밤을 보낸 것은 분명 벌써 사 주도 더 전의 일이다.

시나노마치의 맨션에는 돌아가지 않는 게 좋겠다고 그때 후카에리가 했던 말을 고마쓰에게 할지 말지 덴고는 잠시 망설였다. 그녀는 그 장소에 뭔가 불길한 것을 느꼈는지도 모른다. 하지만 덴고는 결국 그 얘기는 하지 않기로 했다. 후카에리를 자신의 집에서 재웠다는 것을 고마쓰에게 말하고 싶지는 않았다.

"특이한 아이잖아요." 덴고는 말했다. "연락도 안 하고 혼자 어딘가로 훌쩍 가버렸는지도 모르죠."

"아니, 그건 아냐. 후카에리는 그렇게 보여도 상당히 고지식한 데가 있어. 자신이 어디 있는지는 항상 명확히 밝혔어. 자주 전화해서 지금 어디에 있고 언제 어디로 간다는 식의 연락을 했어. 에비스노 선생이 그렇게 말했다니까. 그러니 만 사흘 동안이나 전혀 연락이 없다는 건 약간 심상치 않은 일이야. 안 좋은 일이 일어났는지도 모른다고."

덴고는 낮게 신음했다. "안 좋은 일."

"에비스노 선생도 그 딸도 크게 걱정하고 있어." 고마쓰는 말했다.

"어떻든 이대로 그녀의 행방이 묘연해진다면 고마쓰 씨는 분명 입장이 난처하겠군요."

"음, 만일 경찰이 관여하게 된다면 그때는 정말 일이 복잡해져. 베스트셀러 가도를 내달리는 책을 써낸 미소녀 작가가 실종된 거야. 매스컴이 난장을 치는 꼴이 눈에 뻔히 보여. 그렇게 되면 즉각 여기저기서 담당편집자인 나한테 달려와 코멘트를 요청할 거야. 그건 영 재미없지. 나는 어디까지나 뒤에서 움직여야 할 사람이라서 앞에 나서는 건 맞지 않아. 게다가 그러고 다니다가 어디서 어떤 식으로 내막이 폭로될지 모른다고. 정말 이건 보통 문제가 아니야."

"에비스노 선생은 뭐라고 하시죠?"

"내일이라도 경찰에 실종신고를 내겠다고 하고 있어." 고마쓰는 말했다. "내가 잘 말씀드려서 가까스로 신고만은 며칠 늦추기로 했어. 하지만 그리 오래 붙잡아둘 수 있을 것 같지는 않아."

"경찰에 실종신고가 들어왔다는 걸 알면 매스컴이 몰려들겠지요?"

"경찰이 어떻게 나올지는 모르겠지만, 후카에리는 지금 한창 화제의 인물이야. 그저 평범한 십대 가출소녀와는 사정이 달라. 끝까지 감추기는 어려울 거야."

어쩌면 그것이 에비스노 선생이 바라던 일인지도 모른다, 고 덴고는 생각했다. 후카에리를 미끼 삼아 세상을 한바탕 시끄럽게 뒤흔들고, 그것을 지렛대로 '선구'와 그녀의 부모의 관계를 밝혀내고 또한 그들이 있는 곳을 알아내는 것. 만일 그렇다면 선생의 계획은 현재로서는 예상했던 대로 전개되고 있는 셈이다. 하지만 거기에 얼마나 큰 위험이 도사리고 있는지, 에비스노 선생은 제대로 파악하고 있을까? 물론 그런 정도는 알고 있을 것이다. 에비스노 선생은 지각 없는 사람이 아니다. 애초에 깊이 있게 생각하는 것이 그의 직업이다. 그리고 후카에리를 둘러싼 상황에는 덴고가 알지 못하는 중요한 사실들이 아직 얼마든지 있는 모양이었다. 덴고는 말하자면, 조각이 모자란 지그소 퍼즐을 맞추고 있는 꼴이다. 지각 있는 사람이라면 애초부터 그런 귀찮은 일에는 관여하지 않는다.

"그녀가 어디로 갔는지, 자네는 뭐 짐작 가는 거 없어?"

"현재로서는 없어요."

"흠, 그래." 고마쓰는 말했다. 그 목소리에서 피로의 기척이 엿보였다. 고마쓰가 약한 모습을 드러내는 건 별로 없는 일이었다. "한밤중에 깨워서 미안해."

고마쓰가 사과의 말을 입에 올리는 것도 상당히 진기한 일이다.

"괜찮아요, 사정이 사정이니만큼." 덴고는 말했다.

"나로서는 가능하다면 이런 현실적인 말썽에는 덴고를 끌어들이고 싶지 않았어. 자네의 역할은 어디까지나 글을 쓰는 것이고, 그 일은 성실히 잘해줬으니까. 하지만 세상일이 다 그렇듯이 웬만해서는 척척 해결되는 법이 없어. 그리고 언젠가도 말했듯이 우리는 한 배를 타고 급류에 휩쓸려가고 있어."

"일련탁생." 덴고는 기계적으로 말을 덧붙였다.

"그렇지."

"하지만 고마쓰 씨, 후카에리의 실종이 뉴스가 되면 「공기 번데기」가 더 잘 팔리지 않을까요?"

"아니, 이미 팔릴 만큼 팔렸어." 고마쓰는 체념한 듯이 말했다. "더이상 홍보는 필요 없어. 요란한 스캔들은 말썽의 씨앗일 뿐이지. 우리로서는 오히려 평온한 착지점에 대해 생각해야 할 시기야."

"착지점?" 덴고는 말했다.

고마쓰는 전화기에 대고 가상의 뭔가를 목구멍으로 넘기려는 듯한 소리를 냈다. 그러고는 한 차례 헛기침을 했다. "그런 쪽에 대해서는 이다음에 밥이라도 먹으면서 천천히 얘기하세. 이번 말썽이 정리된 다음에. 잘 자, 덴고. 푹 자라고."

고마쓰는 그렇게 말하고 전화를 끊었지만, 마치 저주에라도 걸린 것처럼 덴고는 그뒤로 도통 잠이 오지 않았다. 몹시 졸리는데도 잠을 잘 수가 없었다.

뭐가 '푹 자라고'야, 덴고는 투덜거렸다. 주방 테이블에 앉아 일을 해보려고 했다. 하지만 아무것도 손에 잡히지 않았다. 선반에서 위스키 병을 꺼내 잔에 따라 스트레이트로 한 모금씩 마셨다.

후카에리는 설정한 대로 살아 있는 미끼로서의 역할이 먹혀서 교단 '선구'에 유괴당했는지도 모른다. 그럴 가능성이 없지 않다고 덴고는 생각했다. 그들은 시나노마치의 맨션을 감시하고 있다가 후카에리가 나타나자마자 몇 명이 억지로 자동차에 태워 데리고 갔을지도 모른다. 신속하게 처리하면, 그리고 상황만 잘 선택하면 결코 불가능한 일이 아니다. 후카에리가 시나노마치의 맨션에는 가지 않는 게 좋겠다고 말했을 때, 어쩌면 그녀는 그런 기미를 감지하고 있었는지도 모른다.

리틀 피플도, 공기 번데기도 실재한다, 고 후카에리는 덴고에게 말했다. 그녀는 '선구'라는 코뮌 안에서 눈 먼 산양을 실수로 죽게 했고, 그 징벌을 받으면서 리틀 피플을 알게 되었다. 그들과 함께 밤마다 공기 번데기를 만들었다. 그리고 그 결과, 그녀에게 뭔가 큰 의미를 가진 일이 일어났다. 그녀는 그 일을 이야기의 형태로 말했다. 덴고가 그 이야기를 소설의 형태로 정비했다. 말을 바꾸자면 상품의 형태로 바꾼 것이다. 그리고 그 상품은(고마쓰의 표현을 빌리자면) 핫케이크처럼 만드는 족족 팔리고 있다. '선구' 입장에서는 그건 그리 좋지 않은 일이었는지도 모른다. 리틀 피플과 공기 번데기 이야기는 외부에 밝혀져서는 안 되는 중대한 비밀이었는지도 모른다. 그래서 그들은 비밀이 더이상 새나가는 것을 막기 위해 후카에리를 유괴하여 그 입을 차단하지 않으면 안 되었다. 만일 그녀의 실종이 세상의 의혹을 부른다 해도, 그만한 리스크를 감수하고서라도, 실력행사에 나서지 않을 수 없는 이유가 있는지도 모른다.

하지만 그것도 물론 덴고가 세운 가설에 지나지 않는다. 이렇다 할 명확한 근거도 없고, 증명하는 것도 불가능하다. 큰 소리로 "리틀 피플과 공기 번데기는 실재합니다"라는 등의 말을 사람들에게 알려봤자 어느 누가 그런 이야기에 귀를 기울여줄 것인가. 무엇보다 그런 것이 '실재한다'라는 것이 구체적으로 어떤 의미인지, 덴고 역시 잘 알지 못하는 것이다.

그게 아니면 후카에리는 그저 「공기 번데기」의 베스트셀러 소동이 그만 지겨워져서 어딘가에 혼자 슬쩍 숨어버린 것일까. 물론 그럴 가능성도 생각할 수 있다. 그녀의 행동을 예측하는 것은 거의 불가능에 가깝다. 하지만 만일 그렇다 해도 그녀는 에비스노 선생이나 그 딸인 아자미가 걱정하지 않도록 뭔가 메시지는 남기고 갔을 터다. 그렇게 하지 못할 이유는 아무것도 없으므로.

하지만 만일 후카에리가 정말로 교단에 유괴된 것이라면 그녀가 저잖이 위험한 상황에 처하리라는 건 덴고도 쉽게 상상이 되었다. 부모의 소식이 어느 시점부터 전혀 알 수 없게 된 것과 마찬가지로 그녀의 소식도 이대로 끊겨버릴지 모른다. 후카에리와 '선구'의 관계가 명백히 밝혀지고(밝혀질 때까지 그리 오랜 시간은 걸리지 않을 것이다), 그 일로 매스컴이 아무리 떠들어대도 경찰 당국이 "유괴되었다는 물적 증거는 없다"며 거들떠보지도 않는다면 모든 것은 헛소동으로 끝나버린다. 그녀는 높은 담장으로 둘러싸인 교단 내 어딘가에 유폐 감금된 채 살아야 할지도 모른다. 혹은 더 지독한 꼴을 당할지도 모른다. 에비스노 선생은 그런 최악의 시나리오를 감안하고 대책을 강구한 끝에 이번 계획을 실행한 것일까.

덴고는 에비스노 선생에게 전화를 걸어 그런 여러 가지 이야기를 묻고 싶었다. 하지만 시각은 이미 한밤중을 지나 있었다. 내일까지 기다리는 수밖에 없다.

덴고는 다음 날 아침, 알려준 번호로 에비스노 선생의 집에 전화를 걸었다. 하지만 전화는 연결되지 않았다. "지금 거신 번호는 결번입니다. 번호를 확인하시고 다시 걸어주세요"라는 전화국의 녹음메시지만 반복될 뿐이었다. 몇 번을 다시 걸어도 결과는 마찬가지였다. 아마도 후카에리가 데뷔한 이후로 취재전화가 쇄도해서 전화번호를 일찌감치 바꾼 모양이었다.

그리고 일주일 동안 눈에 띄는 변화는 하나도 일어나지 않았다. 「공기 번데기」만 순조롭게 판매부수를 올려가고 있을 뿐이었다. 변함없이 전국 베스트셀러 목록 상위에 자리를 잡고 있었다. 그동안 덴고에게는 어느 누구에게서도 연락이 없었다. 덴고는 몇 번인가 고마쓰의 회사에 전화를 했지만, 그는 항상 부재중이었다(드문 일은 아니다). 전화를 부탁한다는 전언을 편집부에 남겼지만, 전화는 한 번도 걸려오지 않았다(그것도 드문 일은 아니다). 날마다 빠짐없이 신문을 훑어보았지만 후카에리의 실종신고가 들어왔다는 뉴스는 눈에 띄지 않았다. 에비스노 선생은 결국 경찰에 실종신고를 내지 않은 걸까. 혹은 내기는 했지만 경찰이 비밀리에 수사하기 위해 내용을 발표하지 않고 있는 걸까. 그게 아니면 흔히 있는 십대 소녀의 가출이라고 생각하고 진지하게 상대해주지 않은 걸까.

덴고는 늘 하던 대로 일주일에 사흘은 입시학원에서 수학강의를 하고, 그 이외의 날들은 책상을 마주하고 장편소설을 써내려가고, 금요일에는 아파트를 찾아오는 걸프렌드와 농밀한 오후의 섹스를 즐겼다. 하지만 어떤 일을 하건 마음을 한곳에 집중할 수 없었다. 두툼한 구름의 터진 끄트머리를 다른 뭔가로 착각하여 삼켜버린 사람처럼, 뭔가 후련하지 않은, 안정되지 않은 기분으로 하루하루를 보냈다. 식욕도 서서히 감퇴했다. 한밤중의 엉뚱한 시간에 눈이 떠져서 그대로 새벽까지 잠을 자지 못했다. 잠들지 못한 채, 후카에리에 대해 생각했다. 그녀는 지금 어디에 있고 무엇을 하고 있는가. 누구와 함께 있는가. 어떤 봉변을 당하고 있는가. 다양한 상황을 머릿속에서 상상했다. 모두가 다소의 차이는 있지만 비관적인 색조를 띤 상상이었다. 그리고 그의 상상 속에서 후카에리는 항상 딱 달라붙는 얇은 여름용 스웨터를 입고 가슴 선을 아름답게 드러내고 있었다. 그 모습은 덴고를 숨막히게 하고 마음속에 한층 거센 소요를 일으켰다.

후카에리가 연락을 해온 것은 「공기 번데기」가 베스트셀러 목록에 확고하게 자리를 잡은 지 6주째를 맞은 목요일이었다.

제23장 아오마메

Q
이건 뭔가의 시작에 지나지 않는다

아오마메와 아유미는 조촐한, 그러나 충분히 에로틱한 하룻밤의 향연을 연출하기에 이상적이라고 해도 좋을 콤비였다. 아유미는 자그마하고 다정하며 낯도 가리지 않고 말을 잘하고, 일단 마음만 먹으면 웬만한 일에는 긍정적인 자세로 나설 수 있었다. 건강한 유머 감각도 있었다. 그에 비해 근육질에 늘씬한 몸매의 아오마메는 어느 쪽인가 하면 무표정하고 친해지기 어려운 구석이 있었다. 처음 만난 남자를 향해 적당히 웃어가며 말을 붙이지도 못 했다. 그녀가 하는 말에서는 희미하기는 하지만 시니컬하고 공격적인 여운이 감지되었다. 눈 속 깊은 곳에는 만만하게 허락하지 않겠다는 빛이 깃들어 있었다. 하지만 그러면서도 아오마메는 마음이 내키면 남자들을 홀리는 쿨한 아우라 같은 것을 풍길 수 있었다. 동물이나 벌레가 필요에 따라 내뿜는, 성적인 자극을 품은 방향과도 같은 것이다. 의도적으로, 혹은 노력해서 배운 게 아니다. 아마도 타고난 것이다. 아니, 어쩌면 뭔가 이유가 있어서 그녀는 그런 냄새를 인생의 어느 단계에서 후천적으로 몸에 익혔는지도 모른다. 어느 쪽이건 그 아우라는 상대 남자들만이 아니라 파트너인 아유미까지 미묘하게 자극하여, 그 말과 행동을 좀더 화사하고 적극적인 것으로 만들었다.

적당한 남자들을 발견하면 아유미가 우선 혼자서 정찰을 나가 타고난 붙임성을 발휘하여 우호적인 관계를 구축하기 위한 토대를 닦았다. 그러고는 타이밍을 노려 아오마메가 등장해서 거기에 깊이 있는 하모니를 만들어냈다. 오페레타와 필름누아르를 합체한 듯한 독특한 분위기가 빚어졌다. 거기까지 가면 그다음은 간단하다. 적당한 장소로 이동하여 (아유미의 솔직한 표현을 빌리자면) 신나게 뒹굴면 된다. 가장 어려운 건 적당한 상대를 찾아내는 일이었다. 상대는 두 명 일행인 게 바람직하고, 깔끔하고 어느 정도 괜찮게 생겨야 한다. 조금은 지적인 면도 반드시 있어야 하지만, 지나치게 지적인 건 곤란할 수 있다. 지루하게 긴 대화는 모처럼 맞이한 밤을 쓸모없는 것으로 만드니까. 경제적인 여유가 있어 보여야 하는 것 또한 평가의 대상이 되었다. 당연한 일이지만, 남자들은 바나 클럽의 계산을 맡고 호텔비를 지불하게 될 테니까.

하지만 그녀들이 6월이 끝나갈 무렵에 조촐한 성적 향연을 연출하려고 시도했을 때는(결과적으로 그것이 콤비로서 최후의 활동이 되었지만) 아무리 둘러봐도 적당한 남자를 찾아낼 수 없었다. 시간을 들여가며 자리까지 몇 번 바꿨지만 결과는 마찬가지였다. 월말인데다 금요일 밤인데도 롯폰기에서 아카사카까지 어떤 가게나 놀랄 만큼 한산하고 손님들이 적어서 남자를 골라볼 도리도 없었다. 꾸무럭거리는 흐린 하늘 아래, 마치 도쿄 거리 전체가 누군가의 초상을 치르는 것처럼 무겁고 답답한 분위기가 감돌았다.

"오늘은 안 되겠다. 포기하자." 아오마메는 말했다. 시계는 벌써 열시 반을 가리키고 있었다.

아유미도 떨떠름하게 동의했다. "진짜, 이렇게 김빠지는 금요일 밤은 처음이야. 모처럼 섹시한 보라색 속옷까지 입고 나왔는데."

"집에 가서 거울 앞에 서서 혼자 감상해."

"아무리 그래도 경찰 기숙사에서 그런 짓을 할 배짱은 없어."

"어쨌거나 오늘은 깨끗이 포기하고 둘이서 얌전히 술 마시고 집에 들어가 자자."

"그게 낫겠네." 아유미는 말했다. 그러고는 생각난 듯이 말했다. "아참, 아오마메 씨, 집에 돌아가기 전에 어디서 가볍게 식사라도 할까? 돈이 삼만 엔쯤 남았거든."

아오마메는 얼굴을 찌푸렸다. "돈이 남아? 웬일이야, 항상 월급이 적다고 투덜거렸잖아."

아유미는 둘째손가락으로 코 옆을 쓱쓱 긁었다. "실은 지난번에 남자한테서 삼만 엔을 받았어. 헤어지려는데 택시비나 하라고 쥐여주더라고. 왜 있잖아, 부동산 회사에 근무한다는 두 사람하고 했을 때."

"준다고 그걸 받았어?" 아오마메는 깜짝 놀라 말했다.

"우리를 세미프로라고 생각했던 모양이야." 아유미는 킥킥 웃으며 말했다. "경시청 여경과 마셜 아츠 인스트럭터일 줄은 설마 꿈에도 몰랐겠지. 하지만 뭐, 어때? 부동산 거래로 돈이 남아돌 만큼 버는 모양이지. 나중에 아오마메 씨하고 맛있는 거라도 사먹자 하고 따로 챙겨뒀었어. 역시 이런 돈은 생활비 같은 거에는 쓰고 싶지 않잖아."

아오마메는 딱히 의견을 말하지 않았다. 알지 못하는 남자와 하룻밤만의 섹스를 하고 그 대가로 돈을 받는다…… 그것은 그녀에게는 현실의 일로 생각되지 않았다. 그런 일이 자신의 신상에 일어나다니, 쉽게 받아들일 수 없었다. 마치 잔뜩 뒤틀린 거울에 변형되어 비친 자신의 모습을 바라보는 것 같다. 하지만 모럴이라는 관점에서 생각해보면, 남자들을 살해하고 돈을 받는 것과 남자들과 섹스를 하고 돈을 받는 것은 과연 어느 쪽이 더 정상인 걸까. 판단이 어려운 대목이다.

"남자한테 돈을 받은 게 마음에 걸려?" 아유미가 불안한 얼굴로 물었다.

아오마메는 고개를 저었다. "마음에 걸린다기보다 좀 신기하다는 생각이 든 것뿐이야. 그보다 여경이 매춘 비슷한 행위를 한다는 게 심정적으로 저항이 더 클 거 같은데?"

"아니, 전혀." 아유미는 밝게 말했다. "그깐 거 나는 전혀 신경 안 써. 아오마메 씨, 가격을 미리 정해놓고 섹스를 하는 게 매춘부야. 그건 언제나 선불이거든. 오빠, 팬티 벗기 전에 돈부터 주세요. 그게 매춘부의 원칙이야. 하고 난 다음에 '실은 돈이 없어'라고 나오면 장사가 안 되거든. 하지만 가격의 사전협상 없이 나중에 '이거 차비나 해요' 하고 약간 돈을 쥐여주는 건 감사하다는 마음의 표현일 뿐이야. 직업적인 매춘과는 다르지. 선은 넘지 않았어."

아유미의 이론은 나름대로 조리가 있다고 해야 할지도 모른다.

지난번, 아오마메와 아유미가 선택한 상대는 삼십대 중반에서 사십대 초반. 둘 다 머리칸은 넘실넘실했지만 그 점은 아오마메가 양보했다. 부동산 관련 사업을 하고 있다고 그들은 말했다. 하지만 입고 있는 휴고 보스 정장이며 미소니 옴므 넥타이를 보면 그들의 근무처가 미쓰비시나 미쓰이 같은 대기업 부동산 회사가 아니라는 건 짐작할 수 있었다. 좀더 어그레시브하고 상황대처가 빠른 타입의 회사다. 아마도 회사 이름은 외국어일 것이다. 까다로운 사칙이나 전통이라는 프라이드, 한없이 늘어지는 회의 따위에 묶이는 일은 없다. 개인적인 능력 없이는 버텨낼 수 없지만, 그만큼 실적이 좋으면 수입도 크다. 한 사람은 신형 알파로메오 차 키를 갖고 있었다. 도쿄에는 오피스 스페이스가 부족하다, 고 그들은 말했다. 경제는 오일쇼크에서 회복되어 다시 달아오를 조짐을 보이고 있고, 자본은 점점 더 유동화하고 있다. 아무리 고층빌딩을 많이 지어도 부족하게 될 상황이 머지않아 닥칠 것이다.

"부동산 쪽이 요즘 꽤 돈을 버는 거 같던데." 아오마메는 말했다.

"그래, 아오마메 씨도 혹시 여윳돈 있으면 부동산 좀 사둬." 아유미는 말했다. "도쿄처럼 한정된 지역에 거대한 돈이 흘러들고 있거든. 토지 가격은 가만 놔둬도 올라가게 되어 있어. 지금 사두면 손해 볼 일은 없어. 당첨이 확실한 마권을 사는 셈이야. 하지만 안타깝게도 나 같은 말단공무원은 그럴 밑천이 없다는 거. 그나저나 아오마메 씨는 재테크 같은 거 하는 편이야?"

아오마메는 고개를 저었다. "나는 현금이 아니면 믿지 않아."

아유미는 소리 내어 웃었다. "어라, 그건 범죄자의 멘탤리티인데?"

"침대 매트리스 틈새에 현금을 감춰뒀다가 수틀리면 움켜쥐고 창문으로 튀어."

"그래, 그거, 그거." 아유미는 말하며 손가락을 탁 튕겼다. "〈겟어웨이〉 같은데? 스티브 매퀸 영화. 돈다발과 샷건. 그런 거 진짜 좋아."

"법을 집행하는 쪽에 있는 것보다?"

"개인적으로는." 아유미는 웃음을 날리며 말했다. "개인적으로는 아웃로(outlaw) 쪽이 좋아. 미니순찰차 타고 불법주차 단속하는 거보다는 그쪽이 훨씬 더 매력적이지, 단연코. 그리고 내가 아오마메 씨에게 자꾸 끌리는 건 아마 그래서일 거야."

"내가 아웃로로 보여?"

아유미는 고개를 끄덕였다. "뭐랄까, 어딘지 모르게 그런 분위기가 있어. 머신 건을 든 페이 더너웨이, 라고까지 하긴 좀 그렇지만."

"머신 건까지는 필요 없어." 아오마메는 말했다.

"지난번에 얘기했던 '선구'라는 교단 말인데." 아유미가 말했다.

두 사람은 밤늦게까지 영업하는 이이구라의 작은 이탈리안 레스토랑에 들어와 키안티 와인을 마시며 가벼운 식사를 했다. 아오마메는 참치가 들어간 샐러드를 먹고 아유미는 바실리코 소스를 끼얹은 뇨키를 주문했다.

"응, 어떻게 됐지?" 아오마메가 물었다.

"나도 왠지 궁금해서 그뒤에 개인적으로 좀더 조사해봤어. 하지만 조사할수록 이거 아무래도 수상쩍어. 종교단체라는 이름을 내세우고 인증도 받기는 했는데 종교적인 실체 같은 건 쥐뿔도 없어. 교의적으로는 탈구축(脫構築)이라고 해야 하나, 아무튼 종교적인 이미지를 죄 모아놓고 거기에 뉴에이지 정신, 멋들어진 아카데미즘, 자연회귀와 반자본주의, 오컬티즘이라는 조미료를 적당히 가미했어. 그냥 그거뿐이야. 실체 같은 건 어디에도 없어. 아니, 그보다 실체가 없다는 게 말하자면 이 교단의 실체인 거지. 매클루언적으로 말하자면 미디어가 곧 메시지인 거야. 그러는 게 쿨하다면 쿨하긴 하지."

"매클루언?"

"나도 책은 좀 읽는 편이라고." 아유미는 볼멘소리를 했다. "매클루언은 시대를 앞서갔어. 한때 유행이 되는 바람에 어쩐지 가볍게 보는 경향들이 있는데, 그 사람이 하는 말은 대충 옳아."

"그러니까 패키지가 내용 자체를 포함하고 있다. 그런 얘기?"

"그렇지. 패키지의 특질에 의해 내용이 성립된다. 그 반대가 아니라."

아오마메는 거기에 대해 생각해보았다. 그리고 말했다.

"'선구'의 교단으로서의 실체는 불분명하지만, 그런 것과는 무관하게 사람들은 거기에 끌려 모여든다는, 그런 얘기?"

아유미는 고개를 끄덕였다. "놀랄 만큼 많이, 라고까지는 할 수 없지만 결코 적지 않은 수의 사람들이 꼬이고 있어. 사람들이 꼬이면 그만큼 돈도 따라 들어와. 당연한 일이지. 그럼 어째서 수많은 사람들이 이 교단에 꼬이는가 하면, 내 생각에는 우선 첫째로 종교스러운 냄새가 적기 때문이야. 아주 깨끗하고 지적이고 시스테마틱하게 보여. 한마디로 궁상맞은 빈티가 전혀 없다는 거야. 그런 점이 전문직이나 연구직으로 일하는 젊은 세대들을 끌어들이는 중요한 요소가 되고 있어. 지적인 호기심을 살살 자극하거든. 거기에는 현실세계에서는 얻을 수 없는 성취감이 있어. 손에 쥐고 실감할 수 있는 성취감. 그리고 그런 인텔리 신자들이 군대 엘리트 장교단처럼 교단 안에서 강력한 브레인을 형성하고 있어.

그리고 '리더'라고 불리는 지도자에게는 상당한 카리스마가 있는 모양이야. 사람들은 이 사람을 깊이 따르고 있어. 말하자면, 이 남자의 존재 자체가 교의의 핵심 같은 기능을 하고 있어. 구성으로 봐서는 원시종교에 가까워. 기독교 역시 처음 시작은 많건 적건 그런 느낌이었잖아. 그런데 이자는 전혀 모습을 드러내지 않아. 얼굴을 아는 사람도 거의 없어. 이름이나 나이도 몰라. 교단은 합의제로 운영되는 게 원칙이고, 그 주재자 같은 포지션은 또다른 사람이어서 공식행사 같은 데는 그 사람이 교단의 얼굴로 나서는데, 실제로는 그냥 장식품 같은 사람이야. 시스템의 중심은 아무래도 이 정체불명의 리더인 거 같아."

"그 사람, 어지간히 자신의 정체를 감추고 싶은 모양이네."

"뭔가 감추고 싶은 속사정이 있거나 아니면 존재를 밝히지 않고 신비한 분위기를 띠려는 의도거나."

"아니면 어지간히 못생긴 얼굴이거나."

"그럴 수도 있어. 이 세상 것이 아닌 이형의 얼굴." 아유미는 말하고 괴물처럼 낮게 으르렁거렸다. "뭐, 그건 어쨌거나, 교주뿐만 아니라 이 교단에는 모습을 드러내지 않는 자가 너무 많아. 지난번에 전화로 말했던 그 적극적인 부동산 매입 활동도 그중 하나야. 공식적으로 드러나는 건 그냥 눈속임일 뿐이야. 깨끗한 시설, 세련된 홍보, 인델리전트한 이론, 엘리트 출신의 신자들, 스토익한 수행, 요가와 마음의 평온, 물질주의의 부정, 유기농법에 의한 농업, 맑은 공기와 신선한 채식 다이어트…… 그런 건 철저히 계산된 이미지 사진 같은 거야. 신문 일요판에 끼어오는 고급 리조트 맨션 광고하고 같아. 패키지는 그야말로 아름답지. 하지만 그 이면에서는 수상쩍은 꿍꿍이가 진행되는 듯한 분위기가 있어. 어쩌면 부분적으로 불법적인 일이 있는지도. 그것이 다양한 자료를 접한 뒤에 내가 얻은 솔직한 인상이야."

"하지만 현재로서는 경찰은 움직이지 않고?"

"어쩌면 물밑에서 뭔가 움직임이 있는지도 모르지만, 거기까지는 난 모르지. 하지만 야마나시 현경은 이 교단의 동향에 어느 정도는 주목하고 있는 모양이야. 내가 전화로 이야기한 담당자의 말투에서도 어쩐지 그런 분위기가 엿보였어. '선구'는 어떻든 그 총격전을 저지른 '여명'의 모태이기도 하고, 중국제 칼라시니코프의 입수 경로는 여전히 북한일 거라는 추측뿐이고 아직 완전히는 해명되지 않았거든. 경찰에서 '선구'도 아마 어느 정도는 마크하고 있을 거야. 하지만 상대는 종교법인이고 섣불리 손을 댈 수는 없어. 이미 교단 내부의 현장수사를 통해 그 총격전과는 직접적인 관련이 없다는 게 판명되었으니까. 다만 공안 쪽에서 어떻게 움직이고 있는지, 그것까지는 우리도 모르지. 그 사람들은 철저히 비밀주의이고, 경찰과 공안은 옛날부터 일관되게 그리 사이좋은 관계는 아니거든."

"초등학교에 다니지 않는 아이들에 대해 더 알아낸 건 없어?"

"그것도 모르겠어. 아이들은 일단 학교에 나오지 않게 되면 두 번 다시 담장 밖으로 나오지 않는 모양이야. 그런 아이들에 대해서는 이쪽에서도 조사할 도리가 없어. 아동학대에 대한 구체적인 사실이라도 나온다면 이야기가 달라지겠지만 현재로서는 그런 것도 없고."

"'선구'를 탈퇴한 사람들이 그런 일에 대해 뭔가 정보를 주지 않을까? 교단에 실망해서, 혹은 엄격한 수행에 지쳐서 탈퇴하는 사람도 적지 않을 텐데."

"물론 교단을 들고나는 사람은 있지. 새로 입회하는 사람도 있고 실망해서 뛰쳐나오는 사람도 있어. 교단을 탈퇴하는 건 기본적으로는 자유야. 입회할 때 '시설 영구 사용료'랍시고 기부한 거금은 그때 맺은 계약에 따라 한 푼도 돌려받지 못하지만, 그것만 포기하면 맨몸으로는 나올 수 있어. 탈퇴한 사람들이 만든 모임도 있어서, 이 사람들이 '선구'는 반사회적인 위험한 사이비 교단이고 사기행위를 저지르고 있다고 주장하고 있어. 소송도 하고 작은 회지 같은 것도 발간하고. 하지만 그런 목소리는 너무 작아서 사회적으로는 거의 영향력이 없어. 교단 쪽은 우수한 변호사가 즐비해서 법률적인 면에서는 완벽한 방어 시스템을 갖춰놓았기 때문에 소송이 일어나도 눈 하나 꿈쩍 안 해."

"탈퇴자들은 리더에 대해, 혹은 안에 있는 신자의 자녀들에 대해 어떻게들 말하고 있지?"

"나도 그 회지를 실제로 읽어본 게 아니라서 잘은 모르겠어." 아유미는 말했다. "하지만 대충 살펴본 바로는 불만을 갖고 탈퇴한 사람들은 대부분 말단인 거야. 잔챙이지. '선구'라는 교단은 세속적인 가치를 부정한다고 그럴싸하게 떠들지만, 어떤 부분에서는 세속보다 더 노골적인 계급사회야. 간부와 말단이 확실하게 구분되어 있어. 학력이 높다거나 전문적인 직업능력을 갖고 있지 않는 한, 간부는 될 수 없어. 리더를 만나 그의 지도를 받거나 교단 시스템의 중추적인 일에 관여할 수 있는 건 간부 엘리트 신자로 한정되어 있는 거야. 나머지 '그밖의 여러분'은 내야 할 돈 내고 맑은 공기 속에서 부지런히 수행을 하거나 농사일에 땀을 흘리는 한편, 메디테이션 룸에서 명상에 잠기는 살균된 나날을 보내는 것뿐이야. 양 떼하고 다를 게 없어. 양치기와 개의 관리를 받으면서 아침에는 방목장으로 인도되고 저녁에는 숙소로 돌아온다, 라는 평화로운 나날을 보내는 거지. 그들은 교단 내에서의 포지션을 향상해서 위대한 빅 브라더를 대면할 날을 학수고대하지만, 그런 날은 결코 오지 않아. 그래서 일반 신자는 교단 시스템의 내부 사정에 대해서는 거의 아무것도 알지 못하고, 가령 '선구'를 탈퇴하더라도 세상에 제공할 만한 중요한 정보를 지니고 있지 못해. 리더의 얼굴을 본 일조차 없어."

"엘리트 신자 중에서 탈퇴한 사람은 없을까?"

"내가 조사해본 바로는 그런 예는 없어."

"일단 시스템의 비밀을 알게 되면 발을 빼는 건 허용하지 않는다는 건가?"

"거기까지 가면 상당히 극적인 드라마가 펼쳐질지도 모르지." 아유미는 말했다. 그러고는 짧게 한숨을 내쉬었다. "그런데 아오마메 씨, 지난번에 말한 소녀 성폭행, 그건 어느 정도까지 확실한 거야?"

"상당히 확실하긴 한데, 현재로서는 실제로 증명할 수 있는 단계는 아니야."

"그건 교단 안에서 조직적으로 일어난 일이야?"

"그것도 아직 정확히는 모르겠어. 하지만 희생자는 실제로 존재하고 나는 그 아이를 만났어. 상당히 끔찍한 모습이야."

"성폭행이라는 건, 그러니까 삽입까지 했다는 거야?"

"틀림없이."

아유미는 입술을 비스듬히 틀고 뭔가를 생각하고 있었다. "알았어. 내 나름대로 좀더 뒤져봐야지."

"너무 무리는 하지 마."

"무리는 안 해." 아유미는 말했다. "이래봬도 내가 상당히 빈틈없는 성격이거든."

두 사람은 식사를 마쳤고 웨이터가 그릇을 거둬갔다. 그녀들은 디저트는 사양하고 그대로 와인 잔을 기울였다.

"아오마메 씨는 어렸을 때 남자에게 험한 짓을 당한 경험은 없다고 지난번에 그랬었지?"

아오마메는 아유미의 얼굴을 슬쩍 쳐다보고는 고개를 끄덕였다. "집안 자체가 신앙이 깊어서 섹스 이야기는 아예 나오질 않았어. 주위도 다들 그랬고. 섹스라는 건 입에 올려서는 안 되는 화제였어."

"그렇지만 신앙이 깊은 것하고 성적인 욕망의 강약은 다른 문제잖아? 성직자 중에 섹스 마니아가 많다는 건 세상 사람들이 다 아는 상식이야. 실제로 매춘이나 치한 행위 등으로 경찰에 잡혀오는 자들 중에 종교관계자와 교육관계자가 꽤 많은데, 뭘."

"그럴지도 모르지만, 적어도 내 주위에서는 그런 기미는 없었어. 이상한 짓을 하는 사람도 없었고."

"그건 정말 다행이네." 아유미는 말했다. "그 말을 들으니 기쁘다."

"너는 그렇지 않았어?"

아유미는 망설이면서 슬쩍 어깨를 으쓱했다. 그러고는 말했다. "사실은 나는 몇 번이나 당했어. 어렸을 때."

"누구한테?"

"오빠하고 삼촌."

아오마메는 얼굴을 살짝 찌푸렸다. "오빠하고 삼촌?"

"그래. 두 사람 모두 지금은 현역 경찰이야. 삼촌은 지난번에 우수 경찰관으로 표창까지 받았어. 근속 삼십 년, 지역사회의 안전과 환경향상에 크게 공헌했다나? 건널목에 들어온 얼간이 같은 어미 개와 새끼 개를 구해줘서 신문에까지 실렸어."

"그 사람들에게 어떤 일을 당했는데?"

"내 거기를 만지작거리거나 고추를 빨게 하거나."

아오마메의 얼굴 주름은 한층 더 깊어졌다. "오빠하고 삼촌이?"

"물론 따로따로이긴 했지만. 내가 열 살이고 오빠가 열다섯 살 때쯤이었나? 삼촌은 그보다 더 전이고. 우리집에 와서 자고 갔을 때 두 번인가 세 번."

"그 얘기를 누군가에게 말했어?"

아유미는 천천히 몇 번인가 고개를 저었다. "말 안 했어. 절대로 아무에게도 말하지 말라고 했고, 고자질했다가는 혼내줄 거라고 위협도 했어. 그리고 위협을 안 했더라도 그런 걸 일러바쳤다가는 그자들보다 내가 더 꾸지람을 듣고 혼이 날 거 같더라고. 그게 무서워서 아무한테도 말 못 했어."

"엄마한테도?"

"특히 엄마한테는." 아유미는 말했다. "엄마는 옛날부터 오빠만 편애하고 나한테는 항상 실망만 했어. 덜렁거리고 그리 예쁘지도 않고 뚱뚱하고 학교 성적도 별로 칭찬받을 만한 정도가 아니었으니까. 엄마는 좀더 다른 타입의 딸을 원했어. 인형 같고, 발레 학원에 다닐 정도로 호리호리하고 예쁘장한 딸. 그건 아무리 생각해도 없는 걸 내놓으라는 생떼지 뭐야."

"그래서 더이상 엄마를 실망시키고 싶지 않았구나."

"맞아. 오빠가 나한테 무슨 짓을 했는지 말하면 나를 더 미워하고 싫어할 거 같았으니까. 분명 나한테 뭔가 원인이 있어서 그런 일이 벌어졌다고 생각할 거 같았어. 오빠를 나무라기보다는."

아오마메는 양 손가락으로 얼굴의 주름을 원래대로 다시 폈다. 열 살 때, 내가 신앙을 버리겠노라고 선언한 뒤로 어머니는 일절 말을 건네지 않았다. 필요한 일이 있으면 메모지에 써서 주었다. 말은 하지 않았다. 나는 더이상 그녀의 딸이 아니었다. 그저 '신앙을 버린 자'에 지나지 않았다. 그리고 나는 집을 나왔다.

"하지만 삽입은 없었고?" 아오마메는 아유미에게 물었다.

"삽입은 없었어." 아유미는 말했다. "아무리 그래도 그렇게 아픈 짓은 못 하지. 그쪽도 그런 짓까지는 요구하지 못해."

"지금도 그 오빠나 삼촌을 만나?"

"나는 취직해서 집을 나왔으니까 요즘은 거의 얼굴을 마주할 일이 없지만, 일단 친척이고 더구나 동업자잖아. 어쩔 수 없이 보게 될 때가 있어. 그런 때는 뭐, 서로 웃는 얼굴로 대해. 이제 와서 괜한 평지풍파를 일으킬 수도 없고. 애초에 그자들은 그런 일이 있었다는 것도 분명 다 잊어버렸을 거야."

"잊어버려?"

"그자들은 그래, 잊어버릴 수 있어." 아유미는 말했다. "하지만 나는 잊지 못해."

"물론이지." 아오마메는 말했다.

"역사 속의 대량학살하고 똑같아."

"대량학살?"

"저지른 쪽은 적당한 이론을 달아 행위를 합리화할 수도 있고 잊어버릴 수도 있어. 보고 싶지 않은 것에서 눈을 돌릴 수도 있지. 하지만 당한 쪽은 잊지 못해. 눈을 돌리지도 못해. 기억은 부모에게서 자식에게로 대대로 이어지지. 세계라는 건 말이지, 아오마메 씨, 하나의 기억과 그 반대편 기억의 끝없는 싸움이야."

"그럴지도." 아오마메는 말했다. 그러고는 가볍게 얼굴을 찌푸렸다. 하나의 기억과 그 반대편 기억의 끝없는 싸움?

"사실을 말하자면 아오마메 씨도 그 비슷한 경험이 있는 게 아닌가, 잠깐 그런 생각을 했었어."

"왜 그런 생각을 했지?"

"설명은 잘 못하겠지만, 어쩐지 그런 생각이 들었어. 뭔가 험한 일이 있었기 때문에 낯선 남자들하고 하룻밤 신나게 뒹군다, 는 식으로 사는 거 아닌가 하고. 그리고 아오마메 씨의 경우에는 거기에 분노가 담긴 것처럼도 보였어. 분노랄까 화가 나 있다고 할까. 아무튼 평범하게, 왜 세상 사람들이 하는 것처럼 정상적으로 애인 사귀고 데이트하고 식사하고 극히 당연하게 그 사람하고만 섹스하는 그런 일은 못 할 것처럼 보여. 내 경우도 그렇지만."

"어렸을 때 험한 꼴을 당해서 그런 평범한 절차를 제대로 밟지 못하게 되었다는 얘기?"

"그런 생각이 들었어." 아유미는 말했다. 그리고 슬쩍 어깨를 움츠렸다. "내 경우를 말하자면, 실은 남자가 두려워. 아니, 뭐랄까, 특정한 누군가와 깊은 지점에서 서로 관계를 맺는 것이. 그리고 상대의 모든 것을 받아들이거나 하는 것이. 생각만 해도 몸이 움츠러들어. 하지만 혼자라는 건 때로는 좀 그래. 남자한테 안기고 싶고 내게 넣어줬으면 싶어. 참을 수 없을 만큼 하고 싶어져. 그런 때는 완전히 낯선 사람 쪽이 편해. 훨씬 더."

"공포심?"

"응, 그게 큰 거 같아."

"나는 남자에 대한 공포심은 없는 거 같은데." 아오마메는 말했다.

"아오마메 씨는 뭔가 두려운 게 없어?"

"물론 있지." 아오마메는 말했다. "나는 내가 가장 두려워. 내가 무슨 짓을 할지 알 수 없다는 게. 나 자신이 지금 무엇을 하고 있는지 잘 모른다는 게."

"아오마메 씨는 지금 뭘 하고 있는데?"

아오마메는 자신이 손에 든 와인 잔을 잠시 바라보았다. "그걸 알면 좋을 텐데." 아오마메는 얼굴을 들고 말했다. "그런데 모르겠어. 지금 대체 내가 어떤 세계에 있는지, 몇 년도를 살고 있는지, 그것조차 자신이 없어."

"지금은 1984년이고, 장소는 일본 도쿄야."

"너처럼 확신을 갖고 그렇게 단언할 수 있다면 좋을 텐데."

"괴상하기는." 아유미는 말하며 웃었다. "그런 분명한 사실에 새삼스럽게 확신이고 단언이고가 어디 있어?"

"지금은 설명을 잘 못하겠지만, 아무튼 나는 그걸 분명한 사실이라고 말할 수가 없어."

"그래?" 감탄한 듯이 아유미는 말했다. "그런 속사정이랄까 특별한 느낌, 난 좀 이해가 안 되네. 하지만 지금이 언제건 이곳이 어디건 아오마메 씨에게는 깊이 사랑하는 사람이 있어. 내가 보기에는 그건 무척 부러운 일이야. 나한테는 그런 사람도 없어."

아오마메는 와인 잔을 테이블에 내려놓았다. 냅킨으로 가볍게 입가를 닦았다. 그리고 말했다. "네 말이 맞는지도 모르겠다. 지금이 언제건 이곳이 어디건 그런 것과는 상관없이 그를 만나고 싶어. 죽을 만큼 보고 싶어. 그것만은 확실한 거 같아. 그것만은 자신을 갖고 말할 수 있어."

"그럼 내가 경찰자료를 찾아봐줄까? 나한테 기본 정보만 주면 그 사람이 어디서 뭘 하는지 알아낼 수 있을지도 몰라."

아오마메는 고개를 저었다. "아니, 찾지 마. 부탁이야. 전에도 말했던 거 같은데, 나는 언젠가 어디선가 그를 어쩌다 만날 거야. 우연히. 그때를 소중하게 기다릴 거야."

"대하 연애드라마네." 아유미는 감동한 듯이 말했다. "나 그런 거 정말 좋아. 짜릿하잖아."

"실제로 하는 쪽에서는 힘드는데."

"힘들다는 건 알지." 아유미는 말했다. 그리고 손끝으로 가볍게 관자놀이를 눌렀다. "그런데도, 그렇게까지 좋아하는 상대가 있는데도 낯선 남자하고 이따금 섹스하고 싶은 거야?"

아오마메는 얇은 와인 잔의 가장자리를 손톱으로 가볍게 퉁겼다. "그게 필요해. 살아 있는 몸을 가진 인간으로서 균형을 잡고 살아가기 위해."

"하지만 그런 일 때문에 아오마메 씨 내면의 사랑이 손상되는 일은 없어?"

아오마메는 말했다. "티베트의 번뇌의 수레바퀴와 같아. 수레바퀴가 회전하면 바퀴 테두리 쪽에 있는 가치나 감정은 오르락내리락해. 빛나기도 하고 어둠에 잠기기도 하고. 하지만 참된 사랑은 바퀴 축에 붙어서 항상 그 자리 그대로야."

"멋있다." 아유미는 말했다. "티베트의 번뇌의 수레바퀴라."

그리고 잔에 남은 와인을 입에 털어넣었다.

이틀 뒤. 밤 여덟시에 다마루에게서 전화가 걸려왔다. 항상 하던 대로 인사도 없이 비즈니스적인 담담한 대화로 시작되었다.

"내일 오후 일정은 어떻지?"

"오후에는 아무 일도 없으니까 그쪽이 좋은 시간에 갈게요."

"네시 반이면 괜찮을까?"

괜찮다고 아오마메는 말했다.

"좋아." 다마루는 말했다. 스케줄표에 그 시각을 기입하는 볼펜 소리가 들렸다. 필압이 강하다.

"그런데 쓰바사는 건강하게 잘 지내요?" 아오마메는 물었다.

"음, 그 아이는 건강하게 잘 지낼 거야. 마담이 날마다 나가서 돌봐주셔. 아이도 마담은 잘 따르는 거 같아."

"다행이네요."

"그건 그렇고. 별로 좋지 않은 일이 있었어."

"좋지 않은 일?" 아오마메는 물었다. 다마루가 별로 좋지 않다고 말할 때, 그것이 실제로는 심하게 좋지 않은 일이라는 것을 아오마메는 알고 있었다.

"개가 죽었어." 다마루는 말했다.

"개라니, 혹시 붕이?"

"그래. 시금치를 좋아하던 이상한 독일 셰퍼드. 어젯밤에 죽었어."

아오마메는 그 말에 놀랐다. 개는 아직 다섯 살 아니면 여섯 살이다. 아직 죽을 나이가 아니다. "지난번에 봤을 때는 건강해 보였는데?"

"병으로 죽은 게 아니야." 다마루는 억양 없는 목소리로 말했다. "아침에 나가봤더니 산산조각이 나 있었어."

"산산조각?"

"터져버린 것처럼 내장이 요란하게 흩어져 있었어. 아주 힘차게 사방팔방으로. 종이타월로 살점을 하나하나 주워야 했어. 사체가 마치 안쪽에서부터 홀떡 뒤집힌 것 같더라구. 누군가 개의 뱃속에 강력한 소형폭탄을 설치한 것처럼."

"가엾어라."

"떠난 개는 이제 어쩔 수 없지." 다마루는 말했다. "이미 죽어버린 것은 살아 돌아오지 않아. 집 지킬 개는 다시 찾을 수 있어. 내가 마음에 걸리는 건 거기에서 무슨 일이 있었는가 하는 거야. 이건 평범한 인간이 할 수 있는 일이 아니야. 이를테면 개의 뱃속에 강력한 폭탄을 설치한다는 건 아무나 못 할 일이지. 그 개는 낯선 사람이 접근하면 지옥의 가마솥이라도 열어놓은 것처럼 짖어대던 녀석이야. 간단하게 처리할 수 있을 리 없어."

"그러네요." 아오마메는 건조한 목소리로 말했다.

"세이프하우스의 여자들도 쇼크를 받고 겁에 질려 있어. 그 개에게 밥을 챙겨주던 담당 여성이 아침에 그 현장을 목격했어. 한바탕 실컷 토하고 나서 전화로 나를 불렀어. 물어봤지. 밤사이에 뭔가 이상한 일은 없었느냐고. 아무 일도 없었대. 폭발음을 들은 것도 아니야. 하긴 그런 요란한 소리가 났다면 다들 틀림없이 잠이 깼겠지. 그러잖아도 늘 불안해하면서 사는 사람들이니까. 그러니까 그건 소리 없는 폭발이었어. 개가 짖는 소리를 들은 사람도 없어. 유난히 조용한 밤이었대. 하지만 아침에 나가보니 개는 깨끗이 터져 있었어. 신선한 내장이 사방으로 튀어서 이웃 까마귀는 아침부터 어지간히 좋아했지. 하지만 나로서는 마음에 들지 않는 일투성이야."

"뭔가 기묘한 일이 일어나고 있군요."

"틀림없어." 다마루는 말했다. "뭔가 기묘한 일이 일어나고 있어. 그리고 내 느낌이 옳다면 이건 뭔가의 시작에 지나지 않아."

"경찰에는 연락했어요?"

"설마." 다마루는 코로 피식 웃는 듯한 미묘한 소리를 냈다. "경찰 따위는 아무 도움도 안 돼. 쓸데없이 헛다리만 짚고 다니는 통에 얘기가 점점 더 복잡하게 꼬일 뿐이지."

"마담은 이 일에 대해 무슨 말씀을?"

"그분은 아무 말도 안 해. 내 보고를 듣고 그저 고개만 끄덕였지." 다마루는 말했다. "시큐리티에 관한 건 내가 모두 책임지고 처리해. 처음부터 끝까지. 뭐가 어찌 됐건 그게 내 일이니까."

잠시 침묵이 있었다. 책임에 따라붙는 무거운 침묵이었다.

"내일 네시 반에." 아오마메는 말했다.

"내일 네시 반에." 다마루는 반복했다. 그리고 조용히 전화를 끊었다.

제24장 덴고

Q
여기가 아닌 세계라는 것의 의미는 어디 있을까

목요일은 아침부터 비가 내렸다. 그다지 세차게 쏟아지지는 않았지만 무서울 만큼 집요한 비였다. 전날 점심때쯤부터 내리기 시작해 지금까지 한 번도 그치지 않았다. 이제 그만 그치려나 싶으면 다시 생각난 것처럼 빗줄기가 거세졌다. 벌써 7월도 중반을 넘어섰는데, 장마가 끝날 기미는 전혀 보이지 않았다. 하늘은 뚜껑이 덮인 것처럼 어둡고, 온 세상은 무겁고 눅눅한 기운을 머금고 있었다.

오전에 레인코트를 입고 모자를 쓰고 근처 시장에 먹을거리를 사러 나가려다가 우편함에 두툼한 갈색 봉투가 있는 것을 보았다. 봉투에는 소인도 없고 우표도 붙어 있지 않았다. 주소도 적혀 있지 않았다. 보낸 이의 이름도 없다. 앞면 한복판에 볼펜으로 쓴 작고 딱딱한 글씨로 '덴고'라고 적혀 있었다. 마른 점토를 못으로 긁은 듯한 글씨체. 정말 후카에리가 쓸 만한 글씨체다. 봉투를 뜯어보니 안에는 지극히 사무적인 생김새의 TDK 60분짜리 테이프 하나가 들어 있었다. 편지도 메모지도 아무것도 동봉되어 있지 않았다. 케이스도, 테이프에 붙여진 라벨도 없었다.

덴고는 잠시 망설였지만 쇼핑은 그만두고 다시 집에 들어가 그 테이프를 들어보기로 했다. 카세트테이프를 허공에 비춰보고 몇 번 흔들어도 보았다. 얼마간 수수께끼 같은 분위기를 풍기기는 하지만, 아무리 봐도 그저 흔해빠진 대량생산품이다. 재생했더니 카세트테이프가 폭발했다, 라는 일은 벌어질 것 같지 않았다.

그는 레인코트를 벗고, 주방 테이블 위에 카세트라디오를 내려놓았다. 봉투에서 카세트테이프를 꺼내 거기에 끼웠다. 기록이 필요할 경우를 위해 메모용지와 볼펜을 준비했다. 주위를 둘러보며 아무도 없는 것을 확인하고 나서 재생버튼을 눌렀다.

처음 한동안은 아무 소리도 들리지 않았다. 무음이 한참이나 이어졌다. 그냥 빈 테이프인가 싶은 생각이 들었을 때, 갑자기 드르르륵 하는 배경음이 들렸다. 의자를 당기는 소리 같았다. 가벼운 헛기침(인 듯한) 소리도 들렸다. 그러고는 느닷없이 후카에리가 말하기 시작했다.

"덴고 씨." 후카에리가 발성 테스트를 하듯이 말했다. 후카에리가 덴고의 이름을 정식으로 부른 것은 덴고의 기억으로는 아마도 그게 처음이다.

그녀는 다시 한번 헛기침을 했다. 조금 긴장한 듯했다.

편지를 쓸 수 있으면 좋을 텐데 그건 잘 못하니까 테이프에 녹음해요. 전화하는 것보다 이렇게 하는 게 편하게 이야기할 수 있어요.

전화는 누군가 엿들을지도 모르고. 잠깐만, 물 마실래.

후카에리가 잔을 손에 들고 한 모금 마시고 그것을 (아마도) 테이블에 내려놓는 소리가 들렸다. 악센트나 물음표나 쉼표나 마침표가 빠진 그녀의 독특한 말투는 테이프에 녹음되자 대화를 할 때보다 더 평범하지 않은 인상을 주었다. 비현실적이라고 해도 좋을 정도다. 하지만 아무튼 테이프에서는 대화할 때와는 달리, 복수의 문장을 차곡차곡 쌓아가며 말하고 있었다.

내가 행방불명이라는 소식 들었어요. 걱정하고 있을지도. 하지만 괜찮아요. 나는 아직은 위험하지 않아요. 그걸 알려주고 싶었어요. 사실은 안 되는 일이지만 알려주는 게 좋다고 생각했어요.

(10초의 침묵)

아무에게도 알려주지 말라고 했어요. 내가 여기 있는 거. 선생님은 경찰에 내 실종신고를 했어요. 하지만 경찰은 움직이지 않아요. 아이들이 가출하는 건 흔한 일이니까. 그래서 나는 한동안 여기에 가만히 있을 거예요.

(15초의 침묵)

여기는 먼 곳이고 바깥을 돌아다니거나 하지 않으면 아무도 찾아내지 못해요. 아주 멀어요. 아자미가 이 테이프를 갖다줄 거예요. 우편으로 보내는 건 안 좋아요. 조심해야 돼요. 잠깐만. 녹음되었는지 보고.

(달칵 하는 소리. 잠시 틈이 빈다. 다시 소리가 난다.)

됐다, 녹음되어 있어.

먼 곳에서 아이들이 외치는 소리가 들렸다. 희미하게 음악 소리도 들렸다. 아마 열린 창문 밖에서 들려오는 소리이리라. 근처에 유치원이 있는지도 모른다.

지난번에 집에서 재워줘서 고마워요. 그렇게 할 필요가 있었어요. 당신을 알 필요도 있었어요. 책을 읽어줘서 고마워요. 길랴크 인에게 마음이 끌려요. 길랴크 인은 왜 넓은 도로를 걸어가지 않고 숲속의 진흙탕을 걸어가지.

(덴고는 그뒤에 살짝 물음표를 덧붙였다)

도로가 편리해도 길랴크 인들은 도로에서 떨어진 숲을 걸어가는 게 더 편해요. 도로를 걸어가려면 걸어가는 것을 처음부터 다시 배워야 해요. 걸어가는 것을 다시 배우면 다른 일도 다시 배워야 하고. 나는 길랴크 인처럼은 살 수 없어요. 남자들에게 항상 얻어맞는 것도 싫어. 구더기가 많은 불결한 생활도 싫어요. 하지만 나도 넓은 도로를 걸어가는 건 별로 좋아하지 않아요. 잠깐, 물 좀 마시고.

후카에리는 다시 물을 마셨다. 잠시 침묵의 시간이 있고 잔이 탁 소리를 내며 테이블 위에 놓였다. 그러고는 손끝으로 입을 훔치는 틈이 있었다. 이 소녀는 테이프리코더에 일시정지 버튼이 달려 있다는 것을 알지 못하는 걸까.

내가 없어져서 난처할지도 모르겠어요. 하지만 나는 소설가가 될 생각은 없고 더이상 뭔가를 쓸 생각도 없어요. 길랴크 인에 대해 아자미에게 조사해달라고 했어요. 아자미는 도서관에 가서 조사했어요. 길랴크 인은 사할린에 살고 있고, 아이누 족이나 아메리칸 인디언하고 마찬가지로 문자를 갖고 있지 않아요. 기록을 남기지 않아요. 나도 마찬가지. 일단 문자가 되면 그것은 내 이야기가 아니게 돼요. 당신은 그것을 문자로 아주 잘 바꿨고 아무도 당신처럼 잘하지 못했을 거예요. 하지만 그건 이미 내 이야기는 아니에요. 하지만 걱정 없어요. 당신 탓이 아니에요. 넓은 도로에서 멀리 떨어져 걸어가는 것뿐이니까.

거기에서 후카에리는 다시 틈을 두었다. 덴고는 소녀가 넓은 도로에서 멀리 떨어진 곳을 혼자서 묵묵히 걸어가는 광경을 상상했다.

선생님은 큰 힘과 깊은 지혜를 갖고 있어요. 하지만 리틀 피플도 거기에 지지 않게 깊은 지혜와 큰 힘을 갖고 있어요. 숲속에서는 조심하도록. 중요한 것은 숲속에 있고, 숲에는 리틀 피플이 있어요. 리틀 피플에게 해를 입지 않으려면 리틀 피플이 갖지 않은 것을 찾아내야 해요. 그렇게 하면 숲을 안전하게 빠져나갈 수 있어요.

후카에리는 그것을 거의 단숨에 말해버리고는 크게 심호흡을 했다. 마이크에서 얼굴을 돌리지 않고 크게 숨쉬는 바람에 빌딩 사이를 뚫고 지나가는 돌풍 같은 소리가 녹음되고 말았다. 그것이 잠잠해지자 이번에는 먼 곳에서 자동차 클랙슨 소리가 들려왔다. 대형 트럭 특유의, 무적(霧笛)처럼 깊은 소리다. 짧게 두 번. 그녀가 있는 곳은 산선도로에서 멀지 않은 곳인 모양이다.

(헛기침) 목소리가 갈라졌어요. 나를 걱정해줘서 고마워요. 내 가슴 모양을 마음에 든다고 해주고 집에서 재워주고 파자마를 빌려줘서 고마워요. 한동안 만나기 힘들지도 몰라요. 리틀 피플에 대한 글을 써버린 것 때문에 리틀 피플은 화를 내고 있을지도 몰라요. 하지만 걱정하지 않아도 돼요. 나는 숲에 익숙해요. 안녕.

거기서 달깍 소리가 나고 녹음이 끝났다.

덴고는 스위치를 눌러 테이프를 멈추고 첫 부분까지 되감았다. 처마에서 떨어지는 빗소리를 들으며 몇 번 심호흡을 하고 손 안에서 플라스틱 볼펜을 빙빙 돌렸다. 그러고는 볼펜을 테이블 위에 내려놓았다. 덴고는 결국 아무것도 메모하지 못했다. 그저 후카에리의 늘 그런 특색 있는 말소리에 가만히 귀를 기울였을 뿐이다. 하지만 따로 적어둘 것도 없이 후카에리가 보낸 메시지의 포인트는 분명했다.

(1) 그녀는 유괴된 것이 아니라 잠시 어딘가로 모습을 감췄을 뿐이다. 걱정할 것 없다.

(2) 더이상 책을 낼 마음은 없다. 그녀의 이야기는 구술을 위한 것이며 문자에는 어울리지 않는다.

(3) 리틀 피플은 에비스노 선생에게 지지 않을 지혜와 힘을 갖고

있다. 조심하라.

이 세 가지가 그녀가 전하려는 포인트였다. 그밖에는 길략크 인의 이야기. 넓은 도로에서 멀리 떨어져 걸어가지 않으면 안 되는 한 무리의 사람들.

덴고는 주방에 가서 커피를 내렸다. 그리고 커피를 마시며 카세트 테이프를 한없이 바라보았다. 그리고 처음부터 다시 한번 테이프를 들어보았다. 이번에는 혹시나 해서 군데군데 일시정지 버튼을 누르고 요점을 간단히 적어나갔다. 그리고 적은 것을 눈으로 훑어보았다. 딱히 새로운 발견은 없었다.

후카에리는 미리 간단한 메모를 하고 그에 따라 이야기했던 걸까. 그랬을 것 같지 않았다. 그런 타입이 아니다. 실시간으로 (일시정지 버튼조차 누르지 않고) 생각나는 대로 마이크를 향해 말했을 게 틀림없다.

그녀는 대체 어떤 장소에 있는 걸까. 녹음된 배경음은 덴고에게 그리 많은 힌트를 주지는 않았다. 멀리서 문이 탁 닫히는 소리. 열린 창문을 통해 들려오는 것 같은 아이들의 외침. 유치원? 대형 트럭의 클랙슨. 후카에리가 있는 장소는 아무래도 깊은 숲속은 아닌 듯했다. 그곳은 어딘가 도회지의 한모퉁이로 여겨진다. 시간은 아마도 조금 늦은 아침이거나 혹은 점심 때다. 문이 닫히는 소리는 그녀가 혼자만 있는 게 아니라는 것을 시사하고 있는지도 모른다.

한 가지 확실한 것은 후카에리가 스스로 그 장소에 몸을 감추었다는 것이다. 그것은 누군가의 강요로 녹음한 테이프가 아니다. 목소리나 말투를 들어보면 안다. 첫 부분에서 약간 긴장감이 엿보이기는 하나, 그것을 제외하고는 자유롭게, 마이크를 향해 자신이 생각한 그대로를 말한 듯하다.

선생님은 큰 힘과 깊은 지혜를 갖고 있어요. 하지만 리틀 피플도 거기에 지지 않게 깊은 지혜와 큰 힘을 갖고 있어요. 숲속에서는 조심하도록. 중요한 것은 숲속에 있고, 숲에는 리틀 피플이 있어요. 리틀 피플에게 해를 입지 않으려면 리틀 피플이 갖지 않은 것을 찾아내야 해요. 그렇게 하면 숲을 안전하게 빠져나갈 수 있어요.

덴고는 그 부분을 다시 한번 재생해보았다. 후카에리는 그 부분을 약간 빠르게 말하고 있었다. 문장과 문장 사이에 들어가는 틈도 어딘지 약간 짧았다. 리틀 피플은 덴고에게, 혹은 에비스노 선생에게 피해를 줄 가능성을 가진 존재인 것이다. 하지만 후카에리의 말투에서는 리틀 피플을 사악한 것으로 규정하는 듯한 어감은 잡히지 않았다. 그녀의 말투로 보자면 그들은 어느 쪽으로든 굴러갈 수 있는 중립적인 존재처럼 느껴졌다. 또 한 군데, 덴고의 마음에 걸리는 부분이 있었다.

리틀 피플에 대한 글을 써버린 것 때문에 리틀 피플은 화를 내고 있을지도 몰라요.

만약 정말로 리틀 피플이 화를 내고 있다면, 그 분노의 대상에는 당연히 덴고도 포함되어 있을 것이다. 어떻든 그들의 존재를 활자의 형태로 세상에 퍼뜨린 장본인 중 한 사람이므로. 악의는 없었다고 변명해도 분명 받아들여주지 않으리라.

리틀 피플은 대체 사람에게 어떤 피해를 몰고 오는 걸까. 하지만 그런 것을 덴고가 알 수 있을 리 없다. 덴고는 카세트테이프를 다시 되감아 봉투에 넣고 서랍에 챙겨넣었다. 다시 레인코트를 입고 모자를 쓰고 추적추적 내리는 빗속을 걸어 장을 보러 갔다.

그날 밤, 아홉시 넘어 고마쓰에게서 전화가 걸려왔다. 그때도 수화기를 들기 전부터 그게 고마쓰에게서 온 전화라는 것을 알았다. 덴고는 침대에 들어가 책을 읽고 있었다. 벨이 세 번 울릴 때까지 그대로 있다가 느릿느릿 일어나 주방 테이블 앞에서 수화기를 들었다.

"여어, 덴고." 고마쓰는 말했다. "지금 혹시 술 마셨어?"

"아뇨, 말짱한데요."

"내 이야기 듣고 나면 술 마시고 싶어질지도 몰라." 고마쓰는 말했다.

"어지간히 유쾌한 이야기인 모양이군요."

"글쎄, 어떨까. 그리 유쾌한 이야기는 아닌 거 같아. 역설적인 재미라면 약간 있을지도 모르지만."

"체호프의 단편소설처럼."

"그래, 맞아." 고마쓰는 말했다. "체호프의 단편소설처럼. 음, 절묘해. 덴고의 표현은 언제나 간결하고 정확해."

덴고는 입을 다물고 있었다. 고마쓰는 계속했다.

"일이 약간 귀찮게 됐어. 에비스노 선생이 한 후카에리 실종신고를 경찰이 받아들여서 공식적으로 수색에 나섰어. 하긴 뭐, 본격적으로 수사하는 선까지는 안 갈 거야. 누가 몸값을 요구하고 나선 것도 아니고 말이지. 그냥 아무것도 안 하고 내던져뒀다가 혹시라도 큰일이 터지면 입장이 영 난처할 테니까 일단 움직이고 있다는 걸 보여주려는 것뿐이야. 다만 매스컴은 그리 간단히 내버려두진 않을 거야. 나한테도 몇 군데 신문사에서 문의가 왔었어. 나는 물론 아무것도 모른다고 뻗댔지. 아니, 사실상 현재로서는 내가 얘기할 건 하나도 없거든. 지금쯤 그자들은 벌써 후카에리와 에비스노 선생의 관계, 그리고 부모의 혁명가 전력까지 샅샅이 찾아냈을 거야. 그런 사실도 이제 곧 공표가 되겠지. 문제는 주간지야. 자유기고가인지 저널리스트인지, 그런 자들이 피냄새를 맡은 상어 떼처럼 우글우글 몰려들 거야. 그자들은 하나같이 재주들이 좋아서 일단 물었다 하면 놓지를 않아. 그자들도 생계가 걸린 문제니까 그럴 만하지. 프라이버시라느니 언론 윤리라느니, 그런 거 따지고 있을 수 있나. 같은 글쟁이라도 덴고처럼 점잖은 문학청년하고는 사정이 다르거든."

"그래서 저도 조심하는 게 좋다는 건가요?"

"그렇지. 각오를 단단히 하고 신변을 정리해두는 게 좋아. 어디서 무슨 냄새를 맡고 덤빌지 아무도 모르니까 말이지."

작은 보트가 상어 떼에 에워싸여 있는 광경을 덴고는 머릿속에서 상상했다. 하지만 그건 마무리가 엉성한 한 컷 만화로밖에 보이지 않았다. '리틀 피플이 갖지 못한 것을 찾아내야 한다'고 후카에리는 말했다. 그건 대체 어떤 것일까.

"하지만 고마쓰 씨, 에비스노 선생은 처음부터 일이 시끄러워지기를 노렸던 거 아닌가요?"

"음, 그럴 수도 있지." 고마쓰는 말했다. "우리는 보기 좋게 이용당한 것인지도 몰라. 하지만 에비스노 선생의 생각은 나도 처음부터 어느 정도 알고 있었어. 선생이 결코 자신의 속내를 감췄던 건 아니니까. 그런 의미에서는 뭐, 공정한 거래였지. 그 시점에서 내가 "선생, 그건 안 되죠. 그런 일은 함께 못 합니다"라고 거절할 수도 있었어. 제대로 된 편집자라면 틀림없이 그렇게 했겠지. 하지만 나는 자네도 알고 있는 바와 같이 제대로 된 편집자라고는 말 못 해. 그때 상황은 이미 굴러가고 있었고, 나 역시 욕심이 있었어. 그러다보니 방어를 제대로 못 하게 된 거야."

전화기를 향한 침묵이 있었다. 짧지만 긴밀한 침묵이었다.

덴고가 입을 열었다. "그러니까 고마쓰 씨가 세운 계획을 중간에 에비스노 선생이 가로채간 모양새가 되었군요."

"그렇게 말할 수도 있겠지. 즉 이제는 에비스노 선생의 계획이 좀 더 강하게 전면에 나섰다는 얘기야."

덴고는 말했다. "에비스노 선생이 이 소동을 제대로 처리할 거라고 생각하세요?"

"에비스노 선생은 물론 할 수 있어. 통찰력이 대단한 사람이고 자신만만한 분이니까. 어쩌면 이러다 쉽게 해결될 수도 있어. 하지만 만일 이번 소동이 에비스노 선생의 계획조차 뛰어넘는 것이라면 어쩌면 수습이 안 될지도 모르지. 아무리 뛰어난 인물이라도 한 사람의 능력에는 한계라는 게 있으니까. 그러니 안전벨트는 단단히 매고 있는 게 좋아."

"고마쓰 씨, 추락하는 비행기에 함께 탄 거라면 안전벨트를 아무리 단단히 매봤자 아무 도움도 안 돼요."

"하지만 마음은 달랠 수 있어."

덴고는 저도 모르게 미소를 짓고 말았다. 힘없는 미소였지만. "그럼 그게 이 이야기의 요점인가요? 결코 유쾌하지는 않지만 역설적인 재미라면 약간 있을지도 모른다는 이야기의?"

"자네를 이런 일에 끌어들여서 미안해, 솔직히." 고마쓰는 표정이 없는 목소리로 말했다.

"저는 괜찮아요. 딱히 잃어서 곤란할 것도 없어요. 가족도 없고, 사회적 지위도 없고, 그리 대단한 장래가 있는 것도 아니에요. 그보다 걱정인 건 후카에리죠. 아직 열일곱 살 소녀잖아요."

"나도 물론 그게 마음에 걸려. 마음에 안 걸릴 리가 없지. 하지만 그건 지금 여기서 우리가 이래저래 생각해봤자 해결이 안 되는 일이야. 우선은 우리가 강풍에 휘날려가지 않도록 든든한 곳에 몸을 꽁꽁 묶어둘 일부터 생각하자구. 당분간 신문은 꼼꼼히 읽어두는 게 좋아."

"요즘 신문은 날마다 잘 읽고 있어요."

"그러는 게 좋아." 고마쓰는 말했다. "그나저나 후카에리의 행방에 대해 뭔가 짚이는 건 없나? 어떤 것이라도 좋아."

"아무것도 없어요." 덴고는 말했다. 그는 거짓말을 그리 잘하는 편이 아니다. 그리고 고마쓰는 묘하게 감이 좋다. 하지만 덴고의 목소리에서 고마쓰는 미세한 떨림을 알아차리지 못한 듯했다. 자신의 일로 머릿속이 가득 찬 때문이리라.

"무슨 일 있으면 또 연락하지." 고마쓰는 그렇게 말하고 전화를 끊었다.

수화기를 내려놓은 뒤 덴고가 가장 먼저 한 일은 잔을 꺼내 버번 위스키를 2센티미터쯤 따른 것이었다. 고마쓰의 말대로 통화를 하고 나자 술이 필요했다.

늘 그랬듯이 금요일에는 걸프렌드가 그의 집에 찾아왔다. 비는 그쳤지만 하늘은 아직 회색 구름으로 빈틈없이 뒤덮여 있었다. 두 사람은 가볍게 식사를 하고 침대에 들었다. 덴고는 섹스하는 동안에도 여러 가지를 띄엄띄엄 생각했지만, 그것이 성행위가 가져다주는 육체적인 기쁨을 감소시키지는 않았다. 그녀는 덴고 안에 있는 일주일분의 성욕을 언제나처럼 솜씨 좋게 끌어내 수거해갔다. 그리고 그녀 자신도 충분한 만족을 맛보았다. 장부 숫자의 복잡한 조작에서 깊은 희열을 느끼는 유능한 세무사처럼. 그래도 역시 덴고가 다른 뭔가에 정신이 팔려 있다는 것을 그녀는 눈치챈 모양이었다.

"요즘 들어 위스키가 꽤 줄어든 거 같던데?" 그녀는 말했다. 그녀의 손은 섹스의 여운을 즐기듯이 덴고의 두툼한 가슴에 얹혀 있었다. 약지에는 자그마한, 하지만 몹시도 빛나는 다이아몬드 결혼반지가 끼워져 있었다. 한참 오래전부터 선반에 놓여 있던 와일드 터키 병을 말하는 것이다. 연하의 남자와 성적인 관계를 갖는 중년여성의 대부분이 그렇듯 그녀는 갖가지 풍경의 미세한 변화에 눈길을 주었다.

"요즘 한밤중에 눈이 떠지는 일이 많아." 덴고는 말했다.

"연애하는 건 아니지?"

덴고는 고개를 저었다. "연애는 안 해."

"일이 잘 안 된다든가?"

"일은 현재로서는 순조롭게 잘되고 있어. 적어도 어딘가로는 가고 있어."

"그런데도 뭔가 마음에 걸리는 일이 있어?"

"글쎄. 그냥 잠이 잘 안 오는 것뿐이야. 그런 일, 별로 없긴 한데. 나는 원래 푹 잘 자는 타입이니까."

"불쌍한 덴고." 그녀는 반지를 끼지 않은 손으로 덴고의 고환을 다정하게 마사지했다. "그래서, 안 좋은 꿈도 꾸고?"

"꿈은 거의 안 꿔." 덴고는 말했다. 그건 사실이었다.

"나는 자주 꿔. 그것도 똑같은 꿈을 자꾸만. 꿈속에서 '이건 전에도 꾼 적이 있는 꿈인데' 하고 내가 알아볼 정도야. 그런 거, 좀 이상하지?"

"이를테면 어떤 꿈?"

"이를테면, 음, 숲속의 작은 집의 꿈."

"숲속의 작은 집." 덴고는 말했다. 그는 숲속에 있는 사람들을 생각했다. 길랴크 인, 리틀 피플, 그리고 후카에리. "어떤 작은 집인데?"

"정말 그 이야기를 듣고 싶어? 남의 꿈 이야기 같은 거 재미없잖아."

"아니, 그렇지 않아. 괜찮다면 듣고 싶어." 덴고는 솔직히 말했다.

"나는 숲속을 혼자서 걷고 있어. 헨젤과 그레텔이 헤매고 다닌 그런 깊고 불길한 숲이 아니야. 경량급의 환한 숲이야. 오후이고 따스하고 기분 좋고, 나는 그곳을 상쾌한 기분으로 걷고 있어. 근데 저 앞

쪽에 작은 집이 있는 거야. 굴뚝이 달렸고 작은 포치가 있어. 창문에는 깅엄체크무늬 커튼이 걸려 있어. 요컨대 꽤 프렌들리한 모습의 집이야. 나는 문을 두드리면서 '안녕하세요?'라고 말해. 하지만 대답은 없어. 다시 한번 조금 더 세게 두드렸더니 문이 저절로 열려버렸어. 제대로 잠그지 않았던가봐. 나는 집 안에 들어가. '안녕하세요. 아무도 안 계세요. 안에 들어갑니다'라고 인사하면서."

그녀는 고환을 다정하게 쓰다듬으며 덴고의 얼굴을 보았다. "거기까지의 분위기는 알겠어?"

"알겠어."

"방이 한 칸밖에 없는 작은 집이야. 아주 심플한 집. 작은 주방이 있고 침대가 있고 식당이 있어. 한가운데 장작 스토브가 있고 식탁에는 네 사람분의 요리가 예쁘게 차려져 있어. 접시에서는 하얀 김이 피어오르고. 근데 집 안에는 아무도 없어. 식사 준비도 다되었고, 자, 다함께 먹자, 하는 때에 뭔가 이상한 일이 일어나서, 이를테면 괴물 같은 것이 불쑥 나타나서 다들 급히 밖으로 도망친 듯한 느낌인 거야. 하지만 의자는 흐트러져 있지 않아. 모든 것이 평온하고 이상할 만큼 일상 그대로야. 그저 사람이 없을 뿐이지."

"식탁 위에 있는 건 어떤 요리였어?"

그녀는 고개를 갸웃했다. "그건 생각이 안 나네. 그러고 보니 어떤 요리였을까. 하지만 뭐, 어떤 요리였는지는 거기서는 문제가 아니야. 그게 따끈따끈 이제 막 만든 것이었다는 게 문제지. 어쨌거나 나는 의자에 앉아서 그 집에 사는 가족이 돌아오기를 기다려. 그때 내게는 그들의 귀가를 기다릴 일이 있었던 거야. 어떤 일인지는 모르겠어.

어떻든 꿈이니까 모든 사정이 다 설명되는 건 아니야. 아마 돌아가는 길을 가르쳐달라거나 뭔가를 가져가야 했다거나, 아마 그런 일이야. 아무튼 나는 그 사람들이 돌아오기를 가만히 기다리고 있어. 그런데 아무리 기다려도 사람들이 오지를 않아. 요리에서는 계속 김이 나고 있어. 그걸 보고 있으려니 몹시 배가 고팠어. 하지만 아무리 배가 고프다고 그 집 사람도 없는데 내 마음대로 식탁 요리에 손을 댈 수는 없지. 그렇잖아?"

"아마 그렇겠지." 덴고는 말했다. "꿈속의 일이니까 나도 그리 자신 있게 말할 수는 없지만."

"하지만 그럭저럭하는 사이에 해가 저무는 거야. 작은 집 안도 어둑어둑해졌어. 주위의 숲은 자꾸자꾸 깊어져가고. 작은 집 안의 불을 켜고 싶은데 어떻게 켜야 하는지를 모르겠어. 나는 점점 불안해져. 그리고 한 가지 사실을 문득 깨달아. 이상하게도 요리에서 나는 김이 아까부터 전혀 줄지를 않는 거야. 몇 시간이 지났는데도 요리는 모두 따끈따끈한 그대로야. 그래서 나는 이건 뭔가 이상하다고 생각하기 시작해. 이건 아무래도 뭔가 잘못된 거야. 그리고 거기서 꿈이 깨."

"그다음에 어떤 일이 일어나는지는 모르고?"

"분명 그다음에 뭔가가 일어났을 거야." 그녀는 말했다. "해는 지고 돌아갈 길도 모르고 그 영문 모를 작은 집 안에서 나는 혼자 있었어. 뭔가가 일어나려고 하고 있었어. 그건 별로 좋은 일이 아닐 것 같은 기분이 들었어. 하지만 항상 거기서 꿈이 끝나버려. 그리고 똑같은 꿈을 수없이 자꾸 꾸는 거야."

그녀는 고환을 쓰다듬던 손길을 멈추고 덴고의 가슴에 뺨을 댔다.

"그 꿈은 뭔가를 암시하고 있는지도 몰라."

"이를테면 어떤 것을?"

그녀는 질문에는 대답하지 않았다. 그 대신 질문을 했다. "덴고, 이 꿈에서 어디가 가장 무서운 대목인지 알고 싶어?"

"알고 싶어."

그녀가 깊이 토해낸 숨결이 좁은 해협을 건너 불어오는 뜨거운 바람처럼 덴고의 젖꼭지에 닿았다. "그건 말이지, 바로 내가 괴물인지도 모른다는 거야. 어느 순간 그런 생각이 들었어. 내가 그 집에 다가가자 나를 본 사람들이 놀라서 식사를 중단하고 집에서 도망쳤던 게 아닐까. 그리고 내가 그곳에 있는 한 그 사람들은 돌아올 수 없는 게 아닐까. 하지만 그런데도 나는 작은 집 안에서 그들이 돌아오기를 가만히 기다리고 있어야 해. 그렇게 생각하면 정말 무서워. 구원이라는 게 없잖아."

"아니면," 덴고는 말했다. "그곳은 당신 자신의 집이고, 당신은 도망쳤던 자기 자신을 기다리는지도 모르지."

그렇게 말해버리고 나서 그런 말은 하지 말걸, 하고 덴고는 깨달았다. 하지만 일단 해버린 말은 다시 주워담을 수 없다. 그녀는 오래도록 침묵하고 있었다. 그러고는 그의 고환을 있는 힘껏 쥐었다. 숨도 쉴 수 없을 만큼 세게.

"왜 그런 심한 말을 해?"

"별뜻 없어. 그냥 문득 생각났을 뿐이야." 덴고는 가까스로 소리를 쥐어짜냈다.

그녀는 고환을 움켜쥔 손의 힘을 늦추며 한숨을 내쉬었다. 그리고 말했다. "그럼 이번에는 자기 꿈 이야기를 해봐. 덴고가 꾸는 꿈 이야기."

덴고는 가까스로 호흡을 가다듬고 나서 말했다. "아까도 말했듯이 나는 거의 꿈을 꾸지 않아. 특히 요즘에는."

"그래도 어쩌다 한번씩은 꾸겠지. 꿈을 전혀 꾸지 않는 사람은 세상 어디에도 없어. 그런 소리를 했다가는 프로이트 박사가 무척 속상해할걸."

"꿈을 꾸는지도 모르지만 눈을 뜨면 전혀 생각이 안 나. 뭔가 꿈을 꾼 것 같다는 느낌이 남아 있긴 한데 내용은 생각이 안 나."

그녀는 부드럽게 풀어진 덴고의 페니스를 손바닥에 얹고 그 무게를 신중히 달아보았다. 마치 그 무게가 뭔가 중요한 사실을 말하고 있다는 듯이. "그럼 꿈 이야기는 됐어. 그 대신 지금 쓰고 있는 소설 이야기를 해봐."

"지금 쓰는 소설 이야기는 가능하면 하고 싶지 않아."

"내가 줄거리를 처음부터 죄다 말하라는 게 아니잖아. 나도 그렇게까지는 요구하지 않아. 덴고가 체구와는 달리 상당히 센시티브한 청년이라는 건 아주 잘 알고 있으니까. 그냥 일부분이라도 좋아. 작은 곁가지 에피소드라도 좋다고. 뭔가 조금이라도 말을 해주면 돼. 세상 사람들 어느 누구도 아직 모르는 것을 나한테만 말해줬으면 하는 거야. 당신이 내게 심한 말을 했으니까 그 보상을 좀 해달라는 것뿐이야. 내가 무슨 말을 하는지 알지?"

"알 것 같긴 한데." 덴고는 자신 없는 목소리로 말했다.

"그럼 얘기해."

페니스를 그녀의 손바닥에 얹은 채 덴고는 이야기했다. "그건 나 자신에 대한 이야기야. 혹은 나 자신을 모델로 한 누군가에 대한 이야기."

"아마 그렇겠지." 걸프렌드는 말했다. "그래서, 나도 그 이야기 속에 나와?"

"나오지 않아. 내가 있는 곳은 여기가 아닌 세계니까."

"여기가 아닌 세계에는 나는 없다는 거야?"

"당신뿐만이 아니야. 이쪽 세계의 사람들은 이곳이 아닌 세계에는 없어."

"여기가 아닌 세계는 이쪽 세계하고 어떻게 다른데? 지금 자신이 어느 쪽 세계에 있는지, 구분은 하는 거야?"

"구분은 하지. 내가 쓰고 있으니까."

"내가 말하는 건 자기 말고 다른 사람들이 그걸 구분하느냐는 얘기야. 이를테면 무슨 겨를엔가 내가 문득 그쪽 세계에 섞여들었다면?"

"아마 알 거야." 덴고는 말했다. "이를테면 여기가 아닌 세계에는 달이 두 개가 있어. 그래서 다르다는 걸 알아."

하늘에 달이 두 개가 떠 있는 세계라는 설정은 「공기 번데기」에서 따온 것이다. 덴고는 그 세계에 대해 좀더 길고 복잡한 이야기를—그리고 자신의 이야기를—쓰려 하고 있었다. 설정이 같다는 건 나중에 어쩌면 문제가 될지도 모른다. 하지만 덴고는 지금, 달이 두 개인 세계의 이야기를 꼭 쓰고 싶었다. 나중 일은 나중에 생각하면 된다.

그녀는 말했다. "그러니까 밤에 하늘을 올려다보고 달이 두 개가 떠 있으면 '아, 여기는 여기가 아닌 세계구나' 하고 안다는 거야?"

"그게 징표니까."

"그 두 개의 달은 서로 만나거나 하지는 않아?" 그녀는 물었다.

덴고는 고개를 저었다. "왠지는 모르지만 두 개의 달 사이의 거리는 항상 일정하게 유지돼."

걸프렌드는 그 세계에 대해 잠시 혼자서 생각하고 있었다. 그녀의 손가락이 덴고의 벗은 가슴 위에 어떤 도형을 그리고 있었다.

"자기, 영어의 lunatic(루나틱)하고 insane(인세인)이 어떻게 다른지 알아?" 그녀가 물었다.

"둘 다 정신에 이상을 일으킨다는 형용사지. 자세한 차이까지는 모르겠어."

"insane은 아마 천성적으로 머리에 문제가 있는 것. 전문적인 치료를 받는 게 바람직하다는 거야. 그에 비해 lunatic은 달에 의해, 즉 luna에 의해 일시적으로 정신을 빼앗긴 것. 19세기의 영국에서는 lunatic이라고 판정받은 사람은 어떤 범죄를 저질러도 그 죄를 한 등급 감해줬어. 그 사람의 책임이라기보다 달빛에 홀렸기 때문이라는 이유로. 믿을 수 없는 일이지만 그런 법률이 실제로 존재했어. 즉 달이 인간의 정신을 어긋나게 한다는 걸 법률적으로도 인정했던 거야."

"어떻게 그런 걸 알아?" 덴고는 놀라서 물었다.

"그렇게 깜짝 놀랄 건 없잖아. 나는 자기보다 십 년이나 오래 살았어. 그렇다면 자기보다 많은 걸 알아도 이상할 거 없지."

그건 그렇다고 덴고는 인정했다.

"정확히 말하자면 여자대학의 영문학 강의에서 배웠어. 디킨스 강독. 괴짜 교수님이라서 소설 줄거리하고는 관계도 없는 딴 얘기만 잔뜩 했어. 그래서 내가 말하고 싶은 건 뭐냐면, 지금 있는 달 한 개만으로도 인간은 충분히 미쳐버릴 수 있는데, 달이 하늘에 두 개나 떠 있다면 인간의 머리는 점점 더 이상해지는 거 아니냐는 거야. 바다의 밀물 썰물도 바뀔 거고 여자의 생리불순도 더 많아질 거야. 정상이 아닌 일이 줄줄이 생길 거 같아."

덴고는 거기에 대해 생각해보았다. "정말 그럴지도 모르겠네."

"그 세계에서 인간은 노상 머리가 이상해지는 거야?"

"아니, 그렇지도 않아. 딱히 머리가 이상해지는 건 아니야. 여기에 있는 우리하고 대충 똑같은 일을 해."

그녀는 덴고의 페니스를 부드럽게 쥐었다. "여기가 아닌 세계에서 사람들은 여기에 있는 우리와 대충 똑같은 일을 한다. 그렇다면 여기가 아닌 세계라는 것의 의미는 대체 어디 있는 거지?"

"여기가 아닌 세계라는 것의 의미는 여기에 존재하는 세계의 과거를 바꿔 쓸 수 있다는 것이야." 덴고는 말했다.

"나 좋을 대로 과거를 바꿔 쓸 수 있다고?"

"그래."

"자기는 과거를 바꿔 쓰고 싶어?"

"당신은 과거를 바꿔 쓰고 싶지 않아?"

그녀는 고개를 저었다. "나는 과거라든가 역사라든가, 그런 걸 바꿔 쓰고 싶다고는 요만큼도 생각 안 해. 내가 바꿔 쓰고 싶은 건 지금 여기에 있는 현재야."

"하지만 과거를 바꿔 쓰면 당연히 현재도 바뀌어. 현재라는 것은 과거가 모이고 쌓여서 이루어진 거니까."

그녀는 다시 깊은 한숨을 쉬었다. 그리고 덴고의 페니스를 얹은 손바닥을 몇 번 오르락내리락했다. 엘리베이터의 시험운행이라도 하는 것처럼. "한 가지 말할 수 있는 게 있어. 자기는 예전에 수학 신동에 유도 유단자였고 긴 소설도 쓰고 있어. 그런데도 불구하고 자기는 이 세계에 대해 아무것도 알지 못해. 하나도."

그렇게 딱 잘라 단정해도 덴고는 별로 놀라지 않았다. 자신이 아무것도 알고 있지 않다는 건, 요즘 들어 덴고에게는 이른바 일상적인 사태 같은 것이었다. 특별히 새로운 발견이 아니다.

"하지만 좋아. 아무것도 알지 못해도." 연상의 걸프렌드는 몸의 방향을 바꾸어 유방을 덴고의 몸에 찰싹 붙였다. "덴고는, 오늘도 내일도 긴긴 소설을 쓰는, 꿈꾸는 입시학원 수학선생이야. 그대로 있어줘. 나는 자기의 고추가 너무 좋아. 모양도 크기도 손에 닿는 감촉도. 단단할 때도 말랑할 때도. 아플 때도 건강할 때도. 그리고 앞으로 한동안은 이건 나 혼자만의 것이야. 그렇지, 틀림없이?"

"그래." 덴고는 인정했다.

"저기, 내가 엄청 질투심 강한 인간이라는 건 전에 말했던가?"

"말했어. 논리를 뛰어넘는 심한 질투라고."

"온갖 논리를 뛰어넘어. 옛날부터 한결같이 그랬어." 그리고 그녀는 손가락을 천천히 입체적으로 움직이기 시작했다. "금세 다시 단단하게 만들어줄게. 거기에 대해 뭔가 이견이 있어?"

별로 이견은 없다고 덴고는 말했다.

"지금 뭘 생각하고 있어?"

"당신이 여대생이고, 여자대학에서 영문학 강의를 듣고 있는 모습."

"텍스트는 『마틴 처즐위트』. 나는 열여덟 살이고, 프릴이 달린 귀여운 원피스를 입고, 머리는 포니테일. 엄청 착실한 학생이고 그때는 처녀였어. 어째 전생 얘기를 하는 것 같네. 아무튼 'lunatic'과 'insane'의 차이가 대학에 들어가서 맨 처음 배운 지식이었어. 어때, 상상하니까 흥분돼?"

"물론." 그는 눈을 감고 프릴이 달린 원피스와 포니테일을 상상했다. 몹시 착실한 학생이면서 처녀. 하지만 온갖 논리를 뛰어넘어 질투심이 강하다. 디킨스의 런던을 비추는 달. 그곳을 배회하는 인세인한 사람들과 루나틱한 사람들. 그들은 비슷비슷한 모자를 쓰고 비슷비슷한 수염을 기르고 있다. 어디서 차이를 찾아야 좋을까? 눈을 감자 덴고는 지금 자기가 어떤 세계에 있는 것인지 자신할 수 없었다.

(BOOK2 상권으로 이어집니다)